Los amantes
de Coyoacán

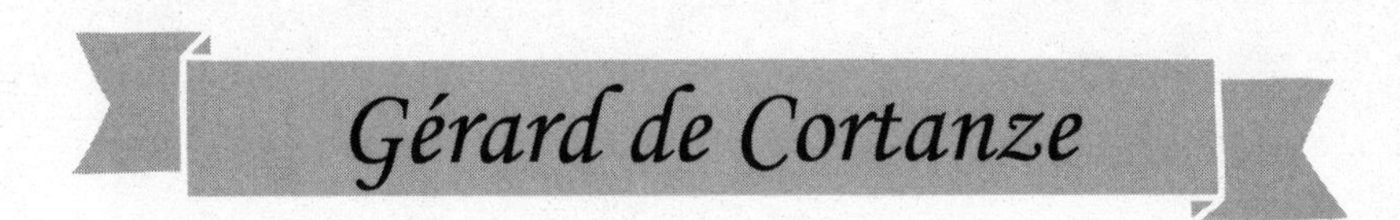

Los amantes de Coyoacán

Título original: *Les amants de Coyoacan*

Traducción: Eric Reyes Roher

Diseño de portada: Liz Batta
Imágenes de portada: (Frida Kahlo) Bettmann / Contributor, (Leon Trotsky) Hulton Archive / Stringer / Getty Images; (marco fotográfico) Adam Radosavljevic, (palomas) AlexTanya / © Shutterstock

Bajo el sello editorial PLANETA M.R.
Avenida Presidente Masarik núm. 111, Piso 2
Colonia Polanco V Sección
Deleg. Miguel Hidalgo
C.P. 11560, Ciudad de México
www.planetadelibros.com.mx

Primera edición: enero de 2017
ISBN: 978-607-07-3754-1

Impreso en los talleres de Litográfica Ingramex, S.A. de C.V.
Centeno núm. 162-1, colonia Granjas Esmeralda, Ciudad de México
Impreso y hecho en México - *Printed and made in Mexico*

A Diane de Margerie

Vivir es el objetivo fundamental de mi vida.

FRIDA KAHLO

El amor dura mientras dure el placer.

FRIDA KAHLO

1

El 20 de diciembre de 1936, salió del puerto de Oslo el buque petrolero *Ruth.* La temperatura era de diez grados bajo cero. Una nieve liviana caía sobre el fiordo y las frondosas colinas que lo circundan. De no surgir ningún imprevisto durante la travesía, el petrolero atracaría tres semanas más tarde en el puerto de Tampico. Además de llevar su cargamento de combustible, transportaba otro menos habitual: un hombre y una mujer.

Si el hombre y la mujer habían optado por aquel navío de marcha tortuosa es porque deseaban llamar lo menos posible la atención. O mejor dicho, habían sido las autoridades noruegas, de cuya protección se beneficiaban, las que habían considerado que subirlos a un vapor más convencional suponía tomar demasiados riesgos.

En realidad, el hombre y la mujer se escondían. Un oficial de la policía, un tal Jonas Lie, viajaba con ellos. Aunque el capitán Hagbart Wagge les había cedido su propio camarote, les estaba prohibido hacer uso de la radio para comunicarse con el exterior; y la pistola, que el hombre llevaba consigo en todo momento, tuvo que ser entregada a Jonas Lie. Siendo los únicos pasajeros de un barco por demás vacío, serían autorizados a salir del camarote, pero sólo cuando así lo hubieran decidido el capitán y el policía. El hombre y la mujer, quienes, aun viajando en un petrolero, se encontraban todavía en territorio noruego, eran en la práctica prisioneros bajo libertad vigilada.

Se marchaban, en efecto, por fin, pero con el miedo a cuestas, y pensaban, no sin razón, que aquella travesía del Atlántico bien se podía prestar para la organización criminal de un «accidente», puesto que a partir de entonces escapaban a la mirada de la opinión pública, de la prensa, incluso adversa, que los acorralaba, de los camaradas, que desde hacía años los acompañaban.

Tras unas horas de navegación, entumecidos por el ronroneo de las máquinas y el balanceo del buque, miraron por el ojo de buey de su camarote: frente a ellos se extendía una mar opaca y vinosa, espesa, en la que el agua se asemejaba a un bosque.

2

A pesar de que el asilo les había sido otorgado por el presidente de la República mexicana, Lázaro Cárdenas —con lo que habían tenido que comprometerse a no llevar a cabo ninguna actividad política y exigir a sus partidarios que no organizarían, para su llegada, ningún evento susceptible de provocar disturbios—, los «amigos desconocidos», quienes, como lo reconocía con emoción la mujer, «habían obrado desde el otro lado del mundo para su salvación», eran en definitiva dos: un publicista y un pintor.

En realidad, el principal autor intelectual de su llegada era el segundo de los «amigos desconocidos»: el pintor. Expulsado del Partido Comunista en septiembre de 1929, a punto de cumplir los cincuenta, recientemente se había incorporado a la Liga Comunista internacional.

El que fuera considerado por muchos, hacía todavía unos años, como el más grande muralista de su época, ya no era el «ojito derecho» de nadie, como se dice. Considerado persona *non grata* en la Unión Soviética de Stalin, su posición en su propio país era sumamente incómoda. Sus detractores acababan de destruir con ácido sus frescos del Palacio Nacional, y los portales de la Avenida Ruvalcaba, decorados por él, eran ahora un deshuesadero de autos. Cuando pintaba sus frescos murales en los edificios públicos de México, lo acusaban de recibir dinero por parte de los comunistas; y cuando cubría algunos muros de Nueva York con pinturas didácticas, le reprochaban vender su alma al capitalismo norteamericano.

Los rumores más descabellados circulaban sobre su persona. Fanfarrón, mentiroso, inventor de historias inverosímiles; todo ello alimentaba los argumentos de sus enemigos. Se decía de él que había crecido en el cerro, criado por una india, que había sido la mascota de un burdel en Guanajuato, que había sido amamantado largos años por una cabra y que había tenido su primera experiencia sexual a los nueve, con una institutriz protestante. También se contaba que había probado carne humana, que practicaba la brujería siguiendo los antiguos ritos y que siempre llevaba una pistola que no dudaba en sacar, disparándole a fonógrafos, lámparas de petróleo, críticos de arte descontentos, y hasta amantes rivales.

Era un ogro, un hereje, un gran seductor a pesar de su fealdad. Para el hombre y la mujer sería imposible no reconocerlo cuando apareciera en el muelle. Rostro infantil, frente prominente y lisa, ojos grandísimos y muy separados, quedarían impresionados, como todos los que lo veían por primera vez, por esa mezcla de dulzura y fuerza, por esas manos tan pequeñas para tan amplio cuerpo, por toda esa melancolía, esa febrilidad, por esa inteligencia casi monstruosa. Ese hombre era Diego Rivera.

convencía de que el capitalismo internacional estaba podrido hasta la médula. Había momentos en los que abría un pequeño cuaderno azul, su diario, y dejaba algunos apuntes, pensamientos íntimos, procurando no ceder a la melancolía.

La mujer, por su parte, no podía dejar de remontar el tiempo hasta aquel 20 de febrero de 1932, día en que un decreto gubernamental los había privado de la ciudadanía soviética, cerrándoles de este modo cualquier posibilidad de regreso a Rusia. Desde entonces estaban condenados a llevar una vida de privaciones, buscando constantemente algún refugio, permanentemente amenazados por la posibilidad de un atentado perpetrado por los rusos, ya fueran blancos o rojos.

Lo que la mujer llamaba su «exilio perpetuo» había empezado mucho antes, en 1928, desde que fueron desterrados al pueblo kazajo de Almá-Atá, desde su estancia en Estambul, y en Odesa, desde el arresto domiciliario en la isla de Prinkipo, luego en Kadiköy. En cuanto a su llegada a Marsella en julio de 1933, y su posterior estancia en Royan, y luego en Saint-Palais, Bagnères-de-Bigorre, Barbizon, seguido por su expulsión decidida por el gobierno de Daladier, obligándolos a vivir sin visado, desprovistos de cualquier recurso, no había hecho más que empeorar las cosas. Los últimos meses vividos en Francia podían resumirse a una serie de pesadillas, desilusiones y agravios. Incomunicación, estricta vigilancia, correspondencia interceptada, línea telefónica suspendida, sin derecho a recibir libros, periódicos o visitas, y en todo momento las amenazas de muerte. Al no haberse ordenado el arraigo domiciliario en Reunión o Madagascar, tuvieron que vagar de hotel en pensión, de casas de amigos a viviendas desconocidas: Dijon, Saint-Boil, Chamonix, Bourg-en-Bresse, Grenoble, La Tronche, Lyon, y por último, Domène, donde vivieron un año en casa del maestro de primaria Laurent Beau. Su última estadía en Noruega no había sido más que un largo descenso al infierno, hasta su internamiento en el pueblo de Sundby, donde permanecieron unos meses, vigilados constantemente por trece policías, antes de poder abandonar el territorio de aquella calma, severa y afable Noruega, que finalmente había arrendado para ellos el petrolero *Ruth*.

A lo largo de todos aquellos años nada les había sido eximido. Así pues, en vísperas de su expulsión de Oslo, su doctor, su abogado y su administrador, tras haberles presentado juntos sus honorarios para así tener la certeza de recibir el pago, habían conseguido incautar sus cuentas bancarias.

—¿En qué piensas? —preguntó el hombre una tarde, mientras observaba a la mujer que rascaba con la uña el viejo roble del ojo de buey.

—En Barbizon —contestó ella riéndose.

—No le veo la gracia, sinceramente.

—¿No recuerdas el estallido en la prensa a los pocos días de haber llegado a Barbizon?

—No —dijo el hombre volviendo a su libro.

—Los periodistas hablaban de extranjeros estrafalarios que vivían enclaustrados, que no bebían más que leche, que no veían a nadie.

—No, no me suena para nada.

—Nos tomaban por traficantes, falsificadores. ¡Incluso se llegó a hablar de drogas, de trata de blancas!

—Y todo esto acabó en la anulación de nuestro permiso de residencia en Francia, ¿no es así?

—¡Ves que sí lo recuerdas!

—Por supuesto que lo recuerdo. ¿De qué sirve sacarlo a colación una y otra vez? ¡Olvídalo ya! ¿Quieres?

Otra tarde, con la mar turbulenta y el petrolero cabeceando peligrosamente, el hombre y la mujer se miraron, como acostumbraban hacerlo, cada quien adivinando en los ojos del otro las mismas inquietudes: «¿Cómo será nuestra vida en la Ciudad de México… si es que logramos llegar?». Las mismas inquietudes, pero también el mismo miedo, intacto día tras día: antes de irse, se les había alertado reiteradamente que en ese país, México, unos cuantos dólares bastaban para contratar a un asesino.

4

El «amigo desconocido», Diego Rivera, tenía mujer. Se trataba de su tercera esposa. Desde aquella boda en 1929, él con cuarenta y dos años, y ella con veintidós, se habían separado en varias ocasiones y habían vuelto a vivir juntos. Por el lado de su madre, la mujer tenía sangre indígena y española; por el lado de su padre, sangre alemana pero también judía húngara de origen rumano. Bellísima, acostumbraba vestirse de tehuana y llevaba suntuosas joyas, muy llamativas. Le gustaba el vino, el sexo y tenía boca de carretonero.

Desde que un terrible accidente la había dejado al borde de la muerte, pero del que se había recuperado milagrosamente, había tenido que enfrentarse a cantidad de abortos, había sufrido múltiples cirugías, y había tenido que llevar corsés ortopédicos. Más de una vez, suspendida por los pies, desnuda con la cabeza colgando, tuvo que vivir con el olor del cloroformo, rodeada de coágulos de sangre, vendas, agujas, bisturís. Había sido atada, perforada, atontada por los analgésicos. Pero pertenecía a aquella generación impetuosa heredera de la Revolución mexicana, animada por potentes deseos de cambio, un ardor infalible, un activismo convencido de tener la razón. Miembro del Partido Comunista, veía en su militancia un modo de afirmarse en la vida y sobrellevar su dolor.

Era dinámica, jovial, y contra todo pronóstico, feliz de vivir. Por eso frecuentemente proclamaba: «Platón es un cretino al afirmar que el cuerpo es la tumba que nos aprisiona igual que la concha encierra a la ostra». Por eso gritaba a los cuatro vientos: «¡No lo entienden, compañeros, no me aferro a mi dolor sino a su originalidad!». De hecho, cada vez que penetraba en un quirófano, se peinaba cuidadosamente, se maquillaba el rostro, se pintaba los labios de un rojo vivo y gritaba a los cirujanos: «¡Viva la vida!».

Al igual que Diego, pintaba. Es decir, transformaba su sufrimiento en arte, era como el rey Midas, quien convertía los excrementos en oro. Para ella, pintar era un conjuro.

A principios del año 1937 era sin duda menos conocida que su esposo, pero ya había pintado cuadros hermosos y fuertes, y dibujado mucho, al óleo, con pastel y lápiz. Se trataba de una obra curiosa, llena de humor y violencia. En *Unos cuantos piquetitos*, se podía contemplar a una mujer lacerada a cuchillazos y, parado a su lado, al asesino, blandiendo en su mano derecha el puñal ensangrentado. En *Henry Ford Hospital* o *La cama volando*, se había representado a ella, desnuda en un charco de su propia sangre. Acababa de pasar por un nuevo aborto y sostenía en sus manos seis venas rojas, atadas unas a fetos, otras a espinas dorsales, un caracol, una orquídea, huesos pélvicos... «Tremendo autorretrato, ¿no te parece?», solía murmurarle al oído a quien estuviera mirando aquel cuadro.

Mientras el petrolero se dirigía a Tampico, ella se reponía de una tercera operación en el pie derecho, durante la cual le habían sido extraídos huesos sesamoideos. Había tardado en cicatrizar y la úlcera trófica no había sanado del todo. Se hallaba nerviosa, sabiéndose a punto de recaer en cualquier momento en la anorexia, y todavía sentía en la espalda, a la altura de la columna vertebral, dolores punzantes. Estaba aturdida con los sedantes, que se tomaba diluidos en tequila. A pesar de lo que ella llamaba sus «problemitas de salud», estaría presente en el muelle y recibiría al hombre y a su mujer. Su nombre: Magdalena Carmen Frida Kahlo.

5

Mientras el petrolero seguía desviándose de las rutas habituales, virando de bordo, cambiando sus trayectorias, el tiempo transcurrió, ritmado por la mar gruesa y llana. El 1 de enero, el cañón de alarma del *Ruth* disparó en la soledad del océano dos salvas hacia el porvenir, a las que siguió el bramido de las sirenas. No hubo eco que les respondiera. El hombre y la mujer no hallaron el ánimo suficiente como para desearse un feliz año. Llevaban a cabo su paseo cotidiano por la borda, mirando el mar. Jonas Lie fue el único en felicitarlos, con su característico estilo florido.

El hombre, quien seguía descubriendo a México a través de la lectura, sentía nacer en él un hilo de esperanza a pesar de todo. Pero se avergonzaba casi, de tan insensato que esto le resultaba. Aquel país, en el que seguía vivo el recuerdo de Zapata y Pancho Villa, estaba inventándose una identidad nueva, partiendo de su pasado y de la presión que ejercían las influencias europeas. En todas las áreas: cultura, religión, estilo de vida. Importantes cambios en la sociedad y grandes reformas se estaban llevando a cabo. México se había vuelto un imán irresistible. A la Ciudad de México llegaba un sinnúmero de abanderados de las vanguardias extranjeras, creadores del mundo entero, artistas franceses, españoles, alemanes, estadounidenses. Generosa, la ciudad ofrecía asilo político a las víctimas de todos los totalitarismos: rusos huyendo de las persecuciones estalinianas, republicanos españoles echados por el franquismo, judíos de Europa perseguidos por el nazismo, italianos expulsados por el fascismo. Aguardaba un mundo nuevo.

La vida, por momentos, produce extrañas coincidencias: hacía exactamente veinte años el hombre y la mujer se iban ya de Europa, por mar. Expulsados de Francia y llevados a la frontera con España, habían embarcado en Barcelona con rumbo a Nueva York...

El 7 de enero de 1937, el hombre escribió en su cuaderno azul: «El año que acaba de concluir será recordado por la historia como el año de Caín».

En un par de días, el barco llegaría a costas mexicanas. La mujer, intuyendo en aquel hombre con quien compartía su vida desde hacía tanto tiempo un temor teñido de alegría, le preguntó:

—¿No volveremos nunca más a Europa, verdad?

El hombre no contestó. Su corazón era presa de un tumulto infernal. Entonces, como de costumbre, imperturbable, reservada, la mujer calló. Al mirarse en el espejo del camarote, pudo observar un rostro de rasgos finos, alguna vez hermosísimo, conservando aún una gran delicadeza y que reflejaba mucha dulzura, bordado por cabellos finos de un rubio cenizo. Había cumplido cincuenta y una primaveras y se llamada Natalia Ivanovna Sedova.

El hombre, quien había descartado la idea de teñirse el pelo para pasar desapercibido, y que había vuelto a dejarse la barba de chivo, tenía ahora cincuenta y ocho años. Se quejaba de estar perdiendo la memoria y de tener que recurrir a los somníferos para conciliar el sueño. A menudo se preguntaba si la impresión de vejez que lo dominaba era definitiva o pasajera.

—Sabes, Natalia, mi juventud se me escapó hace ya mucho tiempo, pero ahora me da la impresión de que es el recuerdo mismo que de ella tenía el que se ha esfumado.

El hombre se llamaba Lev Davidovitch Bronstein, mejor conocido como León Trotsky. En la crujía del barco, pájaros vocingleros evidenciaban la cercanía de tierras mexicanas.

6

Tampico era un puerto industrial rodeado de siniestras lagunas, asolado por inundaciones y huracanes. La ciudad, donde aún se erguían algunos edificios coloniales construidos en el transcurso del siglo XVI, era tierra de malhechores y petroleros extranjeros. En las calles pululaba una chusma variopinta de evangelistas, escribientes públicos, vendedores ambulantes, contrabandistas, prostitutas, borrachos que uno podía observar saliendo de los tugurios tambaleándose. Allí es donde, el 9 de enero de 1937, tocó fin el periplo del petrolero *Ruth*, concluyendo veinte días de travesía.

Tras varias horas dando rodeos, en un caos de cargueros, petroleros y barcos pesqueros, por fin habían callado sus motores en medio del puerto. León Trotsky seguía convencido: los agentes del Directorio Político Unificado del Estado, la OGPU, se hallaban en todas partes, así bien no abandonaría el barco si no venían a buscarlo amigos de confianza. Una pequeña lancha de motor en la que ondeaba una bandera mexicana se detuvo ante el casco oxidado del petrolero, disipando su miedo. A bordo, el general Francisco Múgica, ministro de Comunicaciones y Obras Públicas, traía consigo un mensaje de bienvenida de parte del presidente Lázaro Cárdenas.

León Trotsky, con traje de *tweed* y pantalón de golf; Natalia Sedova, con un tocado en la cabeza, falda ceñida a media pierna, medias de seda negra y tacones altos, se apearon a la escalera de metal que bajaba por la popa del petrolero. En el muelle, los recibieron funcionarios del gobierno así como dos trotskistas estadounidenses, George Novack y Max Shachtman, quienes efusivamente les manifestaron su amistad. El suelo mexicano significaba una libertad recobrada, pero aún no podían decidirse: ¿era aquel el momento de quitarse ese miedo tenaz y dejar estallar la alegría que llevaban oculta en lo más profundo, desde hacía tantos años?

De en medio de aquel grupo, una mujer hermosa se acercó a ellos, los abrazó besándolos y les explicó que Diego Rivera, hospitalizado, no había podido ir a recibirlos.

—Lo lamenta muchísimo —dijo—. Mi marido padece problemas de riñón recurrentes —aclaró.

—¿Es usted Frida Kahlo? —preguntó Natalia.

—Sí —contestó la bellísima mujer, incapaz de desprender su mirada del hombre que tenía enfrente.

Le costaba creerlo. Se encontraba en presencia de León Trotsky, el mismo que a los veintiocho años, en 1905, había presidido el primer Soviet de Petersburgo, el hombre que había creado al Ejército rojo y que tuvo bajo su mando hasta cinco millones de soldados...

Ya con los diferentes trámites realizados, Trotsky redactó un telegrama dirigido al presidente Cárdenas, en el que manifestaba su profunda gratitud y reiteraba su promesa de no intervenir en los asuntos internos del país. Los viajantes fueron llevados bajo escolta hasta su hotel, donde se alojarían en un cuarto sencillo, pero limpio y cómodo.

El tramo corto que separaba el muelle del hotel les permitió descubrir una ciudad más bien fea, sucia, contaminada, que les recordó a Bakú, en Azerbaiyán.

Desde su ventana, que daba a la plaza de Armas, podían observar la muy reciente catedral, mezcla de acero y concreto, de formas curiosamente góticas, y cuyo suelo, se decía, estaba adornado con esvásticas, y a lo lejos, un kiosco para músicos, semejante a un pastelito de cantera rosa de estilo morisco.

—¿Es aquí, pues, donde empieza todo? —se preguntó Natalia.

León no contestó. Pensaba en el perfume de Frida. Se había encontrado ya con mujeres que lo llevaban, pero ella le daba un aroma diferente: Shocking, de Schiaparelli. Todo hombre atento a los encantos femeninos conocía la historia detrás del célebre frasco, obra de Leonor Fini, creado a partir del busto de Mae West…

7

Sin más demora, a primera hora del día siguiente, el tren presidencial *Hidalgo* se puso en marcha. Hasta delante, justo detrás de la locomotora, se hallaba un vagón de acero, custodiado por enclenques soldaditos metidos en un uniforme de algodón sucio. Algunos se encontraban sobre el techo con sus rifles; centinelas. Dentro del vagón: León Trotsky y Natalia Sedova, el general Beltrán, representante del presidente de la República, varios guardaespaldas armados hasta los dientes, y Frida Kahlo. Antes de poder entrar en la estación, León Trotsky y Natalia Sedova tuvieron que franquear la jauría de periodistas que aguardaban. Mientras se subían al vagón, topándose frente a frente con un agente de policía, esbozaron un gesto de retirada, presos de un miedo familiar que les significaba: «Los llevamos a un nuevo encierro...».

Pero esta vez se equivocaban. Apenas hubo echado a andar el tren, les sirvieron bebidas calientes y algo de comida. Tenían a disposición los periódicos del día, un radio y una línea telefónica. El general Beltrán incluso les señaló un frasco de mermelada aclarando:

—Es para su té. Así es como acostumbran endulzarlo ustedes, ¿no es cierto?

Los seiscientos kilómetros que separan a Tampico de la Ciudad de México fueron recorridos en diez horas. Pánuco, Tempoal, Huejutla, Molango, Pachuca eran nombres y lugares desconocidos, ardiendo bajo un sol tremendo, hirsutos de palmeras, cactus y arbustos. Por momentos, el tren avanzaba en medio de grandes abanicos de rocas nacaradas, o se adentraba por una vía angosta entre murallas de un intenso verde. Al cruzar por una estación, con velocidad reducida, el suboficial vestido de color caqui —que se movía por el pasillo frente al compartimento, con aire misterioso, disimulado tras un bigote espeso y cargando en la mano una pistola automática niquelada— bajaba las cortinas y las volvía a subir una vez pasado el peligro. Pero León Trotsky y Natalia Sedova habían conseguido entrever en los andenes filas de vendedores ambulantes que ofrecían canastas de frutas, tabaco, empanadas, boletos de lotería, acitrones, pollitos, cigarros. Las mujeres llevaban un rebozo negro sobre la cabeza, los hombres iban vestidos de blanco, a veces de azul.

A escasos kilómetros de la Ciudad de México, el tren se detuvo en medio de la nada.

—No hay por qué preocuparse, es por su propia seguridad —dijo el general Beltrán.

Dos grandes Dodge de color vino los estaban esperando a un costado de la vía. En el primero, Fritz Bach, un militante socialista de origen suizo, y Antonio Hidalgo, antiguo compañero de Emiliano Zapata. En el otro, un policía a cargo de su protección. Allí podrían tomar asiento junto con quien ya llamaban simplemente Frida.

No bien hubo empezado la operación, vieron surgir del bosque cercano una muchedumbre estruendosa que se dirigía hacia el convoy, ostentando pancartas con el propósito de darle la bienvenida al «camarada Trotsky», entonando cantos revolucionarios al son de las trompetas y guitarras. Simultáneamente, otro grupo apareció por detrás de los Dodge, con pinta de querer enfrentarse al primero. Agitando banderas comunistas al aire, los hombres y las mujeres que lo conformaban cantaban, parodiando la letra, el himno de Pancho Villa que sonaba por entonces en los salones de baile:

La trotskiracha, la trotskiracha
ya no puede caminar,
porque no tiene, porque le falta
inteligencia pa' luchar.

Mientras los dos grupos seguían avanzando, León Trotsky, Natalia Sedova y Frida Kahlo apenas tuvieron tiempo de zambullirse en uno de los autos antes de arrancar a toda velocidad, mientras los policías, subidos en los estribos, disparaban al aire para dispersar a los manifestantes.

Nadie quiso hablar. Un silencio extraño se apoderó del auto, mezcla de tristeza y miedo. Natalia Sedova sujetaba con fuerza las manos de su marido. Frida, atrapada entre Trotsky y la puerta, no podía pronunciar palabra, sintiendo el contacto del cuerpo de aquel ruso grande encogido sobre sí mismo, presa de ligeros espasmos que lo sacudían por intermitencias. Tras haber enfilado por una carretera recta de orillas arboladas, el pequeño convoy recorrió un largo camino accidentado y se adentró en una serie de suburbios más siniestros unos que otros. ¿El sueño mexicano acaso estaría esfumándose apenas hubo nacido?

Pronto el tráfico se hizo más intenso. De entre una hilera de edificios agrietados aparecieron tranvías amarillos que parecían correr a toda velocidad, improbables autobuses Ford destartalados y repletos de gente, un cauce de automóviles que producía un ruido espantoso de chatarra, y un desfile continuo de campesinos, soldados, mujeres con niños en brazos, burros cargados con pesados bultos.

—Estamos entrando a la Ciudad de México —dijo Frida.

Fueron sus primeras palabras. Natalia Sedova asintió con la cabeza y su marido con una sonrisa.

Construida a modo de damero por encima de las ruinas de la capital azteca, la Ciudad de México se esparcía bajo un cielo de porcelana en un entramado de calles, plazas frondosas, casonas coloniales polvorientas, pero también, aquí y allá, inmuebles modernos en construcción y otros en destrucción. León Trotsky y Natalia Sedova no creían lo que veían. Con los ojos bien abiertos descubrían una ciudad inédita, con sus muros cubiertos de frescos vanagloriando las virtudes de los trabajadores del campo y los obreros, los zapatistas también, ridiculizando a los capitalistas, conservadores y demás padrecitos retratados en posturas humillantes y con muecas deformes. Urbe en plena transformación, la Ciudad de México conservaba sin embargo profundos rastros de su pasado.

—Durante mucho tiempo esta ciudad fue plana. Contaba con pocas construcciones de más de dos plantas y sus terrazas conformaban otra ciudad por encima de la primera —explicaba Frida.

Natalia, preocupada, por fin preguntó en qué hotel se iban a hospedar. Frida soltó una carcajada.

—¡Pero si se van a quedar con nosotros, en Coyoacán!

Trotsky mostraba signos de nerviosismo. Le parecía que el Dodge se metía por calles en las que ya había estado.

—Gran Ferretería de la Palma —señaló—, ya van dos veces que...

Frida lo interrumpió:

—Esa es la intención, es para engañar al enemigo... Todo está bien, se lo aseguro.

De no ser por aquella desconfianza hacia lo desconocido que habían asimilado desde hacía tanto tiempo, León Trotsky y Natalia Sedova habrían podido sentirse casi felices. Sentados cómodamente en el potente Dodge, eran como un par de turistas visitando ahora una linda ciudad rosa sembrada de iglesias y palacios, mansiones queriendo imitar a las de París, edificios provistos con grandes vestíbulos pintados y adornados con balcones de herrería. El auto siguió con su travesía, moviéndose entre calles estrechas y avenidas amplias. Tuvieron la impresión de que en cada esquina parejas de enamorados se besaban en silencio.

Frente al Ministerio de Guerra, Natalia Sedova miró sin pestañar a los soldados de piel aceitunada que llevaban a cabo el cambio de guardia, golpeando la culata de sus rifles contra sus cartucheras. Se sentía casi segura. Cuando el Dodge dobló por la Avenida Insurgentes, encaminándose a gran velocidad, León Trotsky sintió su cuerpo relajarse por fin. Coyoacán, destino final de aquel periplo, era uno de esos pueblos alrededor de la Ciudad de México que iban llenando el espacio entre la capital y lo que no fuera más que pantanos y terrenos baldíos. Por las ventanas entreabiertas del auto, el aire fresco penetraba cargando consigo el perfume de los eucaliptos y las palmeras repartidos en parques cercanos.

Finalmente, los dos autos disminuyeron su velocidad y se detuvieron en el cruce de las calles Allende y Londres.

—Ya llegamos, aquí es —dijo Frida, señalando a sus invitados una casa grande con muros pintados de un azul cobalto intenso y ventanas altas de vidrios pequeños. Árboles altos esparcían sus sombras movedizas sobre una hilera de postigos verdes.

—Qué color tan maravilloso —dijo Natalia.

—Combinado con el rojo y el verde, aleja a los malos espíritus —le respondió Frida.

Apoyado contra la puerta, algo como un gigante bonachón haciendo grandes gestos de bienvenida los estaba esperando.

—¿Es Diego, Diego Rivera? —preguntó Trotsky, colocando su mano sobre la de Frida.

—Sí —contestó ella simplemente, feliz de haber conseguido llevarlos sin problemas hasta allí.

8

Sin más tardar, el grupito entró en la casa, estrechándose y abrazándose. Fuera del incidente al bajar del tren, todo había salido bien a fin de cuentas. Por un instante, el tiempo quedó suspendido, cuando, tras haberse estrechado la mano, Diego Rivera y León Trotsky se miraron largo y tendido. Para Diego Rivera, León Trotsky era el hombre que había elegido Lenin, aquel que debería estar dirigiendo al gigante soviético, el único que realmente había mantenido intacto el ideal revolucionario, el hombre que más admiraba en el mundo y que había retratado en sus frescos como el «jefe de la clase revolucionaria mundial». Para Trotsky, el pintor mexicano era aquel que luchaba sin respiro contra las fuerzas del capitalismo y la explotación, aquel que se había gastado el dinero de la fundación Rockefeller en pintar una copia de los frescos del Radio City Hall en los locales de la New Workers School, y que había colocado a Lenin en el centro de su mural llamado *El hombre, maestro del universo.* Diego Rivera, al que había designado como el «más grande intérprete de la Revolución rusa por medio del arte», era también el hombre que acababa de devolverle la libertad y la dignidad.

—El arte, al ser bueno, como lo es el suyo, realza el espíritu del hombre —dijo Trotsky.

—La política, llevada a la práctica por gente como usted, hace al hombre mejor —respondió Rivera.

La conversación siguió hasta llegar a una conclusión compartida por ambos: la política, hoy en día, se había vuelto tan destructora como la religión en el siglo XV.

Frida, tomando a Natalia Sedova del brazo, propuso interrumpir un momento esa conversación sobre política para permitirles a sus huéspedes ponerse cómodos, y emprendió una visita de aquella casa, en la que había nacido y que a partir de ahora sería la de ellos, añadiendo:

—Y propongo que nos hablemos todos de tú. ¡Ni que fuéramos burgueses, carajo!

Compuesta de quince habitaciones, la casa, muy luminosa, rebosaba de flores, estatuillas precolombinas y cuadros. Contaba con varias recámaras —de las cuales una sería ocupada por el guardaespaldas—; un gran comedor con una mesa de pino cuadrada y un vasar, donde podrían recibir a cuantos amigos quisieran; una cocina, abundante en comida; una espaciosa habitación alumbrada, la cual Trotsky, ya sin los Judas que cubrían el piso y las paredes, podría emplear como estudio; y por último, la recámara principal donde ya se encontraba colocado el equipaje de Natalia y León. Dos cuartos se hallaban cerrados, que servían de depósitos. Otro más estaba atiborrado de mesas, sillas, estanterías con libros e ídolos aún sin clasificar. La casa, con forma de U, se distribuía en torno a un patio al que se tenía acceso mediante una serie de puertas-ventanas.

—El patio existe desde antes de que se casaran mis padres —dijo Frida—. Servía de comedor al aire libre. Cuando era niña, allí organizábamos fiestas.

Natalia no pudo contener su llanto. En las paredes se agazapaban plantas tropicales, ramos de girasoles brotaban de unos floreros de barro grandes, mientras numerosas palomas se instalaban en unas macetas. En el corazón del patio se erguía majestuosa una pirámide escalonada, pedestal de ídolos precolombinos. Se oían pericos entre las hojas de una jacaranda de inmensas flores violetas. En unas jaulas, unos pájaros cantaban o chirriaban. Bugambilias, naranjos, cactus hacían de este patio un espejo del paraíso donde pasearse y tomar el sol. Si se consideraba a los gatos de pelo gris largo y a los perros de misterioso color, este patio existía como un universo propio, un arca de Noé que los salvaría de la muerte.

Sin embargo, aquella dicha no debía ocultar la realidad. Diego entonces quiso tranquilizarlos. No había nada que temer, las medidas necesarias para garantizar su protección habían sido tomadas. Las ventanas que daban a la calle estaban tapadas, la casa vecina y su jardín habían sido adquiridas para así prevenir cualquier ataque, y un muro de ladrillo sería levantado sobre la banqueta, frente a la entrada. Se preveía que unos policías serían colocados frente a la casa durante el día y que una guardia privada —compuesta principalmente de trotskistas mexicanos, jóvenes obreros, maestros e intelectuales— tomaría el relevo por las noches. En total, unos treinta hombres armados. El hermano de Lupe Marín, la exmujer de Diego, sería su médico personal y varios empleados domésticos serían puestos a su disposición para su comodidad.

Una vez concluida la visita de la Casa Azul, Diego y Frida se retiraron para que sus huéspedes pudieran instalarse. Natalia estaba preocupada. Les dejaban la casa, se los agradecía, pero ellos ¿dónde irían a vivir? Frida se echó a reír.

—Cuando no estamos separados, lo que es frecuente, vivimos en San Ángel, un barrio muy cercano. ¡Estaremos tan cerca que incluso podrán ir a pedirnos chiles cuando lleguen a faltar para sus guisos!

Frida no se imaginaba qué tan cierto era lo que decía. Menos de quince minutos después de irse, Diego regresó cargando una metralleta Thompson, preocupado por sus invitados y dispuesto a montar la guardia. León supo convencerlo de que se fuera a casa. Él mismo estaba armado, contaba con la policía y ya era mucho lo que habían hecho por ellos. Diego por fin se fue, no sin antes darle un enérgico abrazo a León y un beso arrebatado a Natalia. Acordándose de lo que había dicho mientras contemplaba desde su ventana la catedral de Tampico, Natalia pensó: «No, ahora es cuando todo empieza. Estamos en otro planeta, en casa de Frida y Diego».

En su primera noche, León estuvo intranquilo. Mientras Natalia dormía profundamente, se levantó varias veces de la cama, salió al patio, respiró hondamente, buscando en vano los olores del alba cercana, el aroma del limo del lago azteca, de la espuma de la noche india. Sin remedio. Así como los sueños, los perfumes extraviados —aquellos que tanto le habían llamado la atención durante sus lecturas— se negaban a regresar. Natalia terminó por ir a buscarlo.

—¿Ocurre algo?

—No, descuida.

—Te oí gritar.

—Claro que no. Lo habrás soñado. Regresa a la cama.

—Como digas.

—Buenas noches.

—Buenas noches.

Ya dormida Natalia, León regresó al interior y se acomodó en un amplio sofá. Tras observar detenidamente el retrato de una mujer, sin duda obra de Frida, pintada de tres cuartos con las manos descansando sobre su vientre; un arbolito estilizado en el fondo y en primer plano unas ramas inclinándose suavemente hacia aquel rostro que, sin realmente saber por qué, le provocaba una cierta atracción, se quedó dormido con la cabeza apoyada en unos cojines bordados, hinchados del aroma a Shocking, de Schiaparelli, fantaseando con el escote profundo que exhibía la mujer del lienzo.

9

En los días que siguieron a su llegada a la Casa Azul, Trotsky recobró el brío que pensaba haber perdido para siempre. La llegada de Jean van Heijenoort, un joven de veinticinco años, alto y guapo, quien desde octubre del 32 fuera al mismo tiempo su secretario, traductor y guardaespaldas, no era ajena a esta transformación. Pronto quedó listo su estudio, contratados sus colaboradores, asignadas las tareas de unos y otros. Incluso llegó a incorporarse a partir del 16 de enero una mecanógrafa rusa muy competente, Rita Jakovlevna. Las actividades previstas por Trotsky, en esencia, servirían para cubrir los gastos del día a día: organizaría seminarios sobre temas actuales, daría entrevistas pagadas, quizás incluso vendería copias de su correspondencia política, y si con eso no bastaba, buscaría publicar, después de la de Lenin, una biografía de Stalin, lo que Natalia reprobaba, considerando como humillante el querer retratar a su rival y enemigo.

Los primeros días, Trotsky incluso se dio el lujo de salir a dar unos pequeños paseos por las calles de Coyoacán, ir a conocer lo que la madre de Frida llamaba «el pueblo». Así, se le pudo ver por la plaza Hidalgo y el jardín del Centenario, a proximidad de los antiguos canales de vallas frondosas, y hasta en la plaza de la Concepción, donde una antigua casa de muros color rojo sangre había sido, según se cuenta, hogar de La Malinche, la mujer india de Cortés, y que ahora simbolizaba la traición y complicidad con el extranjero.

Pero si bien en política era capaz de formar un equipo eficiente en poco tiempo, de tomar todo tipo de precauciones durante sus desplazamientos, al grado de declinar una invitación del general Cárdenas, considerando que sus enemigos aprovecharían la ocasión para denunciar una quimérica colusión entre el presidente mexicano y él, el Trotsky privado, en cambio, era incapaz de enfrentar los pequeños retos del día a día.

Así es como una mañana, la hermana de Frida, Cristina, quien tuviera que salir de la Casa Azul en la que vivía con su padre y sus hijos para que pudiera ocuparla Trotsky, fue a tocar a la puerta con el fin de llevarse algunas prendas que había dejado al salir precipitadamente. Como la vida carece de azares, fue Trotsky quien la recibió después de que fuera introducida por policías en la que hacía no mucho aún era su casa.

Pequeña, llenita, bonita, muy coqueta, de ojazos verde-azul, era, antes que nada —antes de volverse una especie de brazo derecho de Frida—, su hermana; con quien compartía secretos, penas y alegrías. Natalia ausente, Trotsky permaneció un rato con ella, escuchando el relato de su vida. Con auténtico buen humor le confesó que a diferencia de Frida, a quien se le atribuían todas las virtudes, a ella la habían apodado la Chaparrita. La consideraban torpe y tonta, y le reprochaban su estupenda salud mientras que su hermana había sufrido tantas operaciones, accidentes y enfermedades.

Trotsky, encantado, no hablaba. Se encontraba turbado, sin saber cómo explicárselo, hasta que la mujer, dando saltitos de bailarina, le preguntó si había visto su retrato pintado por su hermana.

—¿Qué retrato? —dijo él.

—¡El que tiene detrás, encima del sofá!

Cristina llevaba el mismo vestido blanco, escotadísimo…

Antes de irse, con los brazos cargados de bolsas en las que se llevaba la ropa que había venido a buscar, le hizo prometer que un día él la acompañaría por un helado o un agua de coco helada al Plaza, uno de los bares en boga de Coyoacán.

A partir de entonces, Trotsky se empecinó en descubrir dónde vivía Cristina —a tan sólo unas cuadras de la calle Londres, en realidad— dedicando días enteros a elaborar triquiñuelas, haciendo preguntas, llegando incluso a desatender su trabajo con tal de obtener la dirección de aquella muchacha. Jean van Heijenoort, sumamente hostil a ese plan, procuró disuadirlo, alentándolo a que siguiera dictando sus escritos. Pero Trotsky, que se pasaba horas contemplando el retrato de la mujer escotada, no desistía. Nada más parecía interesarle, a tal grado que fue necesaria toda la habilidad de Natalia, quien obviamente no se enteraba de nada, para persuadirlo de que aceptara la invitación a ir cenar a casa de Frida y Diego, con el motivo de festejar su llegada, disculpándose por no haberlo hecho antes.

—No podemos declinar, León. Es impensable, impensable —zanjó Natalia.

—Jamás encontraremos su casa…

Natalia, de costumbre muy tranquila, tuvo que esforzarse por mantener la calma:

—¡Es aquí a la vuelta, entre la calle Palmas y la avenida Altavista, nada del otro mundo!

—Todas las casas se parecen…

—Dos construcciones cúbicas, una frente a la otra, unidas por un puentecillo; la más grande, color rosa, la de Diego; la más chica, azul, el taller de Frida, y alrededor una valla de cactus órganos. ¿Cuántas casas como éstas has visto en la Ciudad de México? Y además Jean ya vio cómo llegar.

—Caray, esto es un complot. Toda mi vida seré víctima de complots. ¡Tú eres una complotista, Natalia Ivanovna Sedova!

—Y tú eres más terco que una mula, Lev Davidovitch Bronstein —respondió Natalia, sonriendo por haber obtenido lo que quería.

10

—¡Con pistola en mano, el desgraciado! —gritaba Diego parado en una silla, mientras se bebía un enésimo vaso de tequila.

Alrededor de la mesa adornada con una guirnalda de pétalos de rosas rojas formando las palabras «VIVA TROTSKY», una treintena de personas abucheaban al orador, le aplaudían, aullaban estruendosamente, imitando el grito de animales. Antonio Hidalgo, el alto funcionario que acompañaba a Trotsky y coordinaba la comunicación entre el Gobierno y los diferentes servicios de protección, comenzó a darle algunos datos sobre los presentes:

—Aquí tenemos a Guadalupe Marín, la exesposa de Diego. Allá a Juan Guzmán, un fotógrafo nacido en Alemania. A su izquierda, Chucho Paisajes, amigo de infancia de Frida. Aurora Reyes, una muralista. Carlos Chávez, el director de la orquesta sinfónica…

Diego interrumpió de golpe la enumeración, debía anunciar algo importante, lo que dio paso a un silencio lleno de admiración:

—Señoras y señores: León Trotsky y Natalia Ivanovna Sedova.

Con su cabellera gris coronándole el rostro, su porte altivo, el cuerpo bien erguido, de pecho firme y espalda amplia y robusta, Frida descubría a un hombre que en realidad apenas había visto y que había imaginado, quien sabe por qué, más bien pequeño, pero que en realidad medía su metro ochenta. Visiblemente seducida, soltó:

—León, a mi derecha por favor; Natalia a mi izquierda —mientras le pedía a sus invitados que les abrieran paso, a lo que accedieron todos de buena gana llevándolo a cabo con ruidosa algarabía.

Jean van Heijenoort y Antonio Hidalgo, pistola en el cinturón, se pararon frente a la puerta y la ventana que daban a la amplia cocina donde estaban congregados los comensales.

—Permítanme, queridos amigos, que retome mi relato desde el principio.

—Mientras comemos, por favor —intervino Frida, quien dio la orden de servir, aclarando en voz alta que tras décadas burguesas de gastronomía francesa, los invitaba a una comida muy mexicana: chiles en nogada, romero fresco con tortitas de camarón y tunas, y los imprescindibles frijoles refritos negros espolvoreados con queso y servidos con totopos crujientes.

—Mis platillos favoritos —añadió Diego, dirigiéndose a la pareja rusa, mientras situaba de nuevo el contexto de su historia.

Pilar fundamental del Partido Comunista Mexicano, David Alfaro Siqueiros, uno de los tres grandes muralistas, junto con José Clemente Orozco y Diego, había optado, desde hacía tiempo y sin ningún tipo de ambigüedad, una posición absolutamente intransigente, definiéndose a sí mismo como «artista-soldado». Veterano de la guerra civil española, Siqueiros era considerado por todos como un verdadero sicario. Feroz opositor de Diego Rivera desde que éste hubiera abandonado el Partido, no perdía ocasión para atacarlo. Ahora bien, hacía unos días se había llevado a cabo un evento público en el cual los dos gallos compartieron escenario.

—Ese culero me llamó «falso revolucionario», «cínico oportunista», y berreó en el micrófono que mi trabajo era el de «un técnico mediocre de limitada imaginación».

—¿Y cuál fue tu reacción? —preguntó la historiadora Anita Brenner, mientras bañaba abundantemente sus chiles con la nogada.

—Lo llamé asesino. Le dije que a su fresco *Marcha de la humanidad hacia la revolución*, mejor lo hubiera llamado «Marcha de los lameculos estalinistas», y saqué mi pistola.

—¿Su pistola? —No pudo contenerse la mujer de Trotsky.

—Sí, Natalia, mi pistola.

—¿Y entonces?

—Y entonces él desenfundó la suya, y las estuvimos agitando en alto, mientras seguíamos con los insultos.

—He aquí México… —le murmuró Frida a León en el oído.

Diego prosiguió:

—Y abrimos fuego, los dos al mismo tiempo. Volamos pedazos de yeso del techo, el público emprendió la retirada. Cuando anunciaron la llegada de la policía, nos fuimos cada uno por nuestro lado, postergando la matazón. ¡Y cuando ocurra, le dispararé directamente a los huevos!

Salvador Novo, poeta, cronista célebre, además de examante de Frida, tomó la palabra. Había llegado a una conclusión:

—He aquí, queridos amigos, el tema de mi próximo artículo. Voy a nombrar este drama político-estético «Espléndida representación del combate entre el estalinismo y el leninismo bolchevique».

—¿Qué le parece, mi querido León? —preguntó Diego.

Frida fue quien respondió en su lugar.

—Amigos, cuates, cuatezones, cuatachos, León no opina nada, él está descubriendo la cocina mexicana y le gustaría poder disfrutar de ella tranquilamente.

Ante la expresión atónita de Trotsky, quien estaba acostumbrado a todo menos a servir de blanco de esta manera, todos soltaron a reír, empezando por él, el gran Lev Davidovitch Bronstein, totalmente subyugado por la irreverencia de Frida, quien parecía querer disfrutar de cada instante de su vida, siendo el mundo que la rodeaba un mero pretexto para pasarla bien.

Aunque algunos intentaron reiteradamente volver a la discusión política, con el fin de saber si los mexicanos podían presumir que su revolución, anterior siete años a la rusa, había inaugurado el ciclo de reivindicaciones proletarias del siglo XX, la velada fue marcada por cuestiones más livianas. León Trotsky estaba encantadísimo, estaba descubriendo una vida nueva, otras maneras de ser y comportarse.

—Hay que celebrarlo todo —decía Frida—. Los bautizos, los cumpleaños, e involucrarse en todas las fiestas populares, profanas, religiosas; incluso bailar con la muerte.

Le parecía que hacía décadas que no se reía tanto, libre de presiones, de remordimientos. Le recordaba sus días en París entre 1914 y 1916, antes de ser expulsado por el gobierno francés. La vida entonces no costaba nada. Él y sus amigos de Montparnasse permanecían horas sentados en La Rotonde y en el Dôme, manteniéndose calientes con un simple café cortado y rehaciendo el mundo. Un día, Libion, el dueño del café La Rotonde, llegó a darle cinco francos diciéndole: «Ve y encuéntrate una mujer, tienes mirada de loco». Aquella juventud, aquella libertad, la certeza de que todo era posible, lo tenía de nuevo aquí, intacto.

El alma de esta sociedad desbocada hecha de risotadas, provocaciones, de una forma de libertad inteligente, era Frida, reina incontestable de la fiesta. Si bien la primera parte de la noche la había acaparado Diego, la segunda era indudablemente suya. Durante horas estuvo cantando corridos con falsetes y coplas de *La malagueña*, hablando vulgarmente e inventando juegos de palabras malísimos. A todos les ponía diminutivos, «doctorcitos» para sus amigos médicos, «chulitos» a los hombres, «chaparritas» para las amigas de más baja estatura, llamándose a sí misma la «chiquita», la «chicuita», la «Friducha», puntuando cada frase con una potente carcajada.

En ese país donde la condición de la mujer, a pesar de la revolución, dejaba todavía mucho que desear, incluso en los círculos más holgados, donde ésta no tenía más función que la de servir a su esposo, donde no era raro que se quedaran paradas y excluidas durante las cenas, Frida representaba una excepción maravillosa.

Hacia las tres de la mañana, todo mundo se fue a casa. Algo borracho y alegre, Leoncito, como le puso Frida antes de plantarle un beso en los labios, se introdujo en el auto. A Natalia no parecían hacerle mucha gracia las inconveniencias de su anfitriona, en particular cuando hubo declarado querer encarnar abiertamente «el fenómeno de la homosexualidad femenina», lo que visiblemente no había dejado a Trotsky indiferente.

—¿Te acuerdas de lo que me dijiste aquel día, después de la recepción de Año Nuevo, en casa de Kamenev, en 1926?

—Eso tiene más de diez años, ya es cosa del pasado —respondió.

—Me dijiste: «¡No lo aguanto más! Licor, faldas, comadreo. ¡Parece que estuviéramos en un lupanar!».

—Tienes razón, Natalia. En aquel entonces no fumaba, no tomaba alcohol, me iba a dormir a la medianoche. Mis únicas distracciones eran cazar y pescar. Era feliz paseando entre los juncos por la madrugada, acechando a los patos salvajes, tendiendo redes y escalando faldas boscosas con tal de matar un oso café. Vivíamos en medio del viento, la nieve y el agua helada. Pero aquí, Natalia, tenemos una vida diferente, una vida que me está gustando. Si hemos llegado hasta aquí, mejor sería procurar vivir cada segundo con intensa alegría, ¿no crees?...

Trotsky no tenía idea de lo certeras que resultarían ser sus palabras. Jean van Heijenoort tuvo que dar varias vueltas a la manzana antes de entrar por la calle Allende y meterse al garaje de la Casa Azul. A su parecer había demasiados hombres escondidos en los porches de las casas, disimulados detrás de los árboles o valiéndose de la oscuridad de la noche. En resumidas cuentas, las calles rebozaban de sombras sospechosas. Era verdad que la policía velaba por Trotsky las veinticuatro horas del día, pero no eran los únicos que lo vigilaban de cerca. Las autoridades estadounidenses, quienes le habían negado el asilo político, también habían enviado «observadores», así como el Partido Comunista Mexicano, que informaba a Moscú del menor suceso que involucrara a Trotsky.

El comentario de Natalia le había arruinado la noche. Se fue a dormir sin darle un beso pero seguro de una cosa: ya no era Cristina quien le alteraba los sentidos, sino Frida.

11

En las semanas que siguieron, Frida y León se vieron con frecuencia. Entre ellos fue naciendo una amistad sincera. A Frida le gustaba ir a la calle Allende, donde León la recibía en su estudio. Con las manos apoyadas en la orilla de su escritorio, y luego agitándolas en amplios gestos, él trataba con soltura temas políticos a los que volvía con frecuencia; su lealtad hacia un gobierno que le había otorgado la oportunidad de reinventarse, la comparación de los méritos de Cárdenas y Lincoln, la resignada certeza de que León Blum no sería nunca lo suficientemente fuerte como para vencer el fascismo. Un día, mientras acariciaba distraídamente una de las muñecas Judas, le hizo a Frida esta extraña confesión: «De no haber estado yo en 1917 en San Petersburgo, la Revolución de Octubre no hubiera sucedido».

Fue como un detonador. Frida le pidió que se olvidara, por lo menos durante sus conversaciones con ella, del terreno de la política. Quería charlas más íntimas, más amigables, en las que le hablara de él. Accedió sin pensarlo dos veces. Entonces le habló de la cabaña de campesinos, con su techo de paja plano, dividida en cinco pequeñas habitaciones, donde había nacido y crecido hasta los diez años. Habló con emoción de su madre, quien en pleno invierno le leía con «dedicación y paciencia» las letras del alfabeto que había recortado y pegado, una por una, en los vidrios escarchados de la ventana. Recordó, conmovido, la revista casera que imprimían con la ayuda de un primo mayor que también había ilustrado la portada, de los juegos al aire libre que no le gustaban nada porque no era bueno ni patinando ni nadando, de la armónica convivencia en Odesa entre judíos, griegos y rusos. Y sobre todo, le evocó en detalle aquel sentimiento de indignación que palpitaba en él desde que era niño. Supo a muy temprana edad que formaba parte de aquellos rebeldes que dedican su vida entera al progreso de la humanidad.

Frida lo llevó a la recámara de la Casa Azul donde nació un buen día a la una de la mañana; le habló de los *corridos* que compraba por un centavo, y que cantaba a toda voz con su hermana Cristi, metidas las dos en un armario grande que olía a nogal; de la emoción que aún le provocaban sus recuerdos de la Revolución, con la que se había alistado a los trece años en las Juventudes Comunistas.

—¿No habíamos acordado no hablar de política? —observó Trotsky.

—No se trata de política sino de emociones...

En otras ocasiones daban paseos por las calles adoquinadas de Coyoacán, jugando a escapar de la vigilancia de los guardaespaldas que los seguían. A escasos metros tenían el Zócalo y la plaza del mercado donde se perdían en medio de los sombrereros, los vendedores de amuletos de plata y rebozos, de cítricos y caña de azúcar, de dulces confitados y carne seca. Sobre el suelo se hallaban petates, piezas de barro, pirámides de verduras. En las calles aledañas mujeres sentadas en círculo vendían, sobre tapetes de hoja, pescados color naranja y plata. Y cuando caía la noche, los vendedores prendían sus candiles en los que bailaban unas llamas que parecían lamer parte de sus rostros. A veces se acercaban unos mariachis que por algunos pesos interpretaban una canción.

Una vez regresaron del mercado Melchor Ocampo, muy cercano a la Casa Azul, cargando una sandía.

—¡Mira! —dijo Frida—, ¡qué fruta más maravillosa! Por fuera es verde toda y por dentro intensamente roja y blanca. El maracuyá, en cambio, es escarlata, parecido a una granada salpicada de marrón. La pitahaya cuya piel es color fucsia esconde una pulpa sombreada de gris pálido y constelada con semillitas negras. ¡Es fabuloso! ¿No te parece, León? ¡Fabuloso! Te diré una cosa, las frutas y las flores poseen un lenguaje con el que nos hablan de verdades ocultas...

Entonces Frida agarró un zapote, un melón, una chirimoya, un racimo de plátanos rojos, agregó algunos aguacates, depositándolo todo en una canastita.

—Qué naturaleza muerta más esplendida, ¿no crees?

León, literalmente, estaba en la gloria.

¡Increíble vida nueva, increíble felicidad! Iban al cine, no había más que elegir la sala: el Alcázar, el Fénix, el Mundial, el Trianon Palace, el Alameda. Acabando la película, Frida a veces invitaba a León a cenar en uno de los bares chinos de la calle Bucareli. Por las tardes, se comían vorazmente unas quesadillas de chicharrón. Ocasionalmente, pero con idéntico gusto, León se reunía con Frida en su otra casa de San Ángel. En su primera visita no había tenido la oportunidad de recorrerla y no se había percatado del mobiliario moderno que la adornaba: mesas, sillas, sillones tubulares de acero pulido, asientos y cojines cubiertos con una elegante pieza de cuero color limón, tabiques rojos en el techo, muros blancos, *parquet* amarillo, todo un logro arquitectónico...

Frida le enseñó el lugar, dando brinquitos junto a él como una bailarina; en la planta baja se encontraba el garaje que usaba como almacén; en el primer piso una sala comedor y una cocina pequeña; en el segundo piso un estudio-recámara provisto de amplios ventanales y un cuarto de baño. Por último, en el techo plano había una azotea en la que una pasarela conectaba con el estudio de Diego. Allí fue donde una tarde, León le contó cómo al encontrarse hablando en directo, desde el edificio de Teléfonos de México, con trotskistas norteamericanos reunidos en un mitin, la comunicación había sido bruscamente interrumpida, saboteada por agentes rusos y estadounidenses, enemigos repentinamente unidos por una causa común.

—¡Para cerrarte el pico! —dijo Frida.

—¡Obviamente! —respondió León.

Un tanto reservada al principio, Frida acabó por llevarlo al amplio cuarto del segundo piso para mostrarle una pintura en la que estaba trabajando. Se había retratado sentada sobre una cama, junto a un bebé gordo de plástico, inanimado, casi tonto y sin ropa. No se trataba de una madre y su hijo, sino de una mujer posando junto a un muñeco sin vida.

León dijo:

—¿Tu soledad, no es así?

Tras un silencio prolongado, Frida, sintiéndose vacilar, respondió:

—Sí, efectivamente.

—¿Y qué título le vas a poner?

—*Yo y mi muñeca*... provisionalmente...

Qué raro resultaba que aquel hombre venido desde el otro extremo del mundo pareciera conocerla y comprenderla tan bien. Estuvo a punto de confesarle que había pintado ese cuadro después de perder a otro bebé, pero pensó que sería demasiado pronto, que no podía abrirse aún tan íntimamente. Entonces le tomó la mano, la besó y le dio las gracias. Esto dejó turbado a León.

Unos días después, León regresó a San Ángel. Se cruzó con Diego que iba de salida azotando la puerta. Frida lloraba, tendida sobre la cama de su estudio-recámara. Se habían peleado de nuevo, violentamente. Frida estaba harta. Delante de sus narices Diego había tratado de convencer a una joven vecina de que posara desnuda para él. Y para mostrarle cómo debía ser la relación entre el pintor y su modelo, le había plantado un beso en la boca.

—¡Frente a mí! —repetía incansablemente Frida—, porque sabe que odio eso, que meta por la fuerza su lengua en la boca de una mujer, en mi presencia. ¡Me da asco, así es! Lo hace a propósito, se muere de placer.

León no sabía qué hacer, cómo reaccionar.

—Ya no puedo más. El otro día se inventó toda una teoría de cómo es que la Virgen había concebido a Jesús atravesada por un rayo cósmico. ¡Y que, además, esto también le ocurría a otras mujeres, como a nuestra cocinera, una campesina que acaba de dejar preñada! ¡Me ve cara de pendeja! La gente dice: ¡Qué talento de orador, cómo habla! ¡Cómo miente, más bien! ¡Mi deseo más profundo es cortarle los huevos a este hijo de la chingada, y acabar con esto de una vez por todas!

Frida, fuera de sí, incluso llegó a confesarle a León que el «trotskismo» de Diego era una gran farsa. Se había vuelto trotskista porque necesitaba dar con un programa político dentro de la izquierda revolucionaria, pero que obviamente no estuviera vinculado al Partido Comunista y que, de ser necesario, pudiera apoyar su actividad artística.

—¡Por puro cálculo, León, carece de cualquier convicción propia! ¿Trotskista, él? ¡Mis huevos!

Las revelaciones de Frida eran tan íntimas que León no sabía qué hacer con ellas. Así, se fue enterando de que en la intimidad ella y Diego se hablaban de usted, que jugaban al hijo y a la madre, y que en aquellos momentos, el gran Diego Rivera se expresaba como bebé y se ponía en cuatro patas, moviendo torpemente sus ciento cincuenta kilos. La escuchó decir que Diego era insaciable, imprevisible, repetidamente infiel y que era imposible contar con él «en un plano afectivo»; que se desentendía de todo y nunca estaba para ayudar en los «momentos difíciles»... En verdad, la relación entre Frida y Diego era sumamente conflictiva.

—Estoy tan triste y aburrida que ya ni siquiera tengo ganas de pintar, León. Con Diego, las cosas están cada día peor. Tras haber sufrido meses de tortura, pensé que todo cambiaría para bien, pero es todo lo contrario. Por eso soy aquella mujer sola, sin bebé, fumando un cigarro junto a un muñeco momificado.

Frida urdió entonces un plan maquiavélico. Dado que desde un principio sentía atracción por Trotsky, ella, la comunista de verdad, se acercaría aún más a aquel gran hombre. Esa idea, que llevaba en la cabeza desde hacía algún tiempo, se materializó un día que regresaban de andar por el mercado de las flores, entre coronas mortuorias montadas sobre caballetes; enanos empuñando ramilletes de violetas y flores acuosas que se marchitaban con el aire; pilas de flores cortadas, verdes, amarillas, plateadas, negras, rojas que tenían el sabor dulzón de la muerte; entre toda esa masa de hombres armados, niños en los brazos de sus papás y mujeres encorvadas bajo los bultos. Frida ideó su plan maquiavélico en las entrañas de aquel México enjundioso, rebosante de furor insondable. Diego quedaría por siempre herido.

Una tarde que fue a visitar a León y Natalia, le dijo a él mientras se despedía:

—Podríamos darnos una vuelta por el salón Los Ángeles. Aquí decimos: «Quien no conoce el Ángeles no conoce la ciudad».

Añadiendo: «*All my love*».

—*Me too* —respondió León.

Ambos se percataron de que acababan de expresarse en inglés, ya que no ignoraban que Natalia desconocía por completo ese idioma. Aquello despertó su excitación, aquella complicidad instintiva, aquel secreto compartido. Hacía demasiado calor para los últimos días de febrero. Los sentidos, así como la flora, parecían aturdidos.

12

Desde que llegó a la Casa Azul, Trotsky desempeñaba diariamente una rutina de trabajo más bien amena, gozando de cierta serenidad. Pero el día de hoy era diferente, estaba furioso. Mientras subrayaba con lápiz rojo los fragmentos más agresivos que la prensa comunista le estaba dedicando, los leía en voz alta a su esposa Natalia:

—Escucha esto: «Trotsky no es más que un boyardo contrarrevolucionario viajando con su servidumbre». Y esto otro: «La Casa Azul: cuartel de la nueva guarda blanca». Y este tercero: «¡Es hora de juntar toda nuestra resolución para expresar nuestro desprecio por ese renegado!».

—Lvionotchek, sosiégate. Era igual en Francia, en Noruega, donde sea que hayamos estado…

—No me llames Lvionotchek, ¿quieres? Suena ridículo.

—«Leoncito» suena tierno, ¿no?

Colocándole a Natalia frente a los ojos el periódico de la Confederación de Trabajadores de México, se puso a gritar:

—¡Una cumbre! ¡Esto es el colmo!

—Obviamente, se trata de un bastión estalinista y su primer secretario, Lombardo Toledano, es agente del Kremlin…

—Lee, Natalotchka, te lo ruego, no me pongas más nervioso de lo que ya estoy.

Natalia accedió:

—«¡Conforme van corroborándose los rumores según los cuales el presidente Cárdenas está procediendo a la expropiación de accionarios británicos y estadounidenses a petición de Trotsky, nosotros los obreros de la CTM, proclamamos alto y claro que no habrá tregua ni descanso hasta que el judío Lev Davidovitch Bronstein, líder de la vanguardia contrarrevolucionaria, enemigo del pueblo chino, del gobierno español y del proletariado, sea expulsado! En cuanto a su apoyo al…».

Sin deseos de oír el resto, Trotsky salió de su estudio azotando la puerta montada con pequeños cristales entintados. Los vidrios, cuya masilla había sido corroída lentamente por las lluvias mexicanas, cayeron uno por uno, llevando el estrépito cristalino de cada golpe a retumbar por toda la casa… Ya estando en el patio consiguió amansar su ira. Sin embargo, la conclusión era amarga: su amistad con Frida se iba consolidando, su salud parecía ir mejorando, pero ahora estos malditos artículos lo llevaban de vuelta a lo que parecía ser su auténtica realidad: bastaba con que en un momento u otro de su vida consiguiera sentirse feliz para que acudiera de inmediato la desgracia.

A pesar de todo, lo peor aún estaba por llegar. Y entonces, la desgracia no se conformaría con acudir de inmediato, sino que lo hundiría con truenos y relámpagos. Pues bien, apenas hubo pasado unos días de ensueño en la casa de campo de Hidalgo en Bojórquez, cerca de Cuernavaca, un nuevo juicio se abría en Moscú. Diecisiete personas habían sido llevadas al banquillo de los acusados, entre ellos, Trotsky, principal inculpado *in absentia*. Entre las diversas acusaciones, más ridículas unas que otras —sabotaje de vías de tren, hurto de comida, intento de asesinato sobre la persona de Stalin por envenenamiento de sus zapatos y su gomina—, una le dolía particularmente: se le acusaba de haber firmado un acuerdo secreto con Hitler y el emperador del Japón. ¡Esto con el fin de apresurar el inicio de la guerra y así hacerse del poder en Rusia! Había que responder con suma celeridad. Valiéndose del argumento según el cual un hombre no podía ser condenado sin haber tenido la posibilidad de defenderse, fue creado un comité norteamericano para la defensa de León Trotsky. Y para respaldarlo en sus tareas se formó un comité de investigación sobre los procesos de Moscú, dirigido por el filósofo John Dewey, profesor reconocido mundialmente y cuya sola presencia era sinónimo de seriedad.

Durante toda una semana la Casa Azul se convirtió en un búnker: policías cacheando a los participantes, cristaleras tapadas con paneles de madera, barricadas de ladrillo y cemento de hasta seis pies de espesor y costales de arena apilados en la banqueta. Por dentro, después de que Natalia disimulara temporalmente un cuadro grande colgado en el baño, figurando un desnudo español del siglo XIX, por temor a que algún periodista malintencionado fuera a contar que Trotsky se rodeaba de pinturas pornográficas, finalmente se redactó en inglés un documento capaz de defender a Trotsky. En él, los cincuenta miembros de la comisión, al cabo de interminables discusiones, fielmente recogidas por Ruth Ageloff, una joven trotskista norteamericana, desmontaban una a una todas las acusaciones: terrorismo, espionaje, sabotaje, traición, intento de envenenamiento…

13

Durante aquellos días sórdidos, León no había podido ver a Frida más que en una única ocasión. Para conseguirlo tuvo que escapar de la vigilancia de sus guardaespaldas y los policías que se encontraban de guardia al exterior. Jean van Heijenoort, cuya lealtad era a toda prueba, salió de la casa manejando, mientras que Trotsky, acostado en el espacio entre los asientos delanteros y traseros, estaba oculto bajo una manta. Recobró vida al instante en que vio a Frida, quien le enseñó un dibujo realizado con lápiz de grafito llamado *El accidente.* En él se veía a una muchacha recostada en una camilla de la Cruz Roja y un autobús chocando contra un tranvía rodeado de gente muerta o herida.

—Lo dibujé a los diecinueve años —dijo Frida, añadiendo mientras besaba a León en la mejilla—. Me hace tan feliz verte, te eché de menos.

—Yo a ti también te eché de menos.

—Y entonces, ¿ese juicio?

—Quedamos en que no hablaríamos de política...

—Esto es distinto.

—Ya casi está por concluir. Por fin está amaneciendo en mi vida —respondió León bromeando. Y poniéndose repentinamente serio—: ¿Por qué me enseñas ese dibujo?

—Nunca se lo había enseñado a nadie. Ni siquiera a Diego. Es la única vez que he dibujado algo que haya ocurrido.

—¿Algo que te ocurrió?

—La chica en la camilla soy yo. Tenía dieciocho años…

Esa tarde, acurrucada contra el cuerpo de León, Frida le contó aquel terrible día de septiembre de 1925, en el que el autobús que la transportaba había sido embestido por un tranvía. Llevaba una falda liviana que le fue arrancada con el choque, dejando su cuerpo desnudo, cubierto de pintura dorada salida de unos botes que llevaba un pintor de casas. «La bailarina, la bailarina…», habían gritado los transeúntes. El pasamanos de la escalera la penetró por la cadera y había salido por la vagina. El resultado había sido atroz: columna vertebral partida, costillas y cuello femoral quebrados, pierna izquierda fracturada, pie izquierdo reventado, hombro izquierdo descoyuntado, hueso púbico dislocado…

—Me dieron por muerta, León. Y así fue. Ese día algo en mí murió. De hecho, soy incapaz de tener hijos —susurró. Agregando después—: Discúlpame, tienes tanto de que preocuparte y yo molestándote con mis bobadas.

—No son bobadas, Frida. Estoy muy conmovido de que hayas compartido esto conmigo; todos estos momentos difíciles de tu vida.

—Debes entender una cosa, León… México, en la superficie, es muy agradable. El sol lo ilumina todo, grandes flores de colores vivos alegran los árboles, estallan fiestas en cada esquina, pero en realidad, en este país se respira un ambiente cruel, penoso, de destrucción. Los que viven en esta ciudad desde hace varias generaciones lo saben bien: «El grito mexicano es un grito de odio». No lo olvides nunca.

Las horas pasadas con Frida eran siempre horas esenciales, ligeras o profundas pero esenciales todas. No es que hubiese dejado de amar a Natalia; entre ellos seguía existiendo esa increíble e inmediata complicidad entre sus almas, tanto para las cuestiones más ínfimas como para las mayores y que invariablemente se prestaba para comentarios trascendentes, pero con Frida estaba redescubriendo sensaciones olvidadas desde hacía tiempo. La conexión intelectual no era una evidencia, sentían que tratándose de ciertos temas, un abismo los separaba, pero ambos se sorprendían al comprobar que existía una pureza compartida, una pasión en común, un mismo rigor al servicio de una curiosidad sin límites. El sexo aún no se manifestaba en su relación, pero cada uno intuía que llegado el momento, acontecería naturalmente. Entonces, Frida sería para él una suerte de renacimiento: con ella, de eso tenía la certeza, todo sería posible y nuevo. Así pues, cuando le comunicaba su amor por la naturaleza, por la pesca, su afición por la botánica, era como si descubriera aquellos placeres por primera vez. «La isla de Prinkipo estaba cubierta de pinos cuyo aroma fuerte flotaba en el aire. La tierra era roja. El mar y el cielo cambiaban de color según la hora del día», le contaba León a Frida, quien emprendía con él un viaje por una Rusia al alcance de sus dedos, por amaneceres y crepúsculos malvas, en especial cuando le relataba sus antiguas partidas a Siberia para la caza del lobo, cuando el campesino echa a correr a toda velocidad, desenrollando un ovillo de hilo embadurnado de sebo, trazando un amplio semicírculo que el animal no conseguirá nunca atravesar.

Antes de regresar a la Casa Azul, Frida le pidió un favor a León que aceptó de inmediato: cuando esta pesadilla de juicio terminase, irían juntos al Club Azteca, aquel lugar de muros recubiertos de hojas de papel plateado de chocolate, para escuchar a la famosísima e inimitable Coquito, reina de la rumba, emperatriz del cuplé, y pedirían margaritas heladas.

14

Aún no era temporada de lluvias. El aguacero de la noche anterior había sido, pues, cosa inesperada. En la Ciudad de México se respiraba un ambiente extraño, como siempre que una temporada se fundía en la siguiente. Fue al cabo de unas semanas después de terminada la comisión Dewey, cuando León empezó a escribir las cartas que le enviaría a Frida. Las metía en los libros que le entregaba, a menudo en presencia de más gente, Natalia o Diego, por decir algunos, recomendándole la lectura de aquella gran obra.

Divertida y halagada por aquellas cartas, Frida en un inicio se conformó con leerlas sin responder. Pero una mañana, Diego, que estaba concluyendo una relación turbulenta con una jugadora de tenis, al mismo tiempo que reanudaba una más antigua con Ione Robinson, a quien había conocido hacía siete años, le informó que debía pasar unos días en Toluca con el propósito de trabajar con la joven modelo que acababa de retratar en una postura de lo más sugerente en su *Desnudo de Dolores Olmedo*. Por más que Frida tratara de convencerse a sí misma de que Diego se ensañaba en reemplazar a su madre con esposas y amantes, para luego desechar aquellas sustitutas una tras otra, con el fin de vengarse de quien lo hubiera abandonado de niño, el sufrimiento acumulado a lo largo de todos esos años se volvió en aquel instante insoportable. Tomó la inmediata decisión de contestar aquellas misivas apasionadas escritas por un León Trotsky cada día más preso de su propia seducción, y de escenificar la entrega de su primera respuesta a los mensajes que le comunicaba su amador. Con el pretexto de festejar el regreso de Diego, quien acababa de saldar —temporalmente, sin duda— su efímera relación con la bella Dolores, Frida organizó una cena a la que fueron invitados Natalia y León.

Con aquel motivo vistió una falda de velo negro transparente bajo la cual llevaba una enagua de seda de colores vivos que dejaba al descubierto hombros y brazos. De cejas arqueadas, nariz larga y puntiaguda, labios delgados que podían significar cierta crueldad de carácter, el mentón ligeramente redondo, abundante cabellera adornada con varios peines, el pecho en alto ceñido por la seda ajustada, sentada de lado en su sillón, la piernas cruzadas enfundadas en medias rojas, pretendía ser la reina de la noche, y lo fue. León, sin voz, subyugado, no le quitó los ojos de encima.

Al despedirse, Frida le obsequió a su invitado la *Historia de la eternidad*, obra de un joven escritor argentino prometedor, un tal Jorge Luis Borges, en el que había intercalado su carta. Aprovechando el periquete en que Diego se llevó a Natalia a otra habitación para enseñarle una estatuilla precolombina que acababa de adquirir, Frida juntó sus labios con los de León; y dándole a entender que aquel beso era tan sólo la premisa de lo que esperaba obtener de él, sujetó con la mano derecha su entrepierna.

Ya de vuelta en Coyoacán, León se encerró en su estudio, abrió la *Historia de la eternidad* y extendió la carta cuidadosamente disimulada bajo la tapa del libro. Se trataba de un dibujo realizado con tinta violeta en el que aparecía una mujer recostada de

15

En los días que siguieron, los «amantes» no consiguieron entregarse a la pasión. Sin consultar a Diego o a Natalia, acordaron que ambas parejas emprenderían una serie de excursiones a los alrededores de la ciudad. ¿Acaso no era deber de todos aprovechar al máximo los últimos días de sol? El ritual era siempre el mismo. Después de avisar a la policía se efectuaba la salida con la mayor discreción. Un auto y una *pick-up* eran puestos a su disposición. Se llenaban maletas con ropa, canastas con provisiones para el viaje, los guardias armados atiborraban sus bolsillos con municiones, y lentamente se ponía en marcha el convoy.

Dos destinos recibieron los favores de la cuadrilla. Por un lado, acudieron repetidas veces a Cuernavaca, una de las ciudades más antiguas del país, nombrada así por los españoles. Se tomó la costumbre de cruzar la ciudad fugazmente, salvo una parada en el hotel Leandro Valle, donde Diego insistía en mostrarle a León cómo es que el muralismo «podía alcanzar niveles espeluznantes de fealdad cuando era obra de un pintor de brocha gorda y encima retrasado mental político...»: un fresco de Siqueiros queriendo plasmar la injusticia social...

Alguna vez llamado «el lugar donde los árboles susurran» por sus antiguos pobladores, Cuernavaca se encuentra en el corazón de una región sembrada de huertos y jardines donde se dan en abundancia las bugambilias. Esta regocijante exuberancia tropical es la que Diego quería que presenciaran sus huéspedes. Mientras paseaban por los campos de caña y los jardines llenos de pájaros y flores, las dos parejas vivían en una exaltación y felicidad día con día. Natalia y Diego, puesto que nadie era capaz de resistir a tan lujuriante vegetación; Frida y León, dado que la incapacidad misma de poder tocarse aumentaba el deseo que sentían el uno por el otro. Apenas podían permitirse, durante algún pícnic en los claros o durante los paseos por el campo, intercambiar miradas, provocar un roce casual con el otro. Un día, mientras iban de regreso a la fresca y nublada Ciudad de México, el auto se detuvo frente a un guayabo silvestre que dominaba un pequeño arroyo. Diego puso a enfriar allí botellas de limonada y partió un par de naranjas gordas cuyas cáscaras ya vacías serían usadas como tazas. León y Frida intercambiaron discretamente las suyas y pegaron sus labios en la taza del otro, conmovidos. Otro día, Frida intrépidamente depositó debajo de la servilleta blanca de León —adornada con bordados multicolores representando flores y pájaros—, una carta dulce: «Te quiero. ¡Hasta pronto amor mío!».

Por otro lado, sus excursiones los condujeron varias veces a Taxco. Estando aquella ciudad a casi doscientos kilómetros de la capital, el trayecto duraba varias horas de ida como de vuelta. A León le gustaba ir a buscar especies raras de cactus, sacando de raíz ejemplares inmensos desde el fondo de barrancas secas, y que llevaba tambaleándose hasta el auto, envueltos en gruesas telas de yute, rechazando obstinadamente cualquier tipo de ayuda. En otros momentos, prefería dar largos paseos a caballo por los montes que flanquean la ciudad. Un día, habiendo planeado salir a cabalgar, se encontró frente a frente con un grupo de trotskistas estadounidenses quienes —nadie supo cómo— se habían enterado de que uno podía cruzarse con él, ya fuera en los callejones adoquinados de aquella antigua ciudad minera o en los cerros aledaños, jineteando desde lo alto de su yegua alazana. No bien hubo divisado la pequeña tropa, se puso a fustigar a su caballo, soltando gritos en ruso mientras huía a galope, solo, para desazón de su secretario Jan Frankel, quien no logró alcanzarlo, ni tampoco los policías encargados de su protección.

Fue a su regreso, varias horas más tarde, ya casi de noche, cuando estalló la disputa. Jan Frankel, su colaborador desde el año 1930, recriminó a Trotsky su comportamiento, estando todos sentados en torno a la mesa dispuestos a saborear unos tacos de carnitas, señalando con tono burlón que bien hubiera podido provocar alguna catástrofe, y que vulneraba su propia seguridad así como «la causa que todos aquí defendemos». León y Frida cruzaron una mirada, preguntándose de pronto si el secretario no estaría insinuando alguna otra cosa, si no había descubierto lo que entre ellos dos se tramaba. Loco de ira, Trotsky se levantó y le instó a Jan Frankel que se fuera de la casa «ahora mismo, sí, ahora mismo», detallando que a partir de ese momento se encontraba destituido.

El resto de la noche fue eléctrico. Natalia le reprochaba a León haber desaparecido y no concebía que pudiera separarse de un compañero tan fiel por un mero asunto «de paseo a caballo». En cuanto a León, no toleraba que Natalia lo reprendiera en público de aquel modo. Al sentir que el ambiente se cargaba, Diego dio inicio a sus payasadas. Al tiempo que engullía con ostentoso deleite tequila y pulque de apio y tuna, se lanzó en una de sus estrafalarias teorías, explicando que amaba más que nada a las lesbianas. ¡Seguramente porque él mismo sentía que lo era! Cuanto más parecía Natalia manifestar su desaprobación y malestar, más insistía él:

—Nada más hermoso que las mujeres y el amor. Todavía más cuando son dos mujeres las que se aman y uno es espectador, o mejor aún, cuando a uno se le invita a retozar con ellas…

Frida, por no dejarle todo el protagonismo a Diego, aseveró que la homosexualidad era un fenómeno natural, que la persona era la que importaba y no su preferencia sexual y que, dicho era de paso, a ella eso le encantaba; hacer el amor con una mujer:

—Un par de nalguitas bien paradas, una panocha vellosa, lindos senos rellenos. ¡Qué maravilla! Y los pezones, amigos míos, los pezones tienen su chiste. ¡Es más, les cuento que los prefiero oscuros, más que rositas!

Si bien Natalia se moría de vergüenza, Trotsky prestaba toda su atención, incluso parecía excitarle aquel duelo entre Diego y Frida. Mientras la observaba detenidamente, como siempre que la situación lo permitía, le parecía que Frida hacía alarde de una belleza sin igual. Con sus ojos de mirada profunda, sus labios y uñas pintadas con colores vivos, sus dos largas trenzas anudadas con listones e hilos de lana, sus desmesurados aretes de oro y sus lazos de boda guatemaltecos a modo de collares, su blusa de tehuana con volantes de encaje y su falda bordada con seda de colores, deslumbraba con una luz tan singular y encantadora que le era imposible resistir.

El contraste era sobrecogedor entre aquel Trotsky despampanante y verde, vindicativo, alegre, cortejando afanosamente a Frida y bebiéndose su belleza sin derramar una sola gota, admirándola sin poder saciarse nunca, en las barbas de un Diego que no parecía percatarse de nada y de una Natalia que sin duda lo advertía pero se descorazonaba en silencio y aquel otro Trotsky presa de migrañas horrorosas, vértigos, que se quejaba de su alta presión arterial y se lamentaba continuamente de que «la edad se hubiera abatido sobre él sin previo aviso».

Regresando de un paseo por Taxco, durante el cual Frida le hizo probar la sopa de ostiones, de propiedades afrodisiacas según los mexicanos, Trotsky descubrió sobre su escritorio un ejemplar de *La serpiente emplumada*, el libro de D. H. Lawrence, autor que había muerto algunos años atrás tras haber vivido un largo periodo en Cuernavaca. Decidió abrirlo más tarde, prolongando así el placer que lo invadía. Vertió una parte de su té de la taza al platito para que se enfriara y lo bebió dándole sorbos pequeños. Entonces abrió el sobre escondido entre las páginas del libro: «El jugo de tus labios no carece de ninguna fruta, la sangre de la granada, la redondez del mamey, la piña perfecta. Te espero mañana a las ocho. En el costado oeste del Jardín del Centenario. Estoy impaciente por que me hagas tuya, entera. Entonces no podrás olvidarme nunca». Firma: «Tu Friduchita»...

16

Sentada sobre un banco, esperando bajo la sombra de una asombrosa bugambilia, Frida lo reconoció de inmediato. Los ojos ocultos detrás de unas gafas oscuras, la cabeza tapada bajo un ancho sombrero de campesino mexicano y llevando una inusitada camisa de flores, León Trotsky entraba, dubitativo, al Jardín del Centenario. Se había rasurado la barba y el bigote…

En cambio, él no la había reconocido, de allí que se moviera inseguro. Cabe mencionar que si bien Frida llevaba una camisa negra engalanada con bordados rojos y amarillos y una falda ligera aderezada con grandes flores verdes, la sombra que proyectaba el árbol sobre ella la dejaba fuera del alcance de las miradas. Pero apenas se hubo parado y encaminado hacia él, esbozando un saludito con la mano, todas sus dudas se despejaron. Esa joven juguetona y alegre cuya falda parecía volar con cada paso no podía ser otra más que Frida. Ambos eran conscientes del enorme riesgo que esto suponía, pero el deseo era más.

—Tu barba, te la has…

—Quitado. Así es más discreto, ¿no?

—Sí —contestó Frida con una risotada.

—¿Y ahora? —preguntó León con timidez—, ¿qué hacemos?

—Ahora, me lo dejas todo a mí. —Se conformó con responder Frida, mientras le daba un beso en la mejilla.

Con aquel calor sofocante de los primeros días de abril, Frida decidió que lo mejor sería abandonar la ciudad y llevar a León a Xochimilco. Allá, bogando por los canales bajo la sombra de los árboles y el frescor de los jardines flotantes, moteados de flores y hojarasca, el calor sería más tolerable y sobre todo, pasarían totalmente desapercibidos. Tomaron el tranvía hasta la calzada de Tlalpan, de allí hasta la glorieta de San Fernando, y habiendo trasbordado, por fin llegaron a Xochimilco. Durante el trayecto, en el que a Frida le pareció más divertido acomodarse en segunda clase, donde tan sólo un pequeño barandal los separaba de la calle, se volcó a contarle tiernas confidencias. Con este modo de penetrar aún más dentro de la intimidad del otro, conseguían romper con las últimas reservas que les habían impedido hasta ahora proceder a un trato más físico. León bebía sus palabras.

Apretujados contra las canastas que llevaban las mujeres para transporte de verduras y flores, las cazuelas, los jarrones y ollas de barro de los campesinos que se dirigían al mercado, Frida contó cómo fue que se había robado a Juanito, el muñeco de su hermana para luego esconderlo en su armario y cómo fue que su madre, un día, había ahogado delante de ella unas ratas capturadas en el sótano de la casa, y más tarde también al perrito que tanto quería. Le habló de su padre, que solía ejecutar valses vieneses en el piano, que ella escuchaba atentamente, sentada a su lado, y de tantas cosas más. De su primer dibujo, un autorretrato del año 1925, que conservaba; de sus primeros cuadros, realizados justo después del accidente: *Autorretrato con las nubes*, los *Retratos* de Adriana Kahlo, de su hermana Cristina, de Miguel N. Lira, de Alicia Galant... Tenía que llevar por entonces un corsé de yeso. Se escapaba de la cama por las noches para ponerse a pintar.

Llegando al jardín, ubicado frente a la iglesia grande y al mercado, caminaron en dirección al embarcadero. Allí se encontraban en fila una multitud de pequeñas embarcaciones de fondo plano, decoradas con arcos floridos. La tradición dicta que el hombre debe elegir la trajinera que lleva el nombre de su amada o de una persona muy querida. Juntos optaron por subirse al barco llamado «Cristina», decorado con girasoles, margaritas y claveles blancos y amarillos, y se adentraron por los canales en medio de campesinos que ofrecían sus verduras, hombres vendiendo flores, señoras despachando a los visitantes porciones de comida que sacaban de ollas enormes de aluminio, y otros paseantes diseminados a lo largo de cenadores donde se bailaba y comía. La barca se deslizaba por canales delimitados por marquesinas cuyos techos de paja asomaban bajo las enredaderas. Por donde se mirara imperaba una suerte de exuberancia licenciosa, de invasión verde, y en el agua sobre la que bogaban flotaban hierbas como en alguna sopa. La corriente alisaba los iris, violetas y jacintos; un erotismo confuso colmaba todo el entorno. Bajo la capa de frescor, se adivinaba un pesado calor, perfumes embriagantes, cuerpos empapados. Por momentos, la vegetación se apiñaba sobremanera, el cielo desaparecía detrás de los árboles, y en pleno día era como entrar en una sombra crepuscular.

Enseguida le pidió Frida al remador que buscara un lugar apartado. Este último accedió de inmediato, amarrando su barco bajo un árbol inmenso cuyo ramaje se esparcía como un domo que lo disimulaba por entero. Dijo que volvería en un par de horas. En el interior de aquella gruta verde improvisada, el hedor a madera podrida se hacía más espeso y el silencio más pesado. De la cima de los árboles, de cuando en cuando, caían gotas tibias. Este recoveco acuático sería pues su recámara nupcial, la pajarera efímera en la cual se devorarían los labios.

Aquella primera vez fue algo torpe y muy conmovedora. Como si uno y otro no supieran lo que les estaba ocurriendo. Sus vacilaciones hacían que sus gestos fueran torpes, a veces inapropiados y les permitían explorar su placer con toda la amplitud con que habían soñado. Ella no se esperaba tanta pujanza en él, y le excitaba el fuerte olor de su sudor; a él pareció sorprenderle su flexibilidad y lo volvía loco la belleza de sus senos. Habían conservado parte de su vestimenta, con lo que su excitación se desdobló, así como la presencia muy cercana de barcos circulando a un costado sin percatarse de su presencia, llenos de mujeres que llevaban una rosa roja en el pelo y hombres de camisa blanca y un vaso de vino en la mano.

León, sin sus quevedos, parecía otro, hermoso a decir de Frida, pero le confesó que sin ellos se sentía como «desarmado», «absolutamente perdido». Esto provocó en ella un ataque de risa incontenible: «¡La próxima vez me dejaré los calzones!». Y ambos se quedaron dormidos. Un conjunto de músicos fue lo que los despertó. Tradicionalmente, en estos canales circulan orquestas que acompañan las barcas al son de la marimba: las melodías siempre son románticas y las canciones hablan de amor. La que les tocaron no se apartaba de esa línea. Escondidos bajo las ramas de aquel gran árbol, escucharon *María Elena*, coreada por Frida que como era costumbre, le cambió la letra:

Tuyo es mi corazón y también mi calzón.
Eres el sol de mi vida.
Soy toda tuya, sobre ti, debajo de ti, mi amor.
Ya todo el corazón te lo entregué y alguna otra cosa también.

Cuando regresó el remero, les propuso llevarlos a una guerra de flores. La idea cautivó a Frida y León se dejó llevar. Al entrar en otro canal, la barca fue asediada por una lluvia de flores que caían por doquier. Margaritas, claveles, lirios, alcatraces y rosas lo cubrían todo, mientras que los músicos tocaban sin parar. León y Frida hubieran deseado que no parara nunca esa fiesta de flores y música, pero era hora de pensar en el regreso.

Durante el trayecto de vuelta, se tomaron de la mano cual enamorados de la secundaria. Nadie parecía reconocerlos, lo que, al tiempo que los tranquilizaba, los divertía muchísimo. Si bien Frida llegó a casa sin mayor dificultad —Diego de nuevo se había ido con una modelo, «una húngara, o checoslovaca, qué más da», tras haber mutilado a cuchillazos un cuadro en el que figuraba un cactus, gritando que estaba «¡harto de aquel México de mierda!»—, no fue el caso de León.

Al llegar a la Casa Azul, los policías y los miembros de su guardia personal se encontraban en un estado de irritación profunda. Temían por su vida y todas las hipótesis habían sido evocadas, empezando por la posibilidad de un secuestro. ¿Acaso se había perdido por las calles de la ciudad? ¿No habría sido asesinado por pistoleros estalinistas? Natalia era quien más furibunda se encontraba:

—¡No me hagas esto nunca más! ¡Estaba muerta de miedo! El jefe de la policía ordenó que te buscaran por toda la ciudad. ¿Dónde andabas?

—Andaba paseando…

—¿Todo el día y sin guardia?

—Sí.

—¿Dónde, se puede saber?

—Por aquí y por allá.

—Dicen por allí que el Estado mexicano gasta demasiado dinero para tu protección. Tú sigue así y pronto verás que no quedará un solo policía frente a tu puerta.

León no se dignó a responder, murmurando solamente que deseaba meterse a su estudio a trabajar. No, no tenía hambre. No, no quería tomar nada. No, no tenía deseos de hablar, tenía demasiado trabajo. Fue una de las raras ocasiones en que la serenísima Natalia cerró la puerta del estudio de su marido azotándola y maldiciendo.

Sentado en su escritorio, León agarró una pluma y escribió en un trozo de papel, que después dobló e intercaló en un libro: «Frida, mi amor, beso tu cabeza amada, cubro de besos tus hombros, tus manos, tus senos, tu vientre».

Del otro lado de la ciudad, Frida reflexionaba en lo vivido aquel día. Le parecía que de repente todo se había esclarecido, como si un rayo hubiese iluminado la tierra. ¡El día siguiente se iría de San Ángel, dejaría a Diego y sus mentiras, se iría a vivir de nuevo al número 432 de la Avenida de los Insurgentes!

No pudo dormir. Con la ventana abierta, se sentó a escuchar los ruidos de la ciudad y luego el silencio, y luego aquella especie de miedo difuso y extraño que emana de pronto en las oscuras noches de la Ciudad de México. A veces, debía admitirlo, sentía que en lo más profundo de ella, le causaba miedo esa ciudad. Durante el día, la Ciudad de México causaba una suerte de encanto brujo, pero por las noches la fealdad más recóndita y el vicio salían a la superficie. Era aquella felicidad inesperada de la tarde, en la recámara de hojas verdes, la que le hacía sentir ese miedo. ¿Y si esa historia de amor, como todas las demás, terminaba mal?

17

En los días que siguieron a aquella tarde pasada en la barca floreada de Xochimilco, Frida no salió de San Ángel, porque Diego había decidido permanecer fuera de la ciudad varias semanas; de nada servía precipitar las cosas. León, en cambio, no tuvo la opción de salir de casa ya que la situación era cada vez más complicada.

Planearon otros encuentros que se tuvieron que postergar. Ambos tuvieron que conformarse con cartitas metidas en libros. «Jamás sentí semejante deseo. Me tienes embrujado, querida», le escribía León a Frida. «Todo, sin ti, me parece espantoso. Estoy enamorada de ti, más que nunca y cada vez más, mi Piochitas», escribía Frida a León y metía el sobre marcado con un beso de carmín en *Los hombres de buena voluntad* de Jules Romains, sabiendo que León invariablemente lo abriría antes de dormir la siesta cotidiana.

Con la primavera llegaron un sinnúmero de simpatizantes trotskistas a invadir la casa, alterando los planes de los amantes. Universitarios, periodistas, maestros, refugiados de toda Europa, intelectuales, abogados, sindicalistas, editores, sin mencionar a turistas, o incluso estrellas de Hollywood como Edward G. Robinson o el senador Henry Allen, quien estuvo a cargo de la campaña para presidente de Hoover, consiguieron penetrar hasta el interior de la Casa Azul para dialogar con Trotsky o confrontarlo en persona.

Como Natalia lo dio a entender, el cuerpo de guardias puesto a disposición de su marido fue reducido a ocho hombres, con turnos de guardia de doce horas. Además de las armas de corto alcance, no contaban más que con cinco de largo alcance, el mismo número de cartucheras y doscientos cincuenta cartuchos. Pero lo más preocupante era la campaña de difamación organizada por el Partido Comunista y sus simpatizantes. Considerado un «enemigo del pueblo» cuyas «ideas y actos congeniaban con el fascismo», a Trotsky no le quedaba más que mantenerse a raya. Apoyados por el escuadrón de sicarios de la policía secreta rusa, los comunistas mexicanos, muchos de los cuales habían sido entrenados en España, bajo el liderazgo del pintor David Alfaro Siqueiros, se proponían eliminar a Trotsky.

En medio de aquella tormenta, los dos amantes debían ingeniárselas constantemente, aunque tan sólo fuera para conseguir verse un instante. Frida tuvo una idea que le expuso a León en una carta metida en el ejemplar de *Canto a mí mismo*, un libro de Walt Whitman, que adoraba y le prestó: podían encontrarse secretamente en el departamento que su hermana Cristina tenía en la calle Aguayo.

Durante todo el mes de junio ése fue el refugio de la pareja, en el que cada uno podía con toda libertad dar rienda suelta a sus fantasías. León se conmovía con los aspectos infantiles de la personalidad de Frida, para quien los juegos eróticos eran un modo de fugarse de lo que llamaba su «vertiginoso sentimiento de vaciedad». A Frida le conmovía la obscenidad de ciertas palabras y gestos que León no dudaba en prodigarle, concediendo que con ella hacía cosas que nunca había hecho con nadie. Frida, quien adoraba verlo jugar con sus senos, y adoraba jugar con el sexo de León, tenía por lema: «En el sexo, todo lo que procura placer es bueno, lo que hiere es malo». Una sola cosa les faltaba: poder despertarse por la mañana el uno contra el otro y recibir juntos, entrando por la ventana abierta que daba sobre el balcón, el olor a tierra mojada de la mañana, el perfume de las jacarandas y de los volcanes de pronto tan cercanos.

—Aquí, el amanecer lo acerca todo —dijo Frida—. Las montañas y los bosques. Y cuando uno cierra los ojos, se percibe mejor el olor tan especial de la ciudad.

—¿Quién necesita el amanecer? —dijo León, la nariz pegada al sexo de Frida—. Sentirte a ti, aquí, es como sentir la primera de todas las mañanas. Tu perfume se confunde con el perfume desaparecido del antiguo lago de Texcoco.

El placer de Frida alcanzaba niveles desconocidos en el departamento de la calle Aguayo. León podía creer que todo era debido a su sola destreza. Al ignorar dos elementos que Frida mantenía ocultos para sí misma, y que intensificaban su goce, él vivía en un engaño.

El primer elemento tenía su origen en el año 1934, época en la que Frida acababa de sufrir un nuevo aborto tras tres meses de embarazo, con lo que se le había aconsejado abstenerse de tener cualquier tipo de relaciones sexuales por un tiempo. Mientras se encontraba en el hospital, Diego, quien anteriormente le había pedido a Cristina posar desnuda para él, inició, con quien hubiera representado como una Eva carnosa sosteniendo en la mano una flor con forma de vagina, una relación amorosa duradera, llegando incluso a instalarla en un departamento en la calle Florencia. Cristina era alegre, generosa, y ostentaba una feminidad atractiva. Después de su terrible accidente, aquella doble traición —la del marido y la de la hermana— significó para Frida la peor de las heridas jamás recibidas. Al pedirle prestado su departamento, conseguía vengarse de Cristina y la obligaba a ser cómplice de un adulterio.

Pero eso no era todo. Esta doble traición había dejado profundas llagas en Frida. Varios años fueron necesarios para que pudiera librarse de aquella telaraña de tristeza y celos en la que había caído. Ya repuesta de aquel impacto, tomó la decisión de gozar de la misma libertad sexual que su marido. Aquella decisión la había reiterado en varias ocasiones, desde ese triste otoño de 1934. Pero en esta ocasión gozaba doblemente de su venganza: se acostaba con el maestro intelectual de su marido, en el departamento de la hermana que la traicionó. Castigaba de este modo a Diego al mismo tiempo que llevaba a cabo un acto de resistencia. Fiel a la causa comunista, no sin distanciarse de la violencia asesina de Siqueiros y sus amigos, se acostaba con el hombre de la IV Internacional. Y aquel hombre, como le gustaba contárselo a Cristina, «la cogía divinamente». ¿No era eso, en resumidas cuentas, lo que más importaba?

18

Poco a poco, la relación fue entrando en un proceso de trivialización, aunque los seguía aguijando el temor de ser descubiertos o la dificultad de escapar de la policía política. Trotsky se pasaba los días trabajando y Frida nunca había pintado tan afanosamente. Con frecuencia se veían en casa de Cristina, inventando nuevos juegos sexuales o dedicando largas horas a platicar de lo esencial y lo fútil, convencidos de que nadie descubriría su secreto.

A finales de junio, Frida, quien cobijaba la esperanza de montar una exposición, invitó como de costumbre a varios amigos para escuchar sus consejos a un banquete que se suele llamar «cena de manteles largos». Por supuesto, León y su mujer estaban entre los invitados. La velada fue agradable y la cena generosa: una variedad de cremas de verdura, bacalao al estilo de la casa, costillar de cerdo en salsa agridulce, tortitas de papa, ensalada de calabaza, frijoles refritos con queso, nieve de limón. Había para todos los gustos. Al momento de servir el postre favorito de Frida, piña rellena con lenguas de gato, el ambiente en la casa se fue calentando. Ayudados por el vino, cada quien se soltó a cantar los temas de su predilección. Los corridos de la Revolución y las baladas populares eran las favoritas de la concurrencia. Mientras Diego bebía a sorbos una infusión de flores de naranjo entre tequila y tequila, Frida, quien tenía la intención de abandonar aquella habitación para mostrarle al «camarada Trotsky» sus últimas pinturas, se puso a cantar el célebre «Yo ya me voy / al puerto donde se halla / la barca de oro que debe conducirme / Yo ya me voy / sólo vengo a despedirme…».

—Excelente idea —gritó Diego, y agregó mientras le ofrecía a Natalia un tequila que ella rechazaba—: Y yo aquí me quedo con Natalia.

—Por qué no —contestó ella, algo abrumada por los sucesos.

—Eso es todo —murmuró Diego, cantándole a Natalia una versión muy personal de *México lindo y querido*—: «Natalia, linda y querida, si muero lejos de ti, que digan que estoy dormido y que me traigan aquí… Yo le canto a tus nalgas, a tus pechos y boca, a tus caderas que son como talismanes, del amor de mis amores…».

El taller de Frida se hallaba en la oscuridad. En lo que buscaban el interruptor a tientas, las manos de los amantes se rozaron. León besó a Frida, quien no puso reparos, y luego se echó para atrás cuando la luz iluminó la habitación de golpe. Como siempre que mostraba sus obras más recientes, Frida estaba nerviosa.

—Es como si tuviera las piernas abiertas y tú estuvieras mirándome el sexo —susurró, mientras descubría literalmente tres cuadros cubiertos con anchas tiras de tela.

—Pareciera un *striptease* —dijo León profundamente conmovido.

—Sí, de eso se trata, lindo.

En el primer cuadro se observaba una india hierática cuyo rostro cubría una máscara precolombina y que amamantaba a una Frida Kahlo con cara adulta y cuerpo de bebé.

—*Mi nana y yo*, en realidad toda una teporocha —dijo Frida.

En el segundo cuadro, un jarrón lleno de flores salvajes, cuyos tallos evocaban de manera explícita órganos sexuales, se erguía majestuosa al lado de una rosa solitaria.

—Sin agua no podrá vivir —dijo León.

—Así es —respondió Frida, acariciándole la mejilla—. Lo llamé, *Pertenezco a mi dueño...*

—¿Y por qué «Viva México» sobre el jarrón de barro?

—Seguramente por amor a la tierra que me vio nacer...

—¿No será más bien que a pesar del amor que sientes por mí, siempre serás «propiedad» de Diego?

—Y tú, Piochitas, de Natalia, ¿o no?

León guardó silencio.

—Mira —dijo Frida descubriendo el tercer cuadro.

León sonrió. Se trataba de dos miniaturas de escasos catorce por nueve centímetros, colocados en marcos idénticos con forma de lira e incrustaciones de concha. La primera era un retrato de Frida, la segunda de León. Estaban atadas por una cuerda que unía sus cuellos, como ahorcándolos.

—León y yo, 1937 - 19...

—La segunda fecha no está definida...

—Dios sabrá qué nos deparará el destino, amor.

Tras unos segundos de silencio, León dijo:

—¿Entonces has estado trabajando mucho últimamente?

—Sí, gracias a ti, mi amor. Y no es todo —agregó, mientras iba a buscar, escondido bajo otros lienzos, un cuadro sin terminar en el que se adivinaba un rostro.

—¿Eres tú?

—Sí, un autorretrato. Cuando lo haya terminado, te lo daré.

En vez de mostrar alegría, León de pronto se puso grave. No es que no le gustara el cuadro, sino todo lo contrario. Su felicidad, al recibir semejante regalo, estaba como mermada por un torrente de emociones y por un temor del que no había, hasta ahora, podido o querido percatarse.

—¿Qué tienes? —preguntó Frida.

Tras vacilar un poco, le confesó que se hallaba preocupado.

El día anterior, Natalia le informó que hablaba mientras dormía y que la había llamado a ella «Frida» en varias ocasiones. Soñó que acababa de escaparse de prisión, que había recorrido cientos de kilómetros de un desierto helado, montado sobre un trineo tirado por renos bajo el mando de un conductor ebrio.

—Suena más bien poético —dijo Frida.

—No. En febrero de 1906, me fugué de Beriózovo, donde estaba deportado, una ciudad localizada más allá del círculo polar... Volví a ver a Natalia. Nuestro hijo había nacido mientras me encontraba cautivo. Me estaba esperando en la pequeña estación de trenes rodeada de árboles nevados y planicies blancas... El sueño de anoche la afectó muchísimo. Empieza a sospechar de algo entre nosotros dos y...

Trotsky no terminó su frase. Frida acababa de oír a Diego silbando las primeras notas de la *Internacional* mientras recorría el pasillo que daba a su taller. Ésta era su manera de anunciarse, no tanto que quisiera avisarle de su llegada, sino que invariablemente se ponía a silbar la maldita *Internacional* siempre que tomaba aquel camino. Así era. Frida y León simularon estar contemplando *Mi nana y yo.*

Natalia, junto a Diego, apareció triunfal, anunciando que León se iría mañana mismo a la sierra en compañía de su guardaespaldas:

—Para ejercitar el cuerpo, para trabajar cultivando el campo, para andar a caballo, para cazar...

—¿Así nada más, como vil ladrón, sin ni siquiera avisarnos? —dijo Diego.

—Y, ¿a dónde? —preguntó Frida.

—A una hacienda a 130 kilómetros al norte de la ciudad —respondió Natalia—, cerca de San Miguel Regla.

—No estaba al tanto —ironizó León.

—Se me olvidó por completo decírtelo. Landero llamó, la hacienda se encuentra libre. Puedes ir cuando quieras... Hace buen tiempo. No tienes demasiado trabajo... entonces le dije que sí. Una auténtica maravilla, ¿verdad?

Obviamente, Natalia acababa de tomar a todos por sorpresa. Al anunciar este viaje colocaba a su marido contra la pared y lo obligaba a guardar silencio. No iba a iniciar una pelea conyugal frente a sus anfitriones.

La mirada con la que Natalia recorrió entonces los rostros de su marido y de Frida expresaba con claridad lo mucho que sospechaba.

19

Frida, quien acababa de recorrer más de un centenar de kilómetros por caminos labrados en las montañas de basalto rojo y cruzado pueblitos de calles empinadas llenas de cantinas, burros, polvo y viejas casonas de un color rosa deslavado por el pasar del tiempo, estaba exhausta. Por más prudente que fuera el chofer de Diego, el viejo Ford tambaleante había oscilado varias veces por encima de los acantilados. Pero cuando por fin vio el letrero indicando San Miguel Regla, Frida sintió su cansancio desvanecerse como por arte de magia. En el cielo volaban en círculo los zopilotes.

Puesto que no se le había dado aviso a nadie, Frida bien se imaginaba que no sería recibida con la mejor atención. Así pues, cuando se acercaron varios hombres amenazadores, metralletas en mano, y detuvieron el vehículo para hacerlos bajar, no se preocupó más de la cuenta, sino todo lo contrario, se tranquilizó: había llegado con vida tras aquel viaje por carreteras polvorientas donde camiones enormes, cuales recaderos de la muerte, circulaban a toda velocidad. Lógicamente, apenas hubo bajado del auto, Jesús Casas, el teniente de policía a cargo de la pequeña guarnición de la calle Londres, quien había acompañado a Trotsky hasta aquel lugar, la reconoció.

—Tan sólo estoy cumpliendo con mi deber, señora Rivera —dijo.

Frida odiaba que la llamaran de ese modo, «señora Rivera», pero para el funcionario de la policía, Frida Kahlo no existía, tan sólo la «señora Rivera». Mientras el chofer estacionaba el auto, ella recorrió a pie la corta distancia hasta la entrada de la hacienda perdida en medio de un bosque de pinos. Era una pesada construcción cuadrada con apariencia de fortificación, erguida en torno a un patio y cuyas ventanas exteriores estaban protegidas con barrotes. Trotsky ocupaba un pequeño departamento en la parte trasera de la casa. Habiendo recibido la noticia por parte de uno de sus guardias, se había acercado a la puerta para recibir a Frida.

—Tres días sin verte, es demasiado tiempo —dijo, precipitándose en sus brazos.

—Espera, aquí no —dijo, mientras la llevaba al interior de la casa.

—Pero si no hay nadie.

—No te fíes, todo se sabe, hay espías por doquier —le dijo al tiempo que le presentaba a una señora gorda que entraba en la habitación—: Teresa, la cocinera.

—¿Y cocina bien? —murmuró Frida en el oído de León.

—No, para nada —respondió, y habiendo esperado a que saliera de la habitación para besar a Frida con pasión, agregó—: me hubieras dicho que venías.

—No habría sido una sorpresa entonces, Piochitas —soltó Frida traviesa—. ¿No te alegras de verme?

—¡Por supuesto que sí!

—No quería estar alejada de ti en el día de mi cumpleaños.

—¿Tu cumpleaños?

—¡El 7 de julio! ¡Bueno, el 6 en realidad, pero siempre lo festejo el 7! Treinta años, la mejor edad, ¿no? ¿O qué, Viejo…?

Trotsky parecía disgustado.

—Ni siquiera tengo regalo para ti...

—¡Yo sí! El día de mi cumpleaños, soy yo quien da los regalos. Cierra los ojos.

Apenas le hubo puesto en las manos una cajita azul, empezó a hablar, quitándole la envoltura en su lugar. Era una pluma fuente de Misrachi y sobre el tapón había mandado grabar su propia firma.

—¡De este modo no tendrás pretexto para no escribirme!

—¿Cómo obtuviste mi firma?

—La robé —contestó Frida con aire retador.

La hacienda, cuyo aspecto más bien austero y tranquilo inmediatamente había llamado la atención de Natalia, quien se las había ingeniado para mandar allí a su esposo para que pensara en otras cosas que no fueran Frida, era sacudida por un huracán de alegría. Frida, insaciable, daba saltitos de una habitación a otra. León, quien la miraba girar con un entusiasmo que se contagiaba, entendía, de nueva cuenta, como cada vez que se veían, por qué había sucumbido a sus encantos desde el primer momento, apenas puso el pie en el muelle de Tampico. No paraba nunca, dando su opinión sobre los decorados, lamentándose de que no hubiera un solo ramo de flores en toda la casa, que esa ventana estuviera abierta y aquella cerrada, aseverando que un montón de hombres en la misma casa, encima armados hasta los dientes, no podía resultar más que una catástrofe, y que visiblemente no había nada que comer, y que a pesar de todo era necesario festejar su llegada y cumpleaños:

—Unas velas rancias, pedazos de jabón resquebrajados, chiles arrugados, algunos chapulines secos, polvo y un palomar vacío es todo lo que hay. Ah, no, sí tenemos botellas de tepache para ponernos hasta la madre. ¡Con eso no hacemos una fiesta!

Frida expuso sus soluciones: ya que esos hombres estaban armados, podrían ir a cazar patos y tórtolos a orillas del río que zanja la montaña. Los prepararía a la mexicana. Mientras tanto, ellos irían juntos a Huasca, una ciudad modesta a unos tres kilómetros de San Miguel Regla, y que fuera alguna vez un gran centro minero, pero que no conservaba nada de aquella época salvo su gusto por la fiesta, que se remontaba a tiempos en que abundaban el oro y la plata. Allá, entre los desfiles de julio, la música, el calor y el polvo, irían al mercado y regresarían con lo necesario para componer una mesa digna de ese nombre:

—Un mantel calado blanco de Aguascalientes, platos de Talavera y vasos azules de vidrio soplado.

—¿Estás segura de que encontrarás todo eso? —inquirió León.

—Por supuesto, Bicho —le contestó Frida.

El paseo por los pasillos del mercado de Huasca por poco se interrumpe apenas comenzó. No bien se bajaron del auto, un muchacho saliendo de la oficina de correos reconoció a Trotsky. Aunque este último llevara unos *knickerbockers* sueltos en las rodillas y estuviera vistiendo pantuflas de casa, el joven cartero no dudó en saludarlo puño en alto.

Felizmente, Frida se hizo cargo de la situación y tras tomar a León por los hombros, se adentró con él en lo más profundo del mercado. Compró frijoles negros para una ensalada, berros, jitomates, aguacates, más lo necesario para preparar una sopa de camarones, y chocolate, indispensable para la elaboración del mole.

—¡Esto te cambiará un poco tus comidas de elote y plátano! —le dijo a León.

De vuelta en la hacienda, se puso a cocinar con Teresa —quien hacía berrinches por sentirse depuesta de su rango— y preparó una mesa para fiestas en el patio de la casa, sembrado de árboles y adornado con flores, donde Teresa se dedicaba a la cría de conejillos de Indias y que era dominio de un viejo guajolote y un viejo gallo. Para variar, al terminar la cena se pusieron a cantar. Pero en lugar de las *Mañanitas,* Frida entonó canciones más melancólicas, como las *Golondrinas,* y otras más que hablan de amor y separación.

Esa noche, la primera que pasaban juntos, Frida y León, sin

tratar de justificarlo, no hicieron el amor. León le contó cómo eran sus días. Quizá se debiera al calor infernal o al cansancio pero el caso es que daba pocos paseos, escribía mucho y le gustaba irse a sentar en el patio a disfrutar de la compañía del guajolote y el gallo, quienes venían a verlo. Dormía como un lirón y describió su estado de ánimo con esta frase misteriosa: «Pensamientos y sentimientos son ahogados y confusos. Mejor así». Frida, por su parte, no habló más que de una cosa: su pintura. Así era cada vez que se encontraba en un momento de intensa producción. Como si fuera incapaz de hacer otra cosa que no fuera pintar y hablar de su pintura. Diego era padrino del pequeño Dimas, hijo del indio Dimas Rosas, que había posado para él. El niño murió a temprana edad, como todos los hijos de Rosas, quien prefería consultar a los brujos que a los médicos. Desde tiempos de la colonia, los retratos mortuorios conformaban una tradición que se proponía rendir homenaje a seres ejemplares. Entonces quiso rendir homenaje a su manera al pequeño Dimas, muerto en vano a los tres años de edad. Lo había retratado acostado en su lecho de muerte con una corona de cartón en la cabeza; vestido con la seda roja de los Reyes Magos, los ojos abiertos explorando la nada.

—La muerte vista por una atea —dijo León.

—Sí, precisamente. La mortandad infantil alcanza niveles demenciales en México.

—¿Tienes ya el título?

—*El difunto Dimas.*

Más tarde, cansados de tanto hablar, León y Frida cayeron en un sueño compartido.

En la mañana, el suave perfume de unos claveles los despertó, mezclado con la fragancia resinosa del pino, con un difuso olor a hojarasca y al aroma del café que Teresa acababa de preparar. El gallo cantaba. Frida no podía permanecer más tiempo. Era tan sólo una escapada. Otras seguirían. Se lo prometió a sí misma mientras veía a León hacerse cada vez más pequeño conforme el auto se alejaba.

20

Frida emprendió varias veces el camino a San Miguel Regla, en algunas ocasiones bajo una alfombra de nubes, en otras, bajo un sol color amarillo brillante en la luz quebrada de las montañas silenciosas; regresando siempre muy temprano, después de tomarse precipitadamente un café, para poder llegar a la Ciudad de México antes de que anocheciera, puesto que con las lluvias el camino de regreso presentaba grandes riesgos.

Pronto, con los días, el cuento empezó a complicarse. Por un lado estaba la vida de León; quien atrapaba peces con sus propias manos, dormía la siesta, galopaba durante horas por la campiña, leía *Le Temps* mientras bebía té; seguía escribiendo su obra, aunque cada vez más alejada de su acción política, y nutría mal que bien su biografía del «chacal del Kremlin». Por otro lado estaba la vida de Frida, quien consideraba que los seres vagaban inexorablemente solos y que nada jamás conseguiría sacarlos de aquella soledad. Frida se hallaba más que nunca volcada hacia sí misma y se preguntaba por momentos si su capacidad para el cambio seguía intacta. León, a pesar del exilio, el miedo, el frágil sosiego que le proporcionaba San Miguel Regla, era capaz de proyectar su mirada en la distancia, de anticipar los eventos, como lo hiciera en aquel estudio que acababa de concluir y en el que vaticinaba un conflicto mundial para dentro de un par de años, que implicaría —de eso tenía la certeza—, una alianza entre Alemania y la URSS. Frida, en cambio, vivía presa del miedo: miedo a no poder pintar más, a seguir sufriendo, a no saber cómo lidiar con aquella historia de amor; miedo por último de perder a León, puesto que aquella «biografía de mierda», como le decía, era sin duda alguna una obsesión para Stalin, quien se empecinaría en impedir que su autor la terminara. León era quien era, la situación que vivían los dos amantes era lo que era, pero Frida no estaba preparada para ponerle fin a este amor. Frida aún necesitaba a León.

En un principio, todo había parecido fácil. Ahora, la más mínima contrariedad era motivo de disputa. Un día, cuando regresaba de dar un paseo con León en el cual se metieron —sabrá Dios por qué— en una iglesia de Pachuca con muros de cal y ornamentos azul y oro, llena de flores salvajes y ramas amarillas esparcidas por el suelo, ellos que habían sido tan felices siendo ateos, disfrutaron el silencio de aquel recinto. León se puso loco de ira porque a ella le había parecido una buena idea contarle cómo fue que Diego la sorprendió alguna vez en la cama con el escultor japonés-americano Isamu Noguchi. ¡Fue todo un número a la Chaplin! Noguchi, pantalón en mano, había escapado por las azoteas, perseguido por un Diego que le disparaba con su pistola, mientras que el perro de Frida se ensañaba en destrozar rabiosamente un calcetín del amante prófugo.

—¡Por favor, Piochitas, eso fue hace más de un año! ¡Es cosa del pasado! ¡A ver, a poco te pregunto yo si te la chupa Natalia! ¡Párale, por favor!

Aquel absurdo ataque de celos colmaba a Frida de felicidad.

—¡Me amas de verdad, Viejo! ¡Si te pones celoso es porque me amas de verdad! —insistía, mientras se bebía unos vasos de pulque.

A decir verdad, esta disputa disimulaba otro asunto. León estaba preocupado. Su tensión nerviosa, que se manifestaba a menudo con malestares que lo hacían palidecer momentos antes de que tomara la palabra durante las reuniones, se había disparado de nuevo. Natalia, quien le escribía dos veces al día, habiéndose enterado seguramente de los viajes de Frida a la hacienda, le exigía explicaciones, y cada vez con más apremio. Su círculo más cercano —secretario, guardaespaldas, colaboradores—, eran enviados a San Miguel Regla con la misión de ponerle fin a lo que Natalia llamaba «esa relación inútil y sin mañana». Trotsky, quien había entregado su vida entera a la política revolucionaria, estaba exponiéndolo todo a la ruina. Si llegase a enterarse Diego, todo estallaría con consecuencias insospechadas. Y en cuanto a los comunistas mexicanos se refiere, empezando por Siqueiros, exigirían su expulsión inmediata del país. Jean van Heijenoort, quien por años había dedicado su vida a Trotsky, era de entre todos el más virulento. Trotsky, quien lo hubiera insultado un día que se enteró que había salido a bailar a un salón de la ciudad, quien lo sermoneaba con la necesidad de comprometerse en cuerpo y alma con la causa, quien no paraba de aleccionarlo, quien pretendía pasar por un ejemplo de virtud, se acostaba con la mujer de aquel que lo había recibido, engañando de paso a la mujer que lo acompañaba desde hacía años, jugándose la vida. «Le di los mejores años de mi vida; lo consideré como un modelo a seguir, Lev Davidovitch, qué terrible decepción», se lamentaba Jean van Heijenoort, en llanto.

Pero entre más argumentos presentaba la partida adversa, más se obstinaba Trotsky en hacer caso omiso. Por momentos estaba harto de la Casa Azul, que comparaba con un campo de trabajos forzados: traducir, escribir, mecanografiar documentos y más documentos, dar conferencias y protagonizar otras intervenciones, meterse a dormir con una pistola en la piyama... Y todos aquellos colaboradores, empezando por Natalia, que no hablaban más que de deberes, virtudes, honor, ascetismo. Trotsky se ahogaba. La vorágine de misivas de mujer herida que le mandaba Natalia le provocaba asco. Y enfrente estaba Frida, despampanante, divertida, llena de vida, siempre reinventándose, siempre riéndose, siempre dispuesta a aventurarse en lo que fuera. Por eso es que por momentos podía estallar por cualquier nimiedad y le daban ataques tontos de celos.

A principios de agosto, mientras Frida se alistaba en vistas de un nuevo viaje a San Miguel Regla y echaba una última mirada al espejo —en cuyo reflejo podía apreciar una falda larga de algodón y volantes de colores vivos, corsé con chorrera, maquillaje discreto, lápiz labial rojo como la sangre, cabellera partida a la mitad, trenzada y recogida sobre la nuca con un listón—, abrió la carta que le acababan de entregar. Hubiera podido leerla en el auto, pero prefirió tomarse el tiempo de disfrutarla sentada en la terraza de la casa de San Ángel. Hacía un día hermoso y reconoció feliz la escritura de León. La carta había sido enviada de Huasca y estaba escrita con tinta morada, correspondiente a la pluma que le había regalado a León.

Tuvo que leerla varias veces para convencerse de que no se estaba equivocando. Se detuvo en cada frase, en cada palabra. León sonaba abatido, se explayaba, se revolcaba en sus sentimientos, retomaba esa letanía dolosa sobre su edad —«No hago ningún esfuerzo, no tengo perspectivas»—. Frida no lo podía creer. Hacía apenas unos días, en San Miguel Regla, la había poseído como nunca y había recobrado aquel aspecto de invulnerabilidad. En resumidas cuentas, León le manifestaba ahora un loco amor que se encontraba en la incapacidad de asumir. Frida sería su último amor, el que lo viera renacer en vida y morir al mismo tiempo, por no poder vivirlo plenamente. «Mis ojos avejentados no aguantan tu sol destellante», decía antes de concluir: «Debemos dejar de vernos, mi amor. P.D.: Por ningún pretexto dejes que caiga esta carta en manos de terceros, quémala, te lo ruego, amor mío, quémala».

Frida se mantuvo inmóvil durante varios minutos, deshecha, sin voz. Luego, tras informarle al chofer que no saldría para San Miguel Regla, empuñó una botella de *whisky* y fue a encerrarse en su taller.

21

Frida estuvo unos días moviéndose con la carta de León metida en su bolsillo, sin volver a leerla, sin querer jamás volver a leerla. Esa carta conmovedora, que era mucho más que una simple carta de ruptura, que era una de las más bellas que jamás hubo recibido, la había compuesto un hombre maduro, vuelto sobre papel el adolescente de diecisiete años que alguna vez fue. «La resurrección de un ser humano se debe casi siempre al nacimiento de un nuevo amor», había escrito a modo de epígrafe en aquella carta, que en realidad era tan sólo la primera de las dos que llevaba aquel gran sobre… En su precipitación y turbación, Frida no había reparado en la segunda… Mientras la abría, se recitaba a sí misma frases de la primera: «No fue amor, ni cariño, ni afecto, fue la vida misma, la mía, lo que descubrí al verla entre tus manos, sobre tu boca, entre tus pechos», «me percato que estoy y estaré por siempre contigo. En este instante, todavía empapado de emociones, mis manos se hunden entre naranjas, y mi cuerpo se deleita al sentir cómo mis brazos te rodean», y por último, su favorita: «dormí con tu flor; dejaste flores sobre mi hombro, flores rojas».

Aquella mañana salió en auto. A unos cuantos kilómetros al noroeste de la Ciudad de México se halla una tierra plana y abierta en la que se extienden campos rocosos, vallas de cactus y zarzas polvorientas. Detrás de un amasijo de grandes rocas amarillas, una hilera de sauces dibuja una enorme mancha verde que esconde un lago de aguas profundas. Siendo niña, acostumbraba ir a aquel lugar con sus padres y hermanas. Desde entonces acudía con frecuencia siempre que una gran congoja conseguía expulsar su natural alegría.

Allí fue donde abrió el sobre para leer la segunda carta. León, probablemente perturbado por lo que acababa de escribir, había traspapelado las misivas colocando en un mismo sobre las cartas para Natalia y para Frida. Frida no creía en la suerte, en cambio sí creía en el destino que pone a los hombres en el lugar indicado, en el momento indicado, exigiendo de ellos que tomen solos la decisión que cambiará para siempre sus vidas. Leyó en voz alta frente a las aguas centellantes del lago:

«Natalia, desde que llegué a esta tierra, mi pobre pito no se ha parado ni una sola vez. Como si no tuviera existencia alguna. Él también se está tomando un descanso tras los esfuerzos de los días vividos. Pero mi ser entero —menos él— piensa con ternura en tu vieja panocha amada. Quiero lamerla, introducir mi lengua en ella hasta lo más profundo. Natalochka amada, quisiera de nuevo penetrarte con fuerza, con la lengua y con el pito. Disculpa, Natalochka, estas líneas. Es la primera vez, creo yo, que te escribo con este tono. Te mando un beso grande y abrazo tu cuerpo entero contra el mío».

Frida se detuvo unos minutos, tomó varios tragos del *whisky*, y reanudó su lectura, deteniéndose en algunas partes, agregando esta vez sus comentarios personales:

—«Mi Nati única, eterna, fiel, mi amor, mi víctima». —¡Pinche ojete!—. «Oh, tus ojos, Natacha, en los que vi reflejada toda mi juventud, mi vida entera...». —¡Viejo lastre, trotskista de mierda!—. «Mi escritura se descompone a causa del llanto, Natalotchka, ¿pero podría ser que algo más...?». —¡Pobre diablo impotente, desecho pueril del comunismo!

Como para quitarse el mal de ojo leyó de nuevo, y más alto, la carta que León le había enviado: «Uniremos nuestras bocas, nuestros cuerpos, nuestras almas, amor mío, mi renacimiento...».

«¡A la chingada!», vituperó para sus adentros, después de tomarse un trago largo de la botella, «¿cómo puede un hombre mandar al mismo tiempo dos cartas de amor a dos mujeres distintas, el mismo día?». León había expresado su deseo de que quemara su carta después de leerla. Hizo más que eso. Recogió una piedra de redondez casi perfecta que envolvió con las dos cartas y las arrojó a las aguas del lago. Aguardó inmóvil a que los surcos causados por el impacto desaparecieran por completo, y cuando el agua recobró su lisa calma, partió sin mirar atrás.

Le había pedido al chofer que regresara por ella al caer la tarde. Le quedaban varias horas por delante. En una orilla del lago, una cabaña ofrecía comida barata. Con el *whisky* en la mano se sentó en una mesa y ordenó un festín pantagruélico.

—Las penas abren el apetito —se justificó ante la linda mestiza de falda roja ceñida y pies descalzos que la atendía: sopa, arroz blanco, charales, estofado, verduras, y una canasta de mangos, papayas y zapotes—. Las penas abren el apetito y a veces también dan ganas de coger —volvió a decir dirigiéndose a la muchacha. Se llamaba María y le contó que los trabajadores de la construcción vecina a veces venían a verla para hacer cosas. Le dijo que si quería, lo que hacía con los hombres también podía hacerlo con una mujer que no sólo estaba limpia sino que además olía bien.

Con el fin de desempeñar mejor su otro oficio, la muchacha se desvistió por completo y cubrió su cuerpo con adornos de plata falsa y turquesa, cual un ídolo antiguo. Cuando terminó de hacer el amor, Frida miró detenidamente el cuerpo de María. Recordó el autorretrato que había iniciado y cuyos primeros trazos había enseñado a León el día en que había entrado a su taller. Decidió que le pondría el cuerpo de María. Su autorretrato adoptaría la belleza salvaje de aquella india cuyo ímpetu la había llevado a lugares a los que ningún hombre hasta ahora había sabido llevarla. Sentada, con las manos recogidas sobre el pecho, le prodigó un último beso antes de vestirse. María rechazó los billetes que sacaba Frida.

—Entre mujeres no —dijo.

La noche estaba cayendo cuando los faros del Ford Break iluminaron los muros de la cabaña. Del otro lado del lago, un convoy de camiones se aproximaba levantando una nube de polvo.

—Allá van los trabajadores —pronunció María sencillamente.

22

¿Sería correcto hablar de una victoria de Natalia? Y si así fuera, ¿de una victoria definitiva? El caso es que —ya fuera por venganza femenina o por la necesidad de marcar su territorio— para festejar el regreso de quien no nombraba más que «mi queridísimo marido», aun sin estar casados, Natalia organizó una fiesta en la que naturalmente estaban invitados, como lo indicaba el cartón, «el señor y la señora Rivera».

Durante aquella fiesta, en torno a una barbacoa al pulque, una gigantesca ensalada de aguacate y copitas de coñac brincando de mano en mano, Frida, a quien precedía el murmullo de sus faldas y faldones multicolores, adornada con joyas cual diosa azteca, derivó por todos los tonos del abanico de las emociones: alegría, tristeza, indiferencia, rabia, sin saber qué hacer, qué decir, ni cómo comportarse. Aunque ya no llevaba consigo la carta de León a Natalia, bien hubiera podido arrojar su contenido en medio de aquella habitación y provocar el primer estremecimiento de un magno terremoto. Optó por mantener el silencio y observar, cual entomólogo, al par de bichos que se meneaban bajo su mirada. Ella lo sabía todo, ellos nada.

En el transcurso de la noche, Frida, quien se había ido a descansar en un sofá de la habitación contigua a la recámara de León y Natalia, oculta en la penumbra, alcanzó a oír las primeras voces de una disputa que iba creciendo. Ella, quien alguna vez había presenciado las idas y venidas de León en su estudio, dictando frases en francés o en alemán mientras daba amplias zancadas, no reconoció por completo aquella voz sincopada, rítmica, melódica. Como quebrada por la emoción, tambaleante, la voz vacilaba, se entorpecía, mientras que le contestaba otra voz —la de Natalia— firme, fuerte, segura de sí misma, segura de tener la razón.

Presa de un nutrido sentimiento de culpabilidad hacia Natalia, por la aventura que acababa de tener con Frida, Trotsky había preferido tomar la ofensiva en vez de reconocer sus errores y le escenificaba ni más ni menos que un ataque de celos. ¡A pesar de haberse entregado en cuerpo y alma a su marido desde hacía muchísimos años, en los asuntos de mayor y menor relevancia, aquel gran hombre la estaba recriminando por una infidelidad ficticia, supuestamente ocurrida en 1918! En aquel entonces, un camarada, ciertamente atraído por ella, le había ayudado a entender cómo desempeñarse en el puesto que acababa de obtener en el departamento de museos del Comisariado del pueblo para la instrucción pública...

—¡Eso tiene veinte años, veinte años, Lvionotchek! —repetía Natalia, una y otra vez—. ¡Y yo no hice nada!

Trotsky, aferrándose a su dignidad, se conformó con responder:

—¡El pasado es el presente!

Disimulada en la oscuridad, Frida alternaba entre la risa y el llanto. Atrapado entre un sentimiento de culpa y su orgullo personal, Trotsky, quien era grande en la política, se llenaba de ridículo con cada intervención, sacando a la luz su increíble mala fe.

—Te voy a decir, mugroso leoncito —le decía Natalia—, proyectas sobre mi persona el error que cometiste y te castigas solo, infligiéndote las torturas que suponen para tu alma la simple evocación de esta infidelidad. ¡Si no fuera porque me invade el llanto, me estaría partiendo de la risa!

—Ese Iat, puesto que así se llamaba, ¿verdad? —insistía Trotsky—; ese muchacho que...

Frida nunca había escuchado a Natalia enfrentarse a Trotsky con semejante determinación. La humillación a la que se sometía buscando defenderse casi conseguía conmover a Frida en su sensibilidad de mujer. «Siempre es lo mismo con los hombres», pensaba ella, a punto de acudir al rescate de Natalia quien terminó por alzar la voz:

—Basta ya, Lvionotchek, me tienes cansada. Yo no hice nada. ¡Yo no me acosté con Iat, pero tú sí te fuiste a la cama con esa puta de Frida! ¿Acaso te estoy preguntando qué hacías o no hacías con Clare Sheridan; quien supuestamente esculpía tu cabeza en barro encerrada en tu oficina del Kremlin, allá por 1920?

Trotsky se quedó callado. La tendencia se estaba invirtiendo.

—El pasado es el presente... ¿Eso tratabas de explicarme hace rato?

En esta ocasión el silencio prolongado que siguió a la pregunta de Natalia, Frida lo recibió como una cuchillada; Natalia y León se estaban reconciliando, lo intuía. A diferencia de la calma terrible que surge en el ojo del huracán, durante la cual la bestia recobra el aliento para irrumpir con fuerza renovada, la disputa se disipó de golpe. Trotsky pronunció algo, de nuevo con voz serena, profunda, y cada una de sus palabras era como un navajazo que clavaba en el cuerpo de Frida:

—Natalotchka, estamos juntos desde hace treinta y cinco años. Estoy asombrado al ver todo lo que el mundo nos tiene reservado cuando la desgracia se abate sobre nosotros. Jamás abandonaremos al otro, ¿verdad? Eres mi alma gemela, con nadie más puedo hablar de la vejez que se avecina. Sólo tú eres capaz de entender lo que siento.

—Mi leoncito, mi amor.

—Quiero que sepas que no sólo eres mi camarada, mi ama de casa, sino también la mujer que deseo. Por eso es que te mandé aquella carta un tanto brutal; sé que ni tú ni yo hemos perdido nuestro apetito sexual. De lo contrario, esa carta no habría sido más que un compendio de insultos.

—¿De qué me hablas? ¿Qué carta?

—¿No la recibiste? Te hablaba de tu panocha, de mi pito. Te contaba que con Frida todo había terminado...

—¡León, por favor! ¡No, no recibí ninguna carta de esa índole, lo recordaría!

—Qué raro —dijo Trotsky.

—No tiene la menor importancia, Lev Davidovitch. Y como dices bien: ni tú ni yo hemos perdido nuestro apetito sexual.

Frida, del otro lado de la pared, se encontraba fuera de sí. Tanta cursilería, tantas mentiras le provocaban náuseas. La conversación siguió, Trotsky le confesó a Natalia que derramaba lágrimas de contrición, de tormento, que seguiría siendo su «viejo perro fiel». Enseguida rememoraron sus vidas, cómo fue que se conocieron, en 1902. Evocaron el departamento de la calle Lalande y el de la calle Gassendi; la tumba de Baudelaire que asomaba por encima del muro del cementerio del Montparnasse, le recordó que ella recibía veinte rublos al mes, enviados por su familia, él mencionó sus colaboraciones en varias publicaciones, para «llegar a fin de mes». Sentía amor por esa mujer de gran corazón, quieta, con su rostro de pómulos pronunciados y ojos más bien tristes. Aunque de ascendencia noble, manifestaba rasgos rebeldes desde la más temprana edad, y eso lo había cautivado de inmediato. Ella había sido de inmediato atraída por su vitalidad, su mente ágil, su gran capacidad de trabajo... Esto era demasiado, Frida se incorporó. Esta escena le parecía repugnante, le daba asco. ¿Cómo es que había podido caer en los encantos de aquel anciano, que había llegado a revelarle que tras sus cabalgatas en San Miguel Regla se sentía como Tolstoi, quien después de ir él también a caballo durante horas, pero con setenta años, regresaba apestando a orines, a estiércol, a campo, lleno de deseo y concupiscencia por su mujer? ¡Pues que ese «viejo perro fiel» se quede con su revolucionaria achacosa, y que se atragante con su nostalgia chorrienta!

La velada parecía interminable. Frida había perdido la cuenta de cuantas copitas de coñac había tomado, pero conseguía distinguir entre nieblas las miradas de odio que le echaba Natalia. Trotsky apenas se atrevía a dirigirle la mirada, con lo que uno podía suponer que no le había contado toda la verdad a Natalia: su ruptura con Frida sin duda no era tan definitiva como lo pretendían sus palabras. Diego, borracho y escandaloso, le gritaba a quien tuviera a la mano que «cada vez que se cogía a una mujer quería verla sufrir y que Frida era la víctima más asidua de ese repugnante hábito suyo». Algunos se echaban a reír al imaginarse que se trataba de una broma, otros manifestaban su malestar. Frida toqueteaba nerviosamente sus perlas y fruncía el ceño, se moría de vergüenza.

«¡Esta noche sí estuvo de la chingada!», pensó. Como siempre que sentía inundarla la desesperación, se preguntó qué tipo de dique podría improvisar en ese momento para lograr contener la marea. En un rincón del patio, Jean van Heijenoort fumaba un cigarro. En varias ocasiones pudo percatarse de que sus encantos no lo dejaban indiferente. Él era aún joven, le gustaba bailar, tenía mucho éxito con las mujeres, se parecía a Jean Marais, aquel actor que descubrió en las páginas de la revista *Ciné*, y era libre como el viento desde que su mujer e hijo se fueran a vivir a los Estados Unidos.

Tras una breve conversación, lo invitó a que se vieran la siguiente noche en el Tenampa, un bar de moda de la ciudad. Tan sólo pensar que podía llevarse a la cama a la examante de su líder espiritual lo emocionaba. Accedió a la invitación de Frida y le plantó acto seguido un beso tierno en el cuello.

23

El idilio duró tan sólo unas semanas. Jean van Heijenoort, fungiendo como secretario, traductor y guardaespaldas, disponía de poco tiempo para sí. A menudo iban a cenar al Bellinghausen, en la calle Londres, donde tenían una mesa reservada. Pero nada en su comportamiento podía dar a entender que fueran amantes. Dicho sea de paso, Trotsky, quien evidentemente no estaba al corriente de nada, no les facilitaba las cosas. Incapaz de entender que su joven asistente quisiera salir por las noches, siempre le encontraba alguna tarea, obligándolo a quedarse en la Casa Azul, con lo cual tampoco lograba impedir que se fuera de todos modos, aunque sólo fuera, tal y como se lo decía a Frida, «para evacuar toda la tensión que se genera entre las paredes de esa maldita casa».

Las dos parejas —Trotsky y Rivera— seguían viéndose como de costumbre, pero un observador perspicaz hubiera podido detectar inmediatamente los sutiles cambios que afloraban en sus relaciones. Una nueva distancia se había instalado. Frida ya no soltaba los «*love*» al foro como solía hacerlo, y la relación entre las dos mujeres pasaba de la frialdad a la efusión repentina. Diego, demasiado ocupado en prodigar sus atenciones a sus nuevos modelos y en contar cuántas copitas de coñac era capaz de empinarse en un minuto, ostentaba cierta indiferencia. León, en cambio, vivía aquella situación con sumo sufrimiento y vergüenza.

Una historia semejante no puede concluir así sin más, de golpe, por decisión de uno u otro. Sus ramificaciones son complejas, los recuerdos afloran sin avisar, la menor brisa puede atizar los rescoldos que perviven bajo la maleza. En varias ocasiones los dos amantes estuvieron a punto de retomar la relación. Si es que realmente había cesado en algún momento. Si bien es cierto que ya no hacían el amor, aún se veían de vez en cuando. Su complicidad era una realidad, la compenetración, obvia. Todo, en las miradas que cruzaban, en los gestos, en los sobreentendidos que dejaban al aire hablando de tal o cual cosa, apuntaba a que aún eran muy cercanos.

León, quien fuera el único en decirle a Frida que se había acordado de ella en la mañana del 17 de septiembre, aniversario de su terrible accidente, tenía sin embargo una gran obsesión: quería a toda costa recuperar las cartas que le había escrito. «¡Tan sólo imagina que caigan en manos de la OGPU!». No paraba de decirle. Frida no sabía qué hacer. Entregarle sus cartas equivaldría a separarse de él por segunda ocasión. Finalmente accedió y se las entregó, no sin haberlas leído todas de nuevo, varias veces. Él le informó al día siguiente que las había quemado junto con las suyas, y que eso le había causado un gran dolor. Ella quedó muy resentida.

Transcurrió un tiempo, otoñal, durante el cual se reunía a menudo con León en el patio de la Casa Azul. Algo había cambiado. El patio, que hacía no mucho todavía rebozaba de lujuria y luz, donde de pequeña jugaba con sus hermanas, ahora le parecía sombrío, por momentos grave, como muerto; demasiado apagado, excepto cuando un tranvía pasaba detrás de la barda con ruido de hojalata, o cuando los motores de los autos con sus explosiones simulaban ráfagas de metralleta. Entonces fue cuando por fin le reveló a León que ella había recibido la carta que estaba dirigida a Natalia.

—¿Qué carta? —preguntó.

—La carta en la que hablas de tu verga, Piochitas —respondió Frida, feliz por el efecto que había logrado, pero sorprendida también por el grado de indiferencia con que León se tomó aquella revelación.

Como si todo esto no tuviera ya más importancia. Estuvo a punto de soltarse a reír.

—¿La destruiste?

—¡Con ella envolví una piedra que luego aventé a un lago!

Y como para cerciorarse del grado de desapego del uno por el otro, Frida y León se las arreglaron para darse a entender que estaban cada uno viviendo un nuevo amorío. Tras haberle puesto fin a su relación con Jean, con la misma prontitud y extrañeza con la que la habían iniciado, Frida se había prendado de una joven irlandesa, una corredora de arte con las nalgas cubiertas de pecas y se las ingenió para que León las sorprendiera un día besándose en el patio, detrás de una maceta enorme con flores rojas y blancas. León, por su lado, había urdido un plan diabólico que por poco provoca un escándalo mayor. Apenas concluyó su relación con Frida, y apenas se reconcilió con Natalia, empezó a cortejar a una joven mexicana vecina suya. Para poder verse con ella, era preciso encontrar una excusa que no levantara sospechas. Dado que presentía, con toda la razón, que un grupo de pistoleros enviados por Stalin se estaban alojando en una casa cercana a la suya, había concebido un plan para escapar de ellos en caso de agresión; subiría por la escalera oculta en el fondo del jardín para irse a esconder a casa de la joven vecina. Evidentemente, unos cuantos ensayos eran necesarios antes de poder decidir si era viable la estrategia, ensayos que debían realizarse en el secreto más absoluto. La muchacha, reacia por no decir más, claramente le señaló a Trotsky que despreciaba sus insinuaciones y no le hacía la menor ilusión verlo brincar el muro por las noches. Político hábil pero pésimo estratega en los asuntos del corazón, Trotsky parecía no querer entender. De nuevo fue requerido todo el talento de persuasión de Jean van Heijenoort para que renunciara a su dulcinea. La versión que le presentó a Frida nada tenía que ver; con el objetivo de no comprometer la existencia misma de la IV Internacional, que no hubiera resistido el impacto de semejante escándalo, si llegase a estallar, había tenido que rechazar las plegarias ávidas de la joven vecina...

El 7 de noviembre, cumpleaños de Trotsky, quien festejaba sus cincuenta y ocho años, y adicionalmente el vigésimo aniversario de la Revolución de Octubre, Frida le regaló a León el autorretrato que había empezado a pintar en los primeros días de su relación, un cuadro pequeño de sesenta por setenta y seis centímetros. En vez de retratarse a modo de campesina vestida de tehuana o de militante comunista con el puño en alto, optó por un atuendo de gran burguesa, en un ambiente un tanto estirado, como en las fotografías que tomaba su padre en su estudio. Salía con el torso erguido, rígida entre dos hojas de gruesas cortinas blancas. Pecho y orejas adornados con joyas coloniales. Pelo recogido, trenzado, decorado con un clavel rosa y un moño rojo. Falda color salmón con volantes blancos, corsé púrpura, rebozo ocre. Uñas pintadas, boca de un rojo vivo, mejillas chapeadas. En una mano un ramillete de flores silvestres, en la otra una carta en la que se alcanzaba a leer: «Para León Trotsky, con todo mi amor, le dedico este cuadro el 7 de noviembre de 1937. Frida Kahlo en San Ángel, México».

Mientras le entregaba su cuadro, Frida miró a León con fijeza. Parecía realmente emocionado y le dio las gracias besándola tiernamente. A Frida le pareció ver sus ojos detenerse un momento sobre su busto ceñido bajo el corsé y los pliegues del rebozo amarillo ocre, complacida por tratarse no de su cuerpo sino del de la joven india que había amado en la cabaña a la orilla del lago. Frida también observó a Natalia, quien aseguraba ver una obra «de lo más encantadora; tan fresca, casi juvenil».

En verdad, se daba perfectamente cuenta de que Natalia entendía muy bien el sentido profundo de aquella pintura, y de que sufría por ello: esta encantadora muchacha, tan decente en apariencia, era en realidad venenosa y se entregaba nuevamente y sin el menor pudor a su «marido».

Cuando terminó la fiesta, Frida regresó a su casa. Pensando que no podía más, que se hacía tarde, que se encontraba cansada, se tomó tres dosis de Phanodorm y trató en vano de conciliar el sueño.

24

Natalia desbordaba de alegría. Hacía meses que no se le veía en tal estado de euforia.

—El comité de defensa acaba de mandar un telegrama de Nueva York. ¡Dio a conocer públicamente el veredicto durante el mitin! ¡No culpable, Lvionotchek, no culpable!

La calma de Trotsky desentonaba con el entusiasmo que se había propagado por toda la casa.

—«Damos fe de la impostura que representan los procesos de Moscú». Está impreso, Lvionotchek, «la fabricación del caso», «la impostura» de los procesos de Moscú.

Trotsky alzó lentamente la cara y soltó su pluma, la misma que le había regalado Frida:

—Está bien. Eso está muy bien —dijo sin más.

Natalia siguió:

—«Establecemos pues su inocencia», Lvionotchek, oyes, «¡la inocencia de Trotsky y León Sedov!».

Poco a poco el estudio se fue llenando de gente. Secretarios cargando sus libretas, cocineras limpiándose los dedos en el mandil, guardaespaldas pistola en mano, camaradas apostados en el patio con las metralletas cruzadas sobre el pecho.

—Que nadie abandone su puesto, se lo ruego —dijo Trotsky—, sobre todo tú, Jean, eres el mejor tirador aquí.

Natalia le alcanzó el teléfono a León. Al otro lado de la línea se encontraba Ruth Ageloff, quien le brindó una ayuda invaluable durante las sesiones de la comisión Dewey, traduciendo, mecanografiando, buscando documentación. Eufórica, le pasó a su hermana, la joven Sylvia, también militante trotskista estadounidense y quien deseaba felicitar al héroe de viva voz.

Luego se encendió el radio. La comisión de investigación informaba que los doscientos cuarenta y siete considerandos, con una extensión de cuatrocientas páginas, serían publicados por Harper & Brothers, en Nueva York, bajo el título de *Not Guilty!* (¡No culpable!).

Diego llegó estrechando a León y a Natalia en sus brazos.

—¡Nos los chingamos, a los estalinistas!

Los firmantes del documento eran abogados, escritores, editores, periodistas, había incluso un antiguo miembro del Comité Nacional de la Confederación de los Trabajadores de México, antiguos diputados del Reichstag, cuantiosos profesores, médicos, investigadores.

—¡Es una gran victoria, León! —repetía incansablemente Diego—. ¡Nada será como antes! ¡Es valiosísimo, valiosísimo!

—Ya se verá, amigos míos. No nos apresuremos. Hemos superado una etapa pero el camino aún es largo...

Esa misma noche los Rivera, como les decía Natalia a sabiendas que le ponía los pelos de punta a Frida, organizaron una fiesta en la casa de San Ángel, a la que fueron invitados un gran número de trotskistas mexicanos y extranjeros presentes en la Ciudad de México. Esta victoria les pertenecía y por nada en el mundo dejarían de festejarlo. Nuevamente hubo bebidas y cantos. Nuevamente Diego disparó su pistola, desde la terraza, apuntándole a supuestas estrellas parpadeando en la noche mexicana. Nuevamente Diego, muerto de hambre y de un pésimo humor, mandando al diablo médicos, dietas y medicinas, se embuchó todo lo que se le atravesaba, mujeres y alimentos, arremetiendo, quién sabe por qué, contra la religión católica y los servidores de Dios con una falta de respeto y una vulgaridad inéditas. El tumulto que le siguió elevó el frenesí de aquella noche. Frida, quien no se quedaba atrás, se propuso inexplicablemente ejecutar una vuelta de carro. Evidentemente no lo consiguió, pero al deslizar sus faldas por sus piernas, tapándole la cara, la concurrencia boquiabierta pudo percatarse de que no llevaba calzones. Había caído la gota de locura que aún le faltaba a la noche. Diego quería que todos se besaran, hombres y mujeres, mujeres con mujeres, hombres con hombres, y que el alcohol literalmente corriera a raudales. Jean van Heijenoort, quien hasta entonces había conseguido no tomar un solo vaso de alcohol, pensó que no le quedaba más que rezar por que nada grave ocurriera. Efectivamente, hubiera bastado con un puñado de tiradores bien posicionados, o participantes armados con cuchillos, incluso granadas, para llevar a cabo una masacre y asesinar a Trotsky sin que se hubiera sabido nunca de dónde había salido el balazo, tanta era la confusión dentro de la casa.

Justo antes de que empezaran a irse los primeros invitados, aprovechando la oscuridad de la terraza, Frida colocó su mano en la entrepierna de León, susurrándole al oído:

—Dime, Piochitas, ¿tu caracolito no se estará resfriando sin mi concha?

León no contestó. Frida nunca supo si no había oído o si se había negado a responder.

Si bien el 12 de diciembre representa para los trotskistas el día en que la comisión Dewey los absolvió de los crímenes de los que se les acusaba, para los mexicanos se trata del día en que se celebra el culto a la Virgen de Guadalupe, su santa patrona. A partir de ese día y hasta Nochebuena, se preparan y llevan a cabo en los diferentes barrios de Coyoacán unas fiestas populares muy concurridas: las posadas. Un grupo de niños se propone ir a visitar a los de otra calle, quienes a su vez irán a visitar a los de otra calle, y así sucesivamente hasta el día de Navidad. En cada puerta, el grupo de niños pide posada. Los diálogos son consabidos: «En nombre del cielo / os pido posada, / pues no puede andar / mi esposa amada». La respuesta es inmediata: «Aquí no es mesón, / sigan adelante, / yo no puedo abrir, / no sea algún tunante». Y la conversación se instala: «Venimos rendidos desde Nazaret; / yo soy carpintero de nombre José...». «No me importa el nombre / déjenme dormir, / pues ya les he dicho / que no voy a abrir». Pero finalmente las puertas sí se abren. Se les da la bienvenida a los peregrinos. Los niños, corriendo, penetran hasta el patio. Con los ojos vendados, palo en mano, arremeten contra las piñatas que vuelan en mil pedazos, esparciendo sus tesoros. Los adultos llegan más tarde, al atardecer, repartiendo dulces y juguetes. Se sirven grandes comidas que protagonizan las empanadillas de chorizo, el pollo relleno y los frijoles, las quesadillas de flor de calabaza y de papa.

Trotsky vivió aquellos días típicamente mexicanos con cierta extrañeza. Aquel ajetreo lo desconcertaba, le provocaba malestar. No era capaz de decir por qué. Unos días antes de que el año 1937 se transformara en 1938, tuvo un sueño extraño que insistió en contarle a Frida. Todo le parecía absurdo, de principio a fin, absurdo y cruel. Empezaba en la cocina, la cocina grande azul y amarillo de la casa de la calle Londres, infestada de hormigas, de cucarachas y de cantidad de otros insectos que no conseguía erradicar, que se paseaban de un lado a otro en una procesión ininterrumpida. Luego el sueño seguía, incorporando aparentemente elementos del Día de la Virgen. Mientras tanto, en el radio un comunicado anunciaba la ejecución sin previo juicio de ocho personas, todos antiguos colaboradores de Trotsky. Grupos de gente llegaban a tocar a la puerta de la Casa Azul. Ya no eran niños sino adultos, y aunque entonaran los diálogos habituales —«En nombre del cielo / os pido posada, / pues no puede andar / mi esposa amada», etcétera—, el ambiente jovial había cedido ante el miedo. Soplaba un viento helado, la oscuridad no se disipaba. Los que llegaban a pedir posada formaban un contingente nutrido, el de las víctimas de Stalin; los anarquistas asesinados en las calles de Madrid, cantidad de anónimos, muchos rostros derramando sangre, los cuales Trotsky podía nombrar: Marc Rhein, secuestrado en los pasillos de un hotel; Camillo Berneri, arrojado en un callejón con el cuerpo acribillado; Andreu Nin, desaparecido en Cataluña; Gamarnik, que fue hallado «suicidado»; Boudou, Mdivani, Okoudjava, Eliava, antiguos camaradas muertos en el paredón todos; Kavtaradzé, asesinado en un sótano; los hermanos Nestor y Mikhaïl Lakoba, ejecutados en un camino de terracería; Erwin Wolf, su amigo tan querido, emparedado vivo en su celda; Ignace Reiss, hallado en una zanja cerca de Lausana; y Kurt Landau, ajusticiado a media calle; todos hombres sin rostro, rostros sin cuerpo, sepultados en el océano.

—He allí mi sueño, el cual prosigue en el patio donde los espero, donde se me obliga a destrozarles el cráneo a palos, como en su juego de la piñata. Mientras escucho elevarse por las calles el clamor de los que exigen mi expulsión del país... Frida, por momentos tengo la sensación de vivir, aquí en este jardincito tropical de Coyoacán, rodeado de fantasmas con la frente perforada.

Frida nunca había notado a León tan cansado, tan desanimado. De repente, y por primera vez, le pareció muy viejo, desgastado. Decía que no podía más, que toda su vida había tenido que mostrar sus documentos a funcionarios insidiosos, justificarse, esconderse, huir. En la mañana de aquel día terrorífico, un periodista del *Baltimore Sun* había venido a entrevistarlo. León había pedido la cantidad estrafalaria de mil dólares, que evidentemente le fue rechazada. La redacción había sido muy clara: no desembolsaría más de doscientos dólares. Al contarle la anécdota, León arreciaba en su enfado frente a una Frida afligida que no hallaba las palabras para darle a entender que ya no era el hombre poderoso que alguna vez fue, que no era más que un antiguo comisario de todas las Rusias en exilio custodiado.

Ya nada parecía entretener al hombre mayor. En esta época navideña, Frida se la pasaba en las tiendas, buscando regalos para sus amigos. Le enseñó a León las muñecas de cartón vestidas de acróbata y otras con trapos plateados que tanto le gustaban. También le mostró los patines multicolores y los silbatos de diferentes formas que coleccionaba y en los que de repente soplaba, decía, para «estremecer a la burguesía» en medio de una conversación formal o de una obra de teatro con el fin de manifestar su inconformidad. León se mantenía yerto, varado en su terrible sueño, en su desilusión.

Tras un largo silencio, le tomó la mano y le dijo suavemente:

—La evocación del pasado siempre mete miedo, ¿no es así...? Pero cuando esa evocación se propone sepultar el presente… se vuelve infernal.

Frida no supo qué decir. De hecho, aquella reflexión no forzosamente llamaba alguna respuesta. En el patio la noche se había instalado desde hacía tiempo. Frida y León se hablaban en una oscuridad casi negra. Pensaron que se adentraban en una noche cerrada. La noche en la Ciudad de México es más negra que en otros lados, siempre con la acechanza en suspenso, algo brutal.

—De verdad esta noche es atroz —dijo Frida, preguntando tras un largo silencio—: ¿En qué piensas, mi amor?

León no parecía extrañado. Ambos sabían que seguían amándose, pero con un amor diferente, quizás más profundo, cuyas fronteras eran turbias.

—Pienso en un caballo ruano moteado de blanco, lo veo corriendo y saltando, relinchando, muy agitado, con la crin al viento y las narices ensanchadas. Golpea las piedras con sus cascos. Galopa a orillas del agua. Me pregunto qué estará persiguiendo.

Frida sonríe.

—¿Te parece ridículo? —preguntó León.

—Al contrario. Escucha... Mientras soñabas, yo trabajaba en mi taller. Insomnio otra vez, es cada vez más frecuente... Pinté un paisaje con acuarelas. En medio, un edificio grande y delante de éste, ¡un caballo galopando! El cielo es de un azul intenso. La sombra del caballo es lo único que le da profundidad a esa imagen. Curiosamente, mientras pintaba podía oír el chasquido de los cascos. El conjunto permea una sensación de ahogo, de soledad.

—¡Pintaste mi sueño!

—No lo sé. Siempre he considerado que no pinto mis sueños, sino mi propia realidad.

—Sí, pero aquí se trata de mi sueño y no del tuyo...

25

El año 1938 empezó con un extraño suceso. Encontrándose Trotsky fuera de casa, un hombre desconocido se presentó ante la Casa Azul cargando dos grandes costales de abono para el jardín de Diego Rivera, según dijo. El repartidor aseguró que los enviaba el general Múgica, ministro de Comunicaciones. El guardia, desconfiado, rechazó los costales invitándolo a que regresara al día siguiente. Lo que lógicamente no sucedió. Y cuando se quiso comprobar si el general había dado la orden de que se entregara algo en la Casa Azul, resultó que jamás había instruido a nadie con ese propósito.

Aquel evento se traslapó en la mente de Trotsky con otro. Como cada 5 de enero desde el año 1933, se acordó del suicidio de su hija Zina, quien había dejado abierto el gas en su departamento de Berlín. Ella también había sido hostigada por los agentes secretos del Kremlin. Ella también temía más que nada verse forzada a regresar a Rusia algún día. Desde que murió el padre de su hijo, Platon Volkov, deportado en Siberia, había sufrido numerosos ataques de delirio que la habían llevado a internarse en varias ocasiones. Pero en Berlín, sola, desesperada, embarazada, le pareció que la única solución consistía en ponerle fin a sus días. Sobre su mesita de noche dejó una carta dirigida a su amiga Jeanne Martin des Pallières, en la que le encomendaba el cuidado de Sieva, su hijo de seis años, «tan bueno»...

De los cuatro hijos que tuvo Trotsky, Zina era de quien se sentía más cercano, porque se parecían físicamente y, de cierto modo, moralmente también. Así era cómo en cada momento difícil de su vida, desde el 5 de enero de 1933, rememoraba aquella muerte, cavilando para sus adentros la posibilidad de optar un día él también por ese mismo fatal desenlace.

Ese asunto de los costales de abono lo tenía profundamente afectado. Empezó por imponer medidas de protección más estrictas, exigiendo que un pequeño destacamento montara la guardia veinticuatro horas al día y que un sistema de alarma fuera instalado en la casa de Coyoacán.

Al percatarse de que se llevaban a cabo entradas y salidas sospechosas en la casa contigua a la de Trotsky, Diego Rivera tomó cartas en el asunto. Tras comprobar la identidad de los vecinos, emprendió una serie de obras en la Casa Azul. Abrió un pasaje entre dos habitaciones, con lo que sus ocupantes evitarían dar una vuelta en caso de que fuera necesario escapar; tapó ciertas ventanas con tabicones de barro y se dispuso a acondicionar una amplia abertura en el muro que compartían la Casa Azul y la casa de al lado que tenía la firme intención de comprar. Grandes costales de arena cerrarían todo acceso a la calle Londres y siempre que hubiera visitas, León se encerraría en una de las habitaciones antes de que se abrieran las puertas que daban al patio.

Como si el miedo provocado por el asunto del falso repartidor no fuera suficiente, la campaña de calumnias y amenazas orquestada por los estalinistas mexicanos reinició con mayor contundencia. Esta vez le reprochaban a Trotsky su participación en el aplastamiento de la revuelta de Kronstadt en 1921, insinuando que, ilustrando el dicho según el cual el fin justifica los medios, no había tenido reparos en matar a gente inocente. En realidad, lo que temían Trotsky y su entorno no era tanto los ataques de la prensa, a los que habían acabado por acostumbrarse, sino los llamados a salir a manifestarse delante de su propia casa. Un simulacro de manifestación política, llevado a cabo en la esquina de las calles de Londres y Allende, bien podía degenerar y transformarse en un atentado contra su persona.

Debido a todo esto, Diego Rivera opinó que quizás sería más prudente que su invitado se mantuviera alejado de toda esta agitación por un tiempo y le propuso irse a vivir con un amigo suyo, Antonio Hidalgo, en su casa de Lomas de Chapultepec, en el poniente de la ciudad. Con el fin de disimular la ausencia de Trotsky, Natalia permanecería en Coyoacán y haría su mejor labor para simular la presencia de su marido en aquel lugar; no dejaría entrar a nadie al cuarto de Trotsky, aludiendo a una enfermedad que lo mantenía en cama, y de vez en cuando le llevaría té, libros, la prensa del día que acostumbraba devorar, sin olvidar sintonizar la radio en los horarios que le gustaba hacerlo.

El 13 de febrero, Lvionotchek se zambulló en el auto estacionado en el patio, se recostó en el piso cubriéndose con una cobija mientras Jean van Heijenoort al volante pedía que le abrieran el portón y dejaba atrás la caseta de policía con un ademán que significaba: ¡voy solo y con prisa!

La casa de la pareja Hidalgo era un remanso de paz y sus ocupantes de buena gana manifestaban las mejores atenciones, teñidas de profundo respeto. Puesto que no podía salir para aprovechar el parque tan cercano, pero cuyo olor penetrante a césped y árboles conseguía distinguir, ni los innumerables comercios que alegraban día y noche las calles de ese barrio elegante, Trotsky se pasaba los días leyendo y escribiendo, principalmente un artículo titulado «Su moral y la nuestra», al que constantemente le iba sumando nuevos párrafos. Hidalgo y Jean van Heijenoort eran su enlace con la Casa Azul. Desde su exilio en Turquía, en febrero de 1929, Trotsky y Natalia no habían estado separados más que por periodos cortos. Ésta era la cuarta vez que les sucedía y, como en las anteriores, se enviaban cartas repletas de detalles del día a día.

Meditando en lo que llamaba el «futuro no tan cercano», le revelaba que contemplaba sustituir sus trajes blancos por chamarras de cuero, sus zapatos claros por unos de tono más oscuro y su sombrero de paja por una cachucha. Le pidió que le enviara su abrigo, su tapabocas y su faja médica porque sentía un dolor en los riñones. Le instó a que le hiciera llegar su goma para el cabello, que había olvidado en Coyoacán y un cepillo de cerdas duras para poder mantenerlo erguido. En realidad, y a pesar del acto de contrición insistente a los pies de Natalia, intentando convencerla llorando de su amor incondicional y de su intensa dependencia de ella, no podía dejar de pensar en Frida, en todo lo que acababan de vivir juntos, en todo lo que ella le había dado. La nostalgia por ese pasado inmediato era una nostalgia de tinte feliz.

La mañana del 16 de febrero estaba a punto de escribirle de nuevo para manifestarle el deseo que tenía de volver a verla, cuando un alboroto se produjo en la entrada de la casona. Diego Rivera, monumental, empapado de sudor, el rostro grave, lo que le imprimía una cierta grandeza dionisiaca, irrumpió estrepitosamente en su cuarto, seguido por Jean van Heijenoort:

—¡León Sedov ha muerto! —dijo Diego.

—¿Cómo dice? —soltó Trotsky gritando.

Diego repitió «León Sedov ha muerto» alzando con la mano el periódico de la noche anterior, en el que se publicaba la nota de París.

—Liova, mi pequeño Liova… ¡Lárguense! ¡Salgan de mi cuarto, váyanse de aquí! —imploró a sus visitas, preguntando enseguida—: esperen, ¿Natalia lo sabe?

—No.

—Entonces se lo anunciaré yo. Llévenme ahora mismo a Coyoacán.

El trayecto a la Ciudad de México fue un martirio para los tres viajantes. Jean van Heijenoort manejaba. Diego ocupaba el asiento a su lado. Trotsky iba solo en la parte trasera, machacando el mismo pensamiento: mientras él pulía los últimos aspectos de su artículo, su hijo luchaba por su vida. ¡Y él no tenía idea de eso! Incapaz de relajar la mandíbula durante todo el camino, un nuevo pensamiento lo invadió sumergiendo el anterior. Era la tercera vez que lloraba la pérdida de un hijo. Tras el deceso de Nina en 1928, el de Zina cinco años después, ahora era León Sedov, que Natalia y él llamaban Liova, de cariño, a quien se llevaba la muerte...

Apenas llegó a Coyoacán, sujetó a Natalia por los hombros, repitiéndole «Nuestro pequeño Liova está enfermo, nuestro pequeño Liova está enfermo», antes de encerrarse con ella en su cuarto hasta la tarde del siguiente día.

Frida se encontraba allí. Arropó a Natalia con sus brazos imprimiéndole un sincero y largo beso a modo de consuelo.

—León se lo contará todo, yo soy incapaz —dijo—, mientras se adentraba en la cocina, súbitamente encorvada, como si en tan sólo una noche se hubiera convertido en una anciana.

Frida apretó con sumo afecto las manos de León, quien se la llevó a su estudio pidiendo que les prepararan té.

—Hace treinta y dos años exactamente, Natalia me revelaba en la cárcel donde me encontraba preso, el nacimiento de Liova... Es espantoso...

Sentados uno junto al otro en el sofá, León y Frida mantenían sus manos atadas, unidas como los corazones de dos amigos que comparten la misma aflicción.

—¿Cómo ocurrió?

—Liova empezó a quejarse de dolores en el abdomen. Fue trasladado de urgencia a una pequeña clínica de Auteuil a cargo de un médico ruso exiliado. Para evitar ser identificado por matones de Stalin, se le registró bajo el nombre de Martin, ingeniero francés. La cirugía fue un éxito. Dos días después su recuperación era asombrosa... Murió repentinamente al tercer día...

—¿Cómo? ¿Por qué?

—Justo antes de morir, la enfermera en turno lo vio deambulando en piyama por los pasillos de la clínica, deliraba y profería cosas sin sentido. Parece ser que unas horas antes de morir, un médico le habló en ruso y recibió alimentos fuera de los horarios habituales.

—¿Crees que haya sido envenenado?

—Sin lugar a dudas. Es una vieja costumbre rusa —dijo León, con la voz quebrada, los ojos hinchados de lágrimas, añadiendo—: es el día más negro de nuestras vidas, Frida. El más triste. Lo mataron. Mataron a nuestro pequeño Liova...

—¿Tenía hijos?

—Sí y no.

—¿A qué te refieres?

—Vivía con Jeanne Martin des Pallières, quien se había hecho cargo de Sieva, nuestro nieto, después de que su madre, Zina, se suicidara en Berlín.

—¿Qué vas a hacer?

—Obtener la custodia del niño y traerlo a México...

Habían estado hablando todo el día, ya era de noche. Frida, quien de nuevo sufría horrorosamente del que llamaba su «pie malo» y quien, tras su operación hacía cuatro meses, sabía que seguramente tendría que someterse a otra, decidió callar. En tiempos normales habría dicho que aún «rengueaba de una pata», que «estaba hasta la madre», y que hacía meses que le «metían cuchillo a lo pendejo». Pero optó por callar. El dolor de León era tan intenso que el suyo le parecía insignificante. En tiempos «normales» también le hubiera contado que trabajaba en un esbozo, *Recuerdo de la herida abierta,* en el que se dibujaba a ella sin cabeza, el corazón hinchado y rojo, sentada, el pie vendado, una mano bajo la falda, acariciando una llaga abierta:

su sexo rojo color sangre. Pensó: «No le puedo hablar de este cuadro en el que me masturbo, voy a cerrar el pico».

Al irse, besó a León en los labios, diciéndole:

—Te quiero. Los quiero a los dos, a Natalia y a ti—, añadiendo que se había enterado de que el poeta francés, André Breton, pronto llegaría a México.

Al oír aquel nombre, el rostro de Trotsky cambió repentinamente, como si todo su sufrimiento, hondo y real, se hubiese esfumado. Su expresión era nuevamente la de un hombre enérgico, penetrante, dominador. ¿Cómo lograba aquella paz?, se preguntaba Frida. ¿No sería que su vida ajetreada, atormentada, llena de sobresaltos y peligros, con el tiempo lo había despojado de toda sensibilidad?

26

Fue durante las terribles semanas que siguieron a la muerte de Liova —cuando Frida se apartó por decisión propia de la vida de León y Natalia para no interferir con su pena— que se produjo la llegada a México del poeta francés André Breton y su esposa, casados desde hacía tres años. Con el pretexto de una misión en nombre del ministerio de Relaciones Exteriores y una serie de conferencias, el jefe indiscutido del movimiento surrealista, con su crin plateada al viento, se alojó la primera noche en casa de Lupe Marín, la exmujer de Diego, con quien este último se había vuelto a relacionar y volvía a retratar bajo la mirada suspicaz de Frida.

A decir verdad, el célebre «papa del surrealismo» estuvo a punto de embarcarse esa misma noche en el primer barco con rumbo a Francia, puesto que el funcionario de la embajada a cargo de la logística no había tenido en cuenta el alojamiento y Breton no tenía con qué pagarse un cuarto de hotel. Diego fue quien consiguió remediar la situación. En cuestión de segundos, la inquietud y la ira del gran hombre se habían aplacado.

—Dormirán unas cuantas noches en casa de Lupe y luego vendrán con nosotros a San Ángel. Son nuestros invitados. Todo está arreglado. En cuanto a Trotsky, me ha comisionado para decirles que los espera ansioso.

Desde el primer día, a Frida André Breton le pareció molesto. Le disgustaba el azul profundo de sus ojos, hallaba su rostro tan poco expresivo como una máscara, comparaba sus manos agitándose en el aire con unos molinitos histriónicos, y le irritaba la forma imbécil con que le besaba la mano como si fuera una dama del siglo pasado. Pero aquella repulsión física no era lo peor. Ese hombre mareaba a su auditorio con incontables fórmulas o teorías más pretenciosas unas que otras, ineptas y arrogantes, como cuando declaraba: «Este país es tierra natural del surrealismo», o «Aquí los cactus miran a la eternidad a los ojos: ojos de ídolos de piedra». Una frase repetía Frida con frecuencia: «El problema con el señor Breton, es que se toma demasiado en serio». En realidad, pensaba sinceramente que Breton no entendía nada de México. Hablaba exclusivamente de sí mismo: «Para mí, lo primordial es que nunca escatimé las tres causas que hice mías desde un origen: la poesía, el amor y la libertad», repetía a saciedad que él había alzado la voz en defensa de Trotsky y que éste no tendría mayor deseo que verlo a la brevedad. Según decía, él había sido uno de los primeros en intuir la grandeza de Trotsky y defender su honor maltrecho de revolucionario. Cuando no se la pasaba perorando durante horas sobre el papel del inconsciente en la creación artística, le gustaba arremeter contra el impulso de idiotización sistemático que se apoderaba de todo lo que no tuviera que ver con el surrealismo y no ensalzara su ilustre persona.

Su primer altercado tuvo lugar después de una conferencia pública impartida por Breton en el Palacio de Bellas Artes, durante la cual había denunciado a «los intelectuales del clérigo, del estalinismo, de la OGPU, miembros de todas las sectas y de todos los cenáculos», y para la cual había exigido la presencia de un discreto contingente de seguridad conformado por militantes mexicanos que Trotsky diligentemente había puesto a su disposición. Ningún incidente había estallado, por supuesto, debido en parte a que el público que había ido a recibir las enseñanzas del maestro era un poco más que ralo en la sala.

Durante la cena organizada en la casa de San Ángel tras la conferencia, Frida Kahlo no pudo reprimir el comentario irónico que le cosquilleaba. Estando todos reunidos en el jardín, disfrutando del frescor de la noche, mientras la india que oficiaba como conserje y cocinera preparaba la cena en un anafre, Breton, avistando el oso hormiguero vagando con toda libertad entre los agaves, discurrió sobre el hecho de que el animal figuraba en su *ex libris*, sacando curiosas conclusiones de esta oportuna aparición, debida sin duda a lo que llamaba el «azar objetivo». Frida, tras haberlo escuchado sin rechistar soltó que una manada de osos hormigueros hubiera sido una feliz aparición en un anfiteatro donde el servicio de protección había superado en número a la asistencia.

Breton, tomándose la broma muy mal, se quedó súbitamente callado. Jacqueline, su esposa, dotada de una avispada inteligencia, divertida, fascinante, de belleza radiante, rescató la situación. Estallando en una encantadora risotada, se acercó a Frida, la tomó de la mano declarándole que se moría de ganas de ver sus cuadros, y que Breton —pronunciando el nombre con la adecuada dosis de deferencia— estaría de igual manera halagado si se dignara a hacerles ese favor. Frida no opuso resistencia. Con veintiocho años, Jacqueline era una mujer enérgica, espontánea, y de belleza inmediatamente tangible. De mirada intensa y rostro alargado coronado con una melena dorada, procuraba mejorar su práctica de la pintura al tiempo que se ganaba la vida trabajando como bailarina acuática en el Coliseum de la calle Rochechouart, en París. Frida, conquistada por aquella mujer en quien Breton veía a una náyade, y que había apodado Catorce de Julio, se dijo que quizás un día podrían las dos tener una aventura. Entonces accedió, porque la mano que estrechaba la suya era de una suavidad irresistible y no debía existir nada más excitante que hacer el amor con una sirena.

Si bien Frida disfrutaba mostrando sus cuadros a la gente que amaba —se acordó de la primera vez que Diego los había visto, deteniéndose largamente, o de los momentos pasados con León, tratando de llevarlo dentro de su universo particular—, odiaba exhibirse ante extraños o gente que sentía le eran hostiles. Por fortuna se encontraba Jacqueline, también pintora, y por ella era, por ella nada más, que enseñaría un cuadro, uno solo, diminuto, de apenas diez centímetros por quince: *Niña con máscara de muerte*. En él se apreciaba, sobre un fondo desolador de montañas atrapadas entre las nubes, a una niñita de falda rosa, pies descalzos, sujetando una flor de cempasúchil en la mano, la cabeza cubierta con un cráneo blanco y a su derecha una máscara horrenda.

—¿Por qué la flor amarilla? —preguntó Breton.

—Era la flor de los muertos para los aztecas. En la actualidad se acostumbra adornar con ella los cementerios en el Día de Muertos —respondió Frida.

Lo que quería era dejar a Breton fuera de la conversación. Dirigiéndose a Jacqueline:

—¿Tienen hijos?

—Una niña, Aube, de dos años.

—«He abrazado el alba del estío. Nada se movía aún en la fachada de los palacios. El agua estaba muerta. Los campos de sombras no abandonaban el camino del bosque…». Arthur Rimbaud —recitó Breton.

—La dejamos en París en casa de unos amigos —prosiguió Jacqueline—. Es algo difícil. Se rehúsa a aceptar que nos hayamos ido. Dice que estamos detrás de la puerta, en el linde del bosque, que a menudo nos ve escondidos en el jardín. Me vuelve loca.

—Yo no podré tener hijos nunca. Sólo abortos y más abortos.

—Claramente de eso se trata aquí: este cuadro es un autorretrato. Dejó plasmada su desesperación al no poder darle nunca una descendencia a su marido —dijo Breton volteando a ver a Diego—. El inconsciente revela el consciente. Pinta lo que ve en sueños...

Frida repitió para Breton lo que le había dicho ya a Trotsky, unos meses antes:

—Nunca he pintado un solo sueño, sólo pinto mi propia realidad.

Frida sintió la mano de Jacqueline estrechar la suya con más intensidad. A modo de complicidad y compasión.

—André, son cosas de mujeres, ustedes no entienden de esto —dijo Jacqueline, incluyendo a Diego en el «ustedes».

Esta observación, que sutilmente daba a entender que quizás no era oportuno seguir con el tema, no logró detener a Breton, quien engallado soltó:

—Mujer... la mujer debe ser la última palabra de un agonizante y de un libro. Virgen o puta, es omnipresente porque es erotismo.

En realidad la situación era delicada. Breton se hallaba plenamente cautivado por Frida. Correspondía en todo punto al ideal femenino surrealista. Teatral, excéntrica, misteriosa, independiente, mitad hada mitad hechicera. Breton estaba auténticamente fascinado por lo que dejaba entrever la obra de Frida en este cuadro diminuto, no más grande que una mano.

—No tiene maestro alguno, se nota. Ningún arraigo, ninguna alusión. Si le pidiera que me citara a sus pintores predilectos, me contestaría que no los tiene...

Mientras pensaba «pero qué chinche este francés culero», Frida respondió:

—Grünewald, Piero della Francesca, Bosch, Clouet, Blake, Klee, Gauguin, Rousseau...

—¡Por supuesto, prefiere abrumarme con tanto nombre! ¡Vaya sentido del humor!

—Sí, de hecho. Soy ignorante, llana, casi ingenua.

—Eso, ciertamente —dijo Breton quien, aunque apenas hubiera llegado, añadió—: En usted veo lo que descubrí en México, el surrealismo en estado bruto, libre de todo linaje... En su relieve, en su flora, en el dinamismo que nace de la mezcla de sus razas, pero también, como es el caso con usted, en sus anhelos más nobles. Déjeme decirle...

—Sí, dígame.

—¡Me parece que podría integrarla a nuestro gran movimiento surrealista internacional!

—Ignoraba yo que era surrealista hasta que llegó usted a México. De hecho, yo que nunca sé bien quién soy, ahora, gracias a usted, cuento con esta certeza: soy surrealista.

—¡Mejor aún, su arte es como un listón abrazando una bomba!

—¡Mierda! ¿Una bomba? Estupendo, maravilloso, gracias señor Breton, estoy conmovida. ¡Soy entonces pintora surrealista! ¡Es un sueño, qué felicidad!

Todos parecían entender lo que realmente estaba ocurriendo, salvo Breton, quien pensaba contar ahora con una nueva recluta.

—También quisiera que mi pintura y mi persona pudiéramos mostrarnos dignas del movimiento al que pertenecemos y de las ideas que me fortalecen; quisiera que mi trabajo contribuyera a la lucha por la paz y la libertad —prosiguió Frida.

—Pero por supuesto —asintió Breton, declarando que estaba convencido de que los caminos de la poesía y la revolución conducían a la humanidad del reino de la necesidad hacia el de la libertad, y que por eso era imprescindible encontrarse con Trotsky.

—Me parece que está previsto para mañana —dijo Frida con la intención de ponerle fin a esta velada que parecía no acabar nunca.

—Sí, vámonos pues a descansar para estar con la mejor disposición mañana —dijo Jacqueline, quien intuía perfectamente el hartazgo de Frida.

Tras tomarse una última copa, Breton y su esposa subieron a su habitación del piso superior de la casa donde se estaban quedando.

Intentando conciliar el sueño, Frida no pudo evitar pensar en la piel de Jacqueline y su olor a madreselva.

27

Mientras trabajaban los dos hombres, uno pintando en su taller, el otro preparando la conferencia que daría en la Universidad Nacional Autónoma de México, Jacqueline, sentada en el jardín de la casa de San Ángel, le contaba a Frida cómo habían sido los dos primeros encuentros entre Breton y Trotsky:

—Nos emocionamos mucho. Nos sentimos de inmediato acogidos de la mejor manera. Natalia nos sirvió té. André, a pesar de detestarlo, incluso se tomó una tacita diciéndome en el oído: «En estas circunstancias de relevancia histórica, digamos que está pasable…».

Durante aquel primer encuentro, que no había durado más que unas cuantas horas, los dos hombres hablaron de los procesos de Moscú, de Malraux, de Gide. Uno pensaba para sus adentros que tenía en frente a toda una línea de la Revolución rusa, brotando espontáneamente, el otro que estaba charlando con un artista que no sólo era totalmente ajeno al estalinismo sino que además le era sumamente hostil. Jacqueline, enamorada de Breton, no hablaba más que de «sorpresa maravillosa», de «admiración mutua», y de lo encantador que le había parecido «aquel hombre que hablaba un francés excelente, con un ligero acento canadiense». Le contó cuan «joven y fuerte aún» le había parecido Trotsky, llegando a preguntarse si era bueno en la cama. Frida escuchaba callada, sobre todo dado el hecho de que unos días antes, Jean van Heijenoort le había revelado, haciéndole jurar que no diría nada, que había tenido que conseguir unos ejemplares de las obras de Breton que Trotsky jamás había leído, para así intentar familiarizarse con un movimiento surrealista que desconocía por completo. En cuanto a aquel encuentro tan cálido, entre las flores rosas y moradas de las bugambilias y los cactus, Jean le había relatado lo que León le había dicho: que no podía darse el lujo de comportarse de forma sectaria en temas ideológicos, «ahora que nuestros aliados son cada vez menos». En resumidas cuentas, que tenía muy presente el interés meramente estratégico de recibir en su casa a uno de los escasos intelectuales franceses que le manifestaban su apoyo públicamente. Para Frida, la cándida Jacqueline no se daba cuenta que era de vital interés para los dos hombres dar la apariencia de un encuentro exitoso que pudiera repercutir en la prensa en esos términos. Si bien durante el primer encuentro ninguno de los grandes temas fue tocado, las cosas cambiarían en la segunda entrevista. Jacqueline empezó contando cómo fue que André se detuvo largamente para contemplar el autorretrato que Frida le había obsequiado a Trotsky, soltando estas grandiosas palabras, que la mujer recitaba cual versos sagrados: «Henos aquí la fortuna de presenciar, mi querido Trotsky, como en aquellos mejores momentos del romanticismo alemán, a la revelación de una mujer provista con los atributos de la seducción y habituada a desenvolverse entre los hombres de gran genio».

Pero Trotsky y Breton no se limitaron a hablar de pintura. Aquel segundo encuentro dio lugar a una escaramuza que en realidad evidenciaba el abismo que separaba a los dos hombres. Los gustos literarios de Trotsky no pasaban del siglo XIX, precisamente de los grandes autores del naturalismo. Le confesó a

Breton con auténtica sinceridad, que cuando leía a Zola «accedía a una realidad amplificada».

—¡Hubieras visto la expresión incómoda de Breton diciéndole a Trotsky que en efecto Zola tenía sus méritos!

A decir verdad, eran seres opuestos. Trotsky no entendía por qué Breton le daba tanta importancia a ese Freud y a sus teorías de las que desconfiaba, ni tampoco por qué le gustaban tanto Sade y Lautréamont: «¡No vaya a decirme, mi estimado Breton, que estos dos tienen el mismo peso en la emancipación del hombre que Marx y Engels!». Le reprochaba al surrealismo querer «aplastar al consciente bajo el inconsciente» y no veía razones por las cuales habría que otorgarle tanta importancia al «azar objetivo».

Aunque Jacqueline insistiera en el ambiente de respeto, cortesía y deferencia en el que se dieron aquellas pláticas, Frida entendía perfectamente lo que se estaba tramando. Si es verdad que su falta de objetividad hacia Breton era total, en cambio conocía a su Piochitas como la palma de su mano y sabía que detrás de su aparente calma podía esconderse un rechazo total. Lo que por otro lado no excluía los cálculos políticos más fríos. Trotsky sabía perfectamente dónde se hallaban las lagunas en términos de política de Breton, y éste en cambio iba descubriendo las de Trotsky en materia literaria puesto que para este último la poesía más contemporánea la encarnaba Nerval. Al cabo de esta entrevista, cuando Natalia de nuevo iba pasando las tazas de té que endulzaba con una cucharadita de mermelada, Trotsky «expuso la grandísima idea, grandísima —insistió Jacqueline—, de fundar una Federación Internacional de Artistas y Escritores Revolucionarios».

—¡Para servir de contrapeso a las organizaciones estalinistas! ¿Es una idea maravillosa, no lo crees? —gritó Breton, quien junto con Diego, venía a reunirse con ellas en el jardín—. ¡Palabras para cambiar al mundo! ¡El poder de la pluma contra el del fusil!

—¿Bueno, y esa conferencia —preguntó Frida, quien se proponía mostrar su lado amable— cómo va?

—No hay más conferencia —respondió.

—¿Ya no hay conferencia? ¡Pero eso es terrible! —dijo Frida, cuya ironía no fue del gusto de ninguno de los dos hombres.

—El rector de la universidad dimitió y se teme que pueda estallar un golpe de estado —dijo Diego.

—¿Contra Cárdenas? —preguntó Frida.

—Sí —respondió Diego—, y aquí no acaba.

—La prensa comunista me llena de fango —añadió Breton—. No hay día en que no insinúe que el surrealismo no es más que una torre de marfil. En fin, Diego me acaba de informar que he sido destituido de cualquier cargo oficial. Buscan acallarme. Mi lectura de poemas del 26 de junio pasado habrá sido la última intervención de André Breton en México.

—Tendrás más tiempo para ver a Trotsky —dijo Jacqueline.

—Y para visitar nuestro bello país —añadió Frida, sin sospechar cuán cierto resultaría puesto que dos días después, los Breton y los Rivera, acompañados por León y Natalia, distribuidos en diversos autos seguidos por una docena de guardaespaldas, se dirigieron hacia Toluca, al sureste de la ciudad, superando los 2600 metros de altura.

28

La visita a los alrededores de la Ciudad de México mantuvo a las tres parejas ocupadas durante los siguientes dos meses. Sus autos en fila india, rebotando entre las piedras y el polvo, proyectaban a sus ocupantes impactando sus cabezas contra el techo. Aquella jovial pandilla cuya discreción —según exigía la seguridad de Trotsky— dejaba mucho que desear, recorrió de este modo caminos de terracería bordeados de cactus y palmeras, aplastados bajo el sol, en habitáculos tan agradables como el interior de un horno. Vieron la llanura tostada de Teotihuacán y sus pirámides sacrificiales, el convento-fortaleza de Acolman, la catedral neogótica de Tepic, el extraño campo de lava del Pedregal, las orquídeas de la sierra de Taxco, los horizontes infinitos del Desierto de los Leones, el Popocatépetl y el Iztaccíhuatl y sus cimas nevadas; vieron los jardines de Cuernavaca, vivero de flores escarlata y colibríes zumbando, la pirámide de Xochicalco, Toluca, Tenayuca, Calixtlahuaca, todos testigos vivos de la cultura india ancestral, revindicada por la Revolución. En varios puntos de aquellas carreteras decrépitas cruzaron vendedores de cuchillos de caza, revólveres, cámaras fotográficas, lámparas de bolsillo, relojes, corales. Diego tenía razón: «Aquí empiezan las cosas serias, nuestra realidad, la de nuestros sueños y ensoñaciones».

Los pícnics eran alegres, pasaban la noche en modestos hoteles. En sus veladas bebían alcohol, a veces incluso entraban al cine en algún pueblito perdido, y entonces Trotsky se cubría el rostro con un pañuelo bajo el cual se reía a pierna suelta viendo una película de vaqueros. El tiempo entraba en una nueva dimensión dilatándose en una realidad vaga y nublada; la de la mañana, la tarde y la noche. En algunos días, Breton y Trotsky, cegados por la luz, parpadeaban penosamente, como lo haría un hombre saliendo de prisión: «He aquí el México profundo, el México del indio, decía Diego, al tiempo ya no lo conforman porciones exactas. Ya no existen los días ni las noches».

Breton no podía dejar de comentar todo lo que observaba —«Ah, estos caminos desérticos, abundantes en accidentes y espejismos»— y siempre hallaba el modo de conectar los eventos más triviales con ideas más generales que transformaba inmediatamente en teorías, excepto cuando pasaban junto a él peones carcomidos por la pobreza y cuyo estupor y tristeza no veía. Era a la vez sumamente irritante y conmovedor. Trotsky por su parte se entregaba a sus dos pasatiempos favoritos: buscar apodos y envolver cactus en costales de manta, consiguiendo encontrar aquel que buscaba desde hacía tiempo, el cactus cabeza de viejo, cubierto de pelo blanco.

A menudo, las mujeres, hartas de las discusiones sobre la condición del arte antes y después de la Revolución, aprovechaban para jugar a las cartas rusas, una variante del cadáver exquisito de los surrealistas, para recorrer los mercados, pasearse por los pueblos, fumar tranquilamente y maquillarse; dos actividades que Trotsky no podía tolerar, repitiendo hasta la saciedad: «¡Las mujeres no deben fumar, es una falta de elegancia! ¡Ni maquillarse, es una pérdida de tiempo!».

En resumidas cuentas, la tropa vivió en aquellos días sus momentos más felices, excepto aquella noche en que Diego, habiéndose pasado ligeramente de coñac, se propuso explicar su teoría más turbia, según la cual en los primeros días de su relación con Frida, para conseguir atraparlo, ella se había vuelto lo que él quería que fuese, una novia atea que tuviera fe en el comunismo y anduviera a su lado en las marchas políticas:

—Entonces, de la noche a la mañana, la pobre mojigata que vivía en el temor de Dios, que llevaba un amplio crucifijo, que rezaba y asistía a misa asiduamente, se volvió atea. ¡Ella que no se interesaba por la política se casó con la lucha comunista! Así es como está representada en mi fresco *Distribución de armas*, ¿no es así? ¡Culazo comunista! ¡Tetazas! ¡Una bestia en la cama! ¡Viva la revolución proletaria!

Un silencio incómodo acompañó las palabras alcoholizadas de Diego. Trotsky, obligado a callar, estallaba de vergüenza. «¡No poder decir nada, tener que cerrar el pico ante este imbécil!», pensaba.

Esa noche Frida no durmió en la cama de su marido, prefirió el sofá.

Fue el único momento realmente desagradable. Sí, la tropa definitivamente vivió en aquellos días sus momentos más felices. Frida podía ver a León a diario y percatarse que su complicidad permanecía intacta. Y la que mantenía con Jacqueline iba creciendo día con día, como cuando Frida, tras regresar de uno de sus paseos, quemada por el sol, recibió los cuidados de Natalia quien le había ofrecido un remedio ruso contra las quemaduras a base de yogurt. Jacqueline fue quien le aplicó el ungüento, provocándole escalofríos. Porque las manos de Jacqueline le acariciaban los hombros y la espalda desnuda con una habilidad desconcertante, pero también porque una reflexión suya la hizo vacilar. Ella le preguntó cómo era exactamente aquella «historia del fresco» que mencionó Diego esa noche que estaba ebrio, y

Frida le explicó que Diego la había pintado distribuyendo armas a los campesinos y obreros mexicanos sediciosos, vistiendo «pantalón de hombre, camisa roja marcada con la estrella comunista y el pelo corto como de muchacho». Jacqueline le dijo entonces: «Has de ser muy erótica vestida así». No era ninguna pregunta. Jacqueline no esperaba respuesta alguna. Pero a Frida, aquellas palabras «sin importancia» le habían causado una gran agitación.

Fue durante el viaje a Guadalajara, en su momento la más española de las ciudades de la Nueva España, cuando la frágil armonía se resquebrajó. Fue en junio; Diego se encontraba allí pintando un fresco y la pandilla se propuso ir a verlo. Mientras Trotsky y Breton, a lo largo de aquellas excursiones amigables, habían descubierto pasiones comunes —el amor por la naturaleza, la caza de mariposas, la pesca de ajolotes, con los pantalones recogidos, metiendo las manos en el agua helada—, un incidente tonto fue el que envenenó el fruto de su amistad. En su segundo encuentro, Trotsky había mencionado la posibilidad de crear una federación de artistas revolucionarios, lo cual evidentemente demandaba la existencia de un manifiesto. Naturalmente, Breton fue señalado para llevar a cabo la redacción de éste. Pero las semanas transcurrían y a Trotsky no le llegaba nada. «Dígame André, ese manifiesto, ¿cómo va? ¿Tiene algo que pueda leer, André?», preguntaba insistentemente Trotsky, quien recibía como sola respuesta excusas confusas, vagas, dignas de un alumno tratando de escapar de las exigencias de su profesor.

Un incidente acabó por detonar la ira de Trotsky. Sobrevino en una pequeña iglesia de la campiña poblana cuando este último sorprendió a Breton robando, de entre una multitud de exvotos, una docena de estos, depositados en aquel lugar por campesinos agradecidos. Trotsky el ateo no perdonaba que Breton pudiera blasfemar hasta ese grado una creencia popular, pisotear aquellas prácticas ancestrales. ¿Cómo podía, concibiéndose él como revolucionario, actuar de ese modo?

Cuando retomó la conversación en el auto, Breton se lo tomó a la ligera:

—Unos cuantos trozos de metal, pinturitas burdas sobre maderas, ¿qué más da? ¿Un robo? No. Un préstamo de la cultura surrealista. ¡Esa gente debería enorgullecerse de que Breton se fijara en ellos!

—¡Pero por favor, Breton, le está robando al pueblo!

—¡El «pueblo» no se enterará; al «pueblo» le vale! ¡Y para nosotros surrealistas, estas obras un tanto torpes son un tesoro!

—¿Se imagina que está en una de sus colonias?

—¡No, estoy llevando a cabo un acto surrealista anticlerical! ¡Mueran los curas!

—No se entera, amiguito, en México todos los bienes de la Iglesia son posesión del Estado. ¡Es al pueblo a quien le está robando!

—¿Y qué más da?

—Si las autoridades se enteran de este hurto, los estalinistas azuzarán el sentimiento patriótico de los mexicanos. ¿Se da cuenta del escándalo que sería? Trotsky y sus amigos atentan contra el patrimonio nacional.

—La revolución del proletariado internacional debe ser...

Trotsky no le permitió seguir:

—¡Deje al proletariado allí donde lo vio y no meta sus manos en la revolución, se ensuciaría ese traje tan lindo! En vez de robar en las iglesias, mejor sería que redactara nuestro manifiesto. ¡Si no se considera capaz de hacerlo, dígamelo de una buena vez!

Breton, quien se hallaba sentado al lado del chofer, loco de coraje, pidió que se detuvieran. La caravana había salido hacía un par de horas aproximadamente. Frida y Jacqueline, quienes iban en el auto de detrás, vieron a Breton bajarse con el rostro marcado por un estupor incrédulo. Alrededor la tierra hervía, pálida, seca; el viento levantaba polvo de arena fina. Gotas de sudor perlaban su cuello y el hueco de sus clavículas bajo su camisa abierta. Hacía un calor atosigante y húmedo. Breton se subió al auto intercambiando su asiento con Jean van Heijenoort, quien se subió junto a Trotsky.

El resto del viaje —más de seis horas— transcurrió en un silencio espectral. Llegando a Guadalajara los dos grupos procuraron no cruzarse. Trotsky fue a ver a José Orozco, quien tenía allí su taller, con la firme intención de darles a entender a Breton y a Rivera que podía visitar a quien le pareciera y donde quisiera, aun si eso no les parecía bien. Breton por su lado, dio un paseo con Jacqueline y Frida por las calles de Guadalajara en busca de anticuarios y objetos viejos.

En el trayecto de vuelta, Breton finalmente habló. Era una especie de enfermedad suya, tenía que opinar sobre todo, explicarlo todo, analizarlo todo. En esta ocasión, le explicaba a Frida cómo era México:

—Una tierra roja, una tierra virgen impregnada con la sangre más generosa. Una tierra donde la vida del hombre no tiene precio; siempre dispuesta como el agave a perder de vista lo que la expresa, para arder en una flor de peligro y deseo.

Las dos mujeres se miraron ahogando sus risas.

—«Deseo y peligro, deseo y peligro...» —repetía Jacqueline aludiendo con malicia—: ¿Como aquella muchachita de la villa que visitamos?

Mirando por la ventana hacia un cielo salvajemente azul mientras que en el horizonte flotaba una espesa neblina color nácar, Breton, con absoluta seriedad respondió:

—Esa admirable creatura de dieciséis años, magníficamente despeinada, que vino a recibirnos era una ninfa lúbrica. ¿Lo notaron? No llevaba nada bajo su harapiento vestido de gala. Qué más da su origen, su mugre. Me basta con rendirle homenaje a su existencia; así es como obra la belleza.

De regreso a San Ángel Frida recibió de golpe el hartazgo. Sus excursiones le provocaban cansancio y esas peleas sin sentido la aburrían. Se daba cuenta que la presencia de Breton era un obstáculo a la convivencia que podría mantener con León. El maldito surrealista no se despegaba de Trotsky. Rápidamente, de hecho, habiendo olvidado el incidente de Guadalajara, los dos hombres se reconciliaron. Dependían demasiado el uno del otro. Breton aseguró que retomaría la redacción del manifiesto y plasmaría lo mejor posible las ideas que Trotsky buscaba transmitir. Obsesionado por su manifiesto, Trotsky no quería ver todo lo que lo separaba de Breton. Frida, por su parte, observaba y veía claramente lo que estaba ocurriendo. Además de las conversaciones de índole política o cultural, los dos hombres discurrían de otros temas, más amplios por momentos, más restringidos en otros. Así pues, Trotsky amaba a los animales y aseguraba que los perros tenían alma, ciertamente no idéntica a la de los hombres pero alma al fin y al cabo. Breton, obviamente, no podía estar de acuerdo con él:

—He aquí una aseveración incompatible con el materialismo dialéctico. Es una postura que calificaría de «sentimental», y por ello mismo insostenible.

—Mire a mi perro —dijo Trotsky—, es un amigo. ¿No le parece que tiene mirada de humano, que es capaz de manifestar emociones?

—Asegurar que su perro es «amigable», mi querido León, es tan absurdo como decir que un mosquito es «cruel» o que un cangrejo de río es «retrógrada».

Frida, quien asistía a la discusión, salió en defensa de Trotsky:

—Pues a mí me gustaría ser un águila. ¡Lo extraordinario que tiene un águila son sus ojos, su expresión!

—¡Y por qué no mejor una babosa o un gusano! —dijo irónicamente Breton soltando una risotada.

Frida no se reía. Por varias razones. Breton la irritaba cada día más. Esta conversación le parecía estéril: en la medida en que la *psiquis* mexicana vinculaba tan estrechamente a hombres y animales, le parecía que había que ser un intelectual europeo rancio para no apegarse a esa realidad. Además Diego la tenía preocupada. Hacía meses que desarrollaba un pánico patológico a volverse ciego —a pesar de las repetidas operaciones a las que se sometía desde hacía dos años— y eso le provocaba una irritabilidad enfermiza.

Mientras Breton y Trotsky se peleaban por saber si los perros tenían o no alma, y Diego seguía arrastrando su desdicha, ella no apartaba la mirada de aquella foto tomada en Cuernavaca, colocada encima de la chimenea del comedor. Allí estaban todos juntos, alineados, los unos y los otros, como si fueran a posar para un fresco que pintaría Diego y cuyo tema sería: el devenir artístico del planeta tras el embate cultural trotskista. Todos los protagonistas de su historia amorosa estaban allí, y en la foto todos sabían: Frida, Trotsky, Natalia, Jean van Heijenoort, incluso André y Jacqueline, aunque en menor medida. Tan sólo Diego lo ignoraba todo, ¿pero hasta cuándo? En fin, ¿qué más da?, pensó Frida. Lo que se planteaba ahora era una nueva excursión, en las orillas del lago de Pátzcuaro, rodeado de descampados y pinedos, y sólo importaba eso. Mañana habría que despertarse de madrugada.

29

—A mi parecer la cosa es más bien sencilla —dijo Breton mientras saboreaba su pescado blanco—, de haber sido asunto meramente mío, lo hubiera dejado todo y me hubiera ido a pie.

—Pero, ¿adónde se habría ido? —preguntó Diego—, toda la región no es más que un pantano gigante...

Breton no contestó, conformándose con levantar la mano en un ademán que podía significar cualquier cosa.

El viaje a Pátzcuaro lo hizo cada quien por su lado. Breton, Jacqueline y Jean van Heijenoort se fueron por caminos de terracería encharcados tras las lluvias, en busca de aquellas figuritas de arcilla que representaban mujeres desnudas de ojos rasgados y el sexo abierto como un beso, y que abarrotaban las estanterías de la casa de San Ángel. Trotsky y Natalia, y más tarde Diego y Frida, los habían alcanzado. Ahora se encontraban todos reunidos, al anochecer, en aquel restaurantito de Janitzio, tras haber recorrido juntos los patios y las galerías coloridas, ensordecidos por el ruido constante de las graculas parloteando en sus jaulas. El momento era jocundo: Trotsky, quien no hablaba español, discutía en francés con Breton; Frida, quien no hablaba francés, conversaba con Jacqueline en inglés; en cuanto a Natalia, quien no hablaba más que ruso, quedándose pues callada la mayor parte del tiempo, o interviniendo cuando menos se lo esperaban, hilaba con Diego diálogos de lo más cómicos.

Tras el recuento de ese paseo fallido durante el cual el auto se estancó en varias ocasiones, la conversación derivó naturalmente hacia el arte y la literatura. La idea del manifiesto volvió a surgir. En realidad, se trataba ni más ni menos que de reemprender, aportando mínimas modificaciones, un proyecto elaborado quince años atrás por Trotsky en *Literatura y revolución*, en una época en que su objetivo era evitar a toda costa que el estalinismo se apoderara de las artes y la literatura. Inevitablemente se volvió a preguntar por los avances en su redacción, con menos aspereza que la vez anterior. Sin embargo, ya venía siendo hora de que Breton escribiera ese maldito texto. Puesto que se estaba haciendo tarde, acordaron todos dejar esta misma plática para el día siguiente y, por qué no, reunirse de nuevo en uno de esos restaurantitos de Janitzio, disimulados en lo más recóndito de sus callejones tortuosos, entre dos casas de inconfundibles techos de tejas.

No hubo plática al día siguiente. No fue tanto el hecho de que Frida volviera a meter la pata —señalando a los tres futuros firmantes del manifiesto que habían omitido, brillantemente, detallar cómo debía considerar un Estado revolucionario las obras de artistas cuyas ideas no eran las que auspiciaba la Revolución—, sino más bien porque Breton sufrió durante la noche una crisis afásica. No era ninguna exageración: ¡El papa del surrealismo literalmente se había quedado sin habla! Tras unos días de espera inútil en los que Trotsky se conformó con repetir «¡La independencia del arte al servicio de la Revolución! ¡La Revolución al servicio de la liberación final del arte!» —lo que para Frida no tenía sentido alguno—, el surrealista mudo quedó al cuidado de Jacqueline Lamba, y en menor medida de Diego y Frida, mientras que Trotsky volvía a Coyoacán.

Unos días más tarde, los tres hombres retomaron las discusiones mientras Jacqueline y Frida se divertían como niñitas y Breton, convaleciente, escribía aquel dichoso manifiesto que finalmente firmarían él y Diego Rivera, puesto que Trotsky, a pesar de haber redactado una buena parte junto con Breton, pidió que aquel nombre reemplazara el suyo.

Los días que siguieron fueron marcados por una serie de siniestros sucesos. Primero, llegó la noticia de la desaparición de Rudolf Klement, secretario de la oficina de la IV Internacional en París, su cuerpo acababa de ser encontrado, decapitado, metido en una maleta flotando en las aguas del Sena. Luego, los ataques contra Trotsky redoblaron: la revista mensual *Futuro* y el diario *El Popular*, lo retrataban de nuevo como un traidor a la causa del pueblo y un cómplice del fascismo hitleriano. Por último, los Breton se fueron de regreso a Francia. Tras un último encuentro en el patio soleado de la Casa Azul en el que Trotsky le hizo entrega a Breton, con gran solemnidad, del manuscrito del manifiesto, revisado por él, la pareja se fue de la Ciudad de México con rumbo a Veracruz, donde los esperaba el buque *Iberia*.

Frida había ayudado a Jacqueline a empacar. A diferencia de las maletas de Breton, repletas de máscaras, vasijas, marcos labrados, muñecas, calaveras de azúcar, cajas de madera pintadas y exvotos sustraídos de las iglesias, las de Jacqueline no contenían ningún objeto, ningún testigo de quién sabe qué latrocinio, ningún recuerdo. Jacqueline le dio un abrazo largo a Frida. Se llevaría consigo su perfume, su sonrisa, los recuerdos de sus risotadas cuando se burlaban las dos de la intransigencia de Trotsky, al que llamaban el Viejo. Pero claro, volverían a encontrarse en París, puesto que Breton había prometido organizar para ella una exposición exclusivamente dedicada a sus obras.

En las semanas que siguieron a la despedida de Jacqueline, Frida pensó a menudo en ella, con gran tristeza, recordándola grácil entre los granados, las adelfas, los pimientos, las bugambilias, ofreciendo al sol sus manojos floreados como ofrecía ella también su cuerpo bronceado, a veces reluciente de sudor. Las imágenes de Jacqueline fueron desvaneciéndose, como si se hubiera metido un viento potente en las habitaciones de San Ángel, levantando los tapices, alzando los cobertores, azotando las puertas abiertas al jardín. Entonces volvió a pintar, puesto que siempre volvía a la pintura. Pintó un cuadro pequeño que llamó *Frutos de la tierra.* En él se veían elotes, dos de ellos con sus hojas, el tercero pelado, representando para ella el transcurso del tiempo, la ausencia de Jacqueline, el tronco de un champiñón volteado, con el tallo hacia arriba, cual falo, símbolo de su deseo por Jacqueline. Luego pintó *Pitahayas,* en el que aparecía un pequeño esqueleto blandiendo una guadaña en dirección a granadas rojas surgiendo de un cactus. Por último, empezó a pintar *Dos corazones felices,* representando dos inmensas granadas abiertas, sangrientas, frotándose una contra la otra, ocupando el cuadro en su totalidad, frutos hinchados y trémulos. A Trotsky, que le preguntaba lo que aquello significaba, le contestó, provocativamente:

—Dos panochas furibundas. Te deja pasmado, ¿o no, Piochitas?

En septiembre, mientras Trotsky se dedicaba por completo a la creación de una nueva Internacional, la cuarta, Diego organizó la primera gran venta de obras de Frida, quien siempre mantuvo guardadas una treintena de obras en caso de que pudiera algún día subastarlas. Su trabajo pronto despertó el interés de Edward G. Robinson. Los lienzos, alineados sobre la terraza de la casa de San Ángel, no dejaron indiferentes al famoso actor y a su mujer. Compraron cuatro. Frida, loca de contenta, anhelaba compartir su alegría con Trotsky, a quien fue a buscar a su estudio de la Casa Azul. No lo dejó pronunciar ni una sola palabra.

Frida estaba desatada, se enredaba con lo que decía, pocas veces la había visto él tan exuberante y alegre:

—¿Te das cuenta? ¡Voy a poder ser libre! ¡Libre! Voy a poder viajar y hacer lo que yo quiera. ¡No tendré que seguir pidiéndole dinero a Diego!

—¿Por lo menos los vendiste a buen precio? —preguntó León.

—Doscientos dólares cada uno —dijo ella.

—¿Y a dónde quieres ir?

—A Nueva York.

—¿No odiabas a los americanos?

—Un joven galerista, Julien Levy, me propone exponer allá. Tres semanas. Veinticinco obras. ¡Te das cuenta! Y nunca adivinarás quién escribió el texto para el catálogo.

—¡Fíjate que sí!

—A ver, dime.

—André Breton...

—¿Cómo supiste?

—En verdad le gusta lo que haces.

—¡Me rehúso a que se meta con mi trabajo!

—¡Estás loca!

—¡Me vale! ¡Ese imbécil, nunca!

—Por lo menos espérate a leer lo que escribió.

—¡Ya lo hice!

—¿Ya te lo mandó?

—Sí.

—¿Y entonces?

—¿Sabes cómo concluye ese culero? Escucha: «No carece de nada, ni siquiera le falta a su arte la gota necesaria de crueldad y humor, única capaz de unir los escasos poderes afectivos que entran en la composición de las pócimas cuyos secretos resguarda México». ¡Ya ni la chinga!

—¿Qué piensas hacer?

—Me voy en dos días para Nueva York... La exposición se inaugura el primero de noviembre.

30

En el barco que la llevaba a Nueva York, Frida tomó una resolución. El día anterior a su partida había pasado una noche llena de euforia y alcohol, que, para variar, Diego había conseguido echar a perder, invitando a la fiesta a una de sus amantes, una india de labios carnosos y senos grandes «que seguramente debía amasar mientras bramaba, el muy marrano», pensó Frida. Estando así las cosas, se iría a Nueva York con el corazón antojadizo, planeando acumular el mayor número de amantes, hombres y mujeres, a quienes haría creer que había dejado a Diego, «ese desecho que tanto me hace sufrir». Sí, eso es, eso es lo que diría: «total libertad para los dos». Y poco le importaban las amantes de Diego, le valían. Ciertamente extrañaría un poco a Diego pero había dejado de amarlo. En su equipaje llevaría sus obras a las que más cariño les tenía: *Mi nana y yo, Yo y mi muñeca, Fulang-Chang y yo, Lo que el agua me dio, Henry Ford Hospital, Retrato de Luther Burbank,* otras más y una serie de pequeños autorretratos enmarcados con latón, conchas, yeso pintado, tiras de talavera, como *El marco, Ojo,* o *El sobreviviente,* «para joder a los burgueses que lo verán como una cosa folclórica».

Apenas pisó el suelo americano, quedó inmediatamente cautivada por Julien Levy. El joven galerista era un hombre apuesto, hedonista, de voz suave y cálida y en la primera noche le propuso salir a los bares de Harlem, a lo que ella accedió gustosa. Conforme iba pasando la noche, y a pesar del cansancio que empezaba a sentir, coqueteó sin reparos con él aunque hubiese decidido volver sola a su hotel. Era necesario un poco de estrategia, crear expectativa, no hacerle creer que todo sería tan fácil, sobre todo teniendo que ir los dos al día siguiente a casa de Edgar Kaufmann, un rico coleccionista amigo de Levy y quien vivía en Pennsylvania. Así pues, esa primera noche, se iría a la cama temprano.

Durante el trayecto en tren, Frida prosiguió con su trabajo de seducción, puntuando la conversación con comentarios según los cuales Diego era «un viejo puerco obeso», y ella estaba harta de ser «su muñequita», y otros elogios por el estilo. Y cuando Levy se acercaba peligrosamente a ella, le decía con malicia que era una pena que defendiera la pintura surrealista con tanto ardor, de lo contrario lo hubiera invitado a su cama con mucho gusto... Llegados a casa de Edgar Kaufmann, Frida siguió con su juego amoroso. Tenía entonces a tres caballeros fieles: Levy, Edgar Kaufmann y el hijo de este último. Su atuendo mexicano hacía maravillas y los tres hombres estaban convencidos de tener cada uno los favores de la dama. Siendo que era imposible regresar esa misma noche a Nueva York, Julien Levy y Frida, invitados por Edgar Kaufmann, se quedaron a dormir en su inmensa mansión dotada con más de cincuenta recámaras. Este detalle tiene su relevancia dado que a la hora de acostarse, el ir y venir constante de los tres hombres frente a la puerta de Frida parecía incongruente. Se evitaban, se saludaban, se sonrojaban y terminaban por meterse a sus cuartos respectivos. Cuando Julien Levy entró al suyo, Frida lo esperaba completamente desnuda sobre su cama, vestida únicamente con sus enormes aretes con forma de rueda. Sabiendo perfectamente que su inglés golpeado, marcado con un fuerte acento hispánico, le procuraba un encanto irresistible, no hizo nada por suavizar los imperfectos de su habla, y las palabras con las que invitó a Julien Levy a reunirse con ella acabaron de turbar al joven que recordaría entonces la observación de Breton: «Le advierto, querido amigo, nuestra mexicana es la mujer surrealista por excelencia, y posee *la belleza del diablo*».

La vida nos sorprende por momentos. La noche de la inauguración, mientras se encontraba en la gloria, triunfal entre sus obras, en una exposición que en realidad era la primera de su vida, Frida fue presa de un sentimiento extraño que no conseguía borrar: ¡Le hubiera gustado tener a Diego a su lado! No tanto para gritarle en la cara que ella también era una pintora hecha y derecha, independientemente de su persona, sino para compartir con él su felicidad y alegría, sencillamente. La pequeña galería en el número 15 de la calle 57, estaba llena a reventar. Todos habían acudido: Ginger Rogers, Martha Graham, la pareja Rockefeller, Dorothy Miller, Georges Grosz; corredores, coleccionistas, críticos, artistas, militantes, editores, millonarios, políticos. Y antiguos amantes, como Noguchi, a quien hizo creer que acababa de dejar a Diego, «aunque fuera para ver qué cara ponía», o Nickolas Muray, a quien había conocido en México en 1931 y le había brindado su ayuda en la preparación de esta exposición. Esgrimista del más alto nivel, gran fotógrafo que publicaba en *Harper's Bazaar* y en *Vanity Fair*, piloto aviador, mecenas, Nick Muray reunía todas las cualidades. Cariñoso, sincero, dotado con un cuerpo esbelto y grácil, era en definitiva el anti-Diego. En medio de esta algarabía, Frida, vestida con un camisón blanco radiante, rebozo negro sobre los hombros, listones de colores en el cabello, aprovechó para decirle que lo amaba como a un ángel.

—¿Como a un ángel? —dijo él, mientras los dos contemplaban *Allá cuelga mi vestido*.

—Sí, eres un lirio en el valle, amor mío.

Nick no parecía estar preparado para oír semejante canto:

—Y Julien Levy, ¿también él es un ángel?

Frida consiguió alejarlo del alboroto y llevarlo cerca de donde colgaba *Perro Itzcuintli conmigo.*

—¡En cuanto acabe este circo, nos iremos tú y yo a Tehuantepec! *¿O.K., my love?*

—¿Te parece que soy uno de tus gigolós?

—¿Acaso ya no soy tu Xóchitl preferida?

—¡No, ya no eres mi flor preferida! ¡No sabes lo que quieres, y estoy harto!

Nick estaba furioso. Afortunadamente, el ruido y el gentío cubrían la disputa. Una auténtica riña de pareja. Nick realmente estaba enamorado de Frida, a tal grado que ella pensó que un día bien podría abandonar todo e irse a vivir con él a Nueva York. Era tan diferente a todos, exento de crueldad y de cálculos, dotado de una amabilidad enternecedora a toda prueba. A pesar del bullicio, Nick logró comunicarle la esencia de su sentir: tenía que ser él y nadie más, y de una vez por todas, su paciencia notoria tenía límites.

Sin más demora, se reunió con Nick en Central Park a la mañana siguiente. Devoraron unos *bagels* salados que compraron en la calle y dedicaron el día a pasear por el parque. Cuando empezó a oscurecer, con voz de enamorada adolescente le dijo:

—Júrame que no traerás nunca a nadie más que a mí a este lugar, es nuestro parque, el de Nick y Xóchitl nada más.

Nick sin contestar la besó largamente. Sintió como si un ángel la tomara entre sus alas: se encontraban bajo la fuente de Bethesda.

Las semanas que siguieron fueron unas de las más felices en la vida de Frida. Por lo menos eso es lo que le repetía a Nick diariamente. Se pasaban las horas haciendo el amor en el sofá de su oficina, escuchando discos de Maxine Sullivan en el gramófono. Por las noches salían a bailar hasta el amanecer. Frida probó por primera vez el *whisky* y se reía mientras agarraba a Nick de la mano.

—¿Y tu galerista? —inquirió él una mañana.

—Descartado, demasiado surrealista, ese culero de Breton lo tiene comiendo de su mano —contestó Frida.

Una noche que no conseguían dormir, Nick se atrevió incluso a hablarle de matrimonio. Después de todo, por qué no. Ya no amaba a Diego. Podría mudarse ahí a Nueva York, con él.

—Yo sería la señora Frida Muray, tendría que acostumbrarme —contestó sin más.

La exposición tocó su fin el 15 de noviembre. A pesar de la crisis, Frida había conseguido vender la mitad de las obras expuestas. Se había convertido, según lo había formulado la prensa, en «una pintora hecha y derecha, cuya obra atípica, muy femenina, altamente surrealista, impregnada de los grandes temas de la cultura mexicana, amenazaba con desafiar la hegemonía de su ilustre marido».

A pesar del éxito de aquella exposición y de la felicidad inmensa que sentía junto a Nick, no podía dejar de pensar en lo que había dejado en México, especialmente en Trotsky.

Una mañana, recibió una carta de lo más triste en la que León le contaba una mala pasada que le había jugado Diego y que había terminado en drama. El 2 de noviembre, Día de Muertos, Diego irrumpió en la Casa Azul. Tenía mala cara, cara de escuincle mugroso a punto de perpetrar una fechoría. Llevaba consigo un paquete que había entregado a León a modo de regalo. León lo abrió y se encontró con una calavera grande de color morado, y en cuya frente llevaba escrito con letras de azúcar blanco el nombre de «Stalin». Diego soltó una carcajada terrible mientras le daba de palmadas a Trotsky y se fue tan rápido como llegó. «Huelga decir —escribía León— que apenas se marchó tu querido esposo, le pedí a Jean que destruyera ese maldito cráneo».

Pero las cosas no se quedaron allí. Diego acababa de percatarse de que habían tenido un amorío. Se había enterado tan sólo unos días después de su viaje a Nueva York. ¿Quién le habría dicho? León tenía sus sospechas, pero no podía probar nada. Cristina quizá, a modo de venganza. La calavera no era más que el primero de una serie de eventos más graves. En realidad, Diego había decidido terminar su relación con Trotsky invocando discrepancias de orden político. Trotsky por su lado, por un azar que sólo la vida pudo urdir, se había hecho de una carta de Diego dirigida a Breton en la que cubría de fango a su invitado. ¡Su secretario, en un descuido, había dejado la misiva junto al correo que debía firmar! La actitud inconsecuente de Diego lo tenía muy preocupado: atacaba con suma agresividad al presidente Cárdenas y acababa de manifestarle su apoyo al general Almazán quien había prometido acallar a los sindicatos y acabar con la izquierda. En resumidas cuentas, ponía su vida y la de Natalia en peligro. Trotsky había jurado solemnemente no intervenir en la política mexicana y Rivera se comportaba como un irresponsable. Por su cercanía con aquel agitador, Trotsky se exponía a ser de nuevo expulsado. En el punto en el que se encontraban ya los dos hombres, al saber que manifestaban, el uno por el otro, sentimientos confusos que rayaban en el odio, la ruptura era inminente. Diego contemplaba la posibilidad de dimitir de la IV Internacional y León de irse de la Casa Azul. Su carta concluía con estas palabras: «Fridita, es momento de que me meta a la cama. Hasta caer dormido estaré dialogando contigo en el pensamiento. Me vuelvo viejo, Fridita. Echo de menos tu risa. Te mando un beso, de esos que sabes que me gusta darte, pero me hallo tan exhausto».

El contraste abismal entre las penas que pasaba Trotsky y la felicidad que inundaba a Frida era tal, que se sentía a la vez involucrada por todo lo que estaba ocurriendo en la Casa Azul y al mismo tiempo indiferente y algo culpable. El mismo día en que recibió esa carta, Nick y Frida habían desayunado en el restaurante del hotel Barbizon y luego se habían ido caminando abrazados hasta el estudio de McDouglas Street. Allí fue donde Nick hizo una serie de fotos de Frida de una belleza sin igual. Dos en particular eran para él invaluables. En la primera, un retrato a color en el que aparecía envuelta en un sublime rebozo rojo, se desprendía de ella por primera vez desde hacía mucho tiempo una serenidad maravillosa. En la segunda, que en realidad comprendía una serie de veinte fotos, en blanco y negro esta vez, se encontraba de pie, con el pecho al desnudo, ordenando su cabello con gesto desenfadado. «Estas fotos, había dicho Nick, no podremos nunca mostrárselas a nadie, ninguna revista podrá publicarlas, ningún editor imprimirlas en la portada de algún mugroso libro de arte, son nuestras fotos, nadie más que tú y yo debe saber que existen». Habían hecho el amor antes de sacar las fotos, volvieron a hacerlo una vez concluida la sesión.

Fue durante aquellas jornadas despreocupadas cuando los problemas de salud de Frida surgieron de nuevo. Callos enormes fueron apareciendo en la planta de los pies, en los puntos donde pisaba, lo que le causaba un martirio al caminar, su columna vertebral volvía a provocarle dolores tremendos. Tras permanecer inmovilizada varios días en su recámara del Barbizon, y cansada de pasar sus noches de insomnio leyendo novelas policiacas, aprovechó para cumplir con el encargo de Clare Boothe Luce, redactora en jefe de *Vanity Fair*, quien quería ofrecer a la madre de una tal Dorothy Hale un retrato de su hija recién suicidada. Pintó el suicidio mismo, con altas dosis de sangre y un cuerpo que vuela por los aires y se estrella en el suelo. Después de un tiempo, agotada, dejó el cuadro a un lado proponiéndose retomarlo más tarde. Empezó otro, que quería más liviano y acabó no siéndolo, *Autorretrato con mono,* en el que se anudó cuidadosamente al cuello un listón color sangre que la unía, cual una vena, a un mono. Nick de hecho no entendió por qué se desprendía de aquel cuadro tanta desesperación. «Porque todo siempre llega a su fin, querido», respondió Frida.

Al cabo de unos días y a petición vehemente de Nick, fue a consultar especialistas de los huesos, los nervios, y la piel, manteniéndose en la expectativa hasta que el doctor David Glusker consiguiera cicatrizar la úlcera que tanto la incomodaba. Pero el encanto se había roto. «Me siento mejor, pero ya es la cuarta vez que me rebanan», le dijo a Nick. «Estoy algo harta».

La habitación del hotel Barbizon daba sobre un pequeño parque donde la copa de los maples de hojas rojizas oscilaba apaciblemente. El zoológico de Central Park no se hallaba muy lejos, podía oír los rugidos de leones y tigres, y en ocasiones ver a los osos pararse en dos patas para intentar atrapar la comida que les arrojaban los niños. Nick tomó a Frida en sus brazos.

—¡Juntos como equipo, somos indestructibles!

—Qué perra vida, hermano de mi alma. Nos está dando en la madre.

—Uno aprende de lo que vive, y seguimos avanzando, ¿no es así?

La tranquilidad de Nick era tan diferente al revoltijo permanente que vivía en México junto a Diego que por momentos se sentía desconcertada.

—Pero siempre termina por recaer sobre nosotros, como un balde gigante de agua fría.

—Pero tú eres fuerte, mi amor.

—A veces me entran ganas de mandar todo a la mierda.

—No me gusta sentirte triste.

—Pero si a mí tampoco —dijo Frida—. Anda, sirvámonos un *whisky* y pon un disco de jazz.

Con la ayuda de las medicinas y la presencia benéfica de Nick, Frida pudo restablecerse. Es decir, estar de nuevo en condiciones de salir a las calles de Nueva York. Fue durante aquel periodo que le llegó la confirmación de la invitación que le hacía Breton, conminándola a que viajara a París donde quería organizar una exposición dedicada a ella, y con la cual sería presentada a los críticos parisinos afines al surrealismo, es decir, en su visión, al mundo entero...

Dudaba. Nick le decía que no podía perderse una oportunidad así, aun cuando su partida le partía el corazón. Además, ¿no era ella quien repetía incansablemente que estaba hasta las narices de los americanos, «idiotas al cuadrado», de «sus casas que parecen hornos de panadero», y de «su comodidad estúpida que no es más que un espejismo»? Diego, por su parte, le rogaba en una carta que fuera para allá. «No seas tonta —le escribía—, no te pierdas la oportunidad de ir a París en mi lugar». Firma: «Tu sapo-rana número uno». Pero lo que el sapo-rana número uno no le decía es que si la animaba a ir a París era con la intención de castigarla por su relación con Trotsky. Sabía muy bien que extrañaba México y que estando en París lo extrañaría aún más. Además, Diego había iniciado un nuevo romance y quería estar tranquilo, quizá incluso se había planteado volver a acostarse con Cristina de vez en cuando. Entre Diego y Frida sin duda Diego era quien mejor sabía cómo hacer sufrir al otro...

En los primeros días de enero de 1939, Frida tomó un barco con dirección a El Havre. Apenas se habían cumplido tres meses de la firma de los acuerdos de Múnich entre Daladier y Chamberlain. La guerra civil española estaba culminando, un frágil apaciguamiento se extendía por Europa.

Ocho meses más tarde las tropas alemanas invadirían Polonia.

31

En París, Jacqueline Lamba y André Breton vivían en un departamento cercano a la Place Blanche, en el 42 de la rue Fontaine, justo detrás de Le Ciel et l'Enfer. Fue lo primero que notó Frida al bajar del auto: aquel cabaret con nombre premonitorio. De inmediato le molestó tener que compartir un cuarto diminuto con la pequeña Aube, quien no era especialmente desagradable, pero que a sus cuatro años no tenía pelos en la lengua y no paraba de brincar de un lado a otro. Además, restringir a una mujer que no puede tener hijos a vivir hacinada con una niñita muy joven quizá no había sido la idea más brillante.

Los días que siguieron a su llegada, surgieron más motivos de enfado para Frida. Los Breton, pelados sin dinero, vivían en una especie de bohemia, instalados en una suciedad que no parecía incomodarles y tenían una concepción de lo más curiosa de la alimentación que los hacía comer cualquier cosa a cualquier hora. En realidad, nada de esto hubiera tenido la menor importancia de haberse llevado a cabo correctamente la organización de la muestra de sus obras. Sin embargo, sucedía todo lo contrario. Los cuadros de Frida aún se encontraban varados en la aduana, puesto que Breton ni siquiera se había molestado en ir a recogerlos, y en lo que se refiere a la galería que supuestamente las expondría, Frida rápidamente advirtió que no existía. El papa del surrealismo, quien clamaba a bombo y platillo ser pura «honestidad y transparencia», le había mentido.

No teniendo más conocimiento del mundillo parisino sino a través de unas cuantas obras, escritos, chismes, rumores, o lo que Breton le había querido contar, el momento del encuentro con sus miembros significó para ella una decepción proporcional a su expectativa. Conoció a Desnos, Aragon, Éluard y a muchos más, anhelando volverse amiga de ellos pero pronto se percató que se trataba de hombres fríos e inaccesibles a quienes terminó por llamar Las Grandes Cacas. Ciertamente se juntaba con ellos en los cafés de artistas y en los cabarets, los acompañaba a escuchar jazz y a bailar, o más bien a verlos bailar en los clubes de moda, pero no podía soportar sus discusiones sin fin en torno a revoluciones que no harían nunca, de consignas a las que jamás serían capaces de apegarse, de teorías que nunca pondrían en práctica, no haciendo más que calentar sus valiosísimos traseros en cafés tétricos, hablar de arte y cultura pretendiendo ser los dioses de este mundo y menospreciando al común de los mortales, sin descartar la redacción de panfletos grandilocuentes cuya ejecución tardaba horas. ¡Dios santo, por qué había tenido que parar en esa ciudad de mierda! Los dos únicos surrealistas que se salvaban eran Max Ernst, autor de *collages* exuberantes y Marcel Duchamp, con quien tuvo una aventura de una noche y quien le había prometido encontrarle una galería en caso de que Breton la dejara tirada.

En medio de este ambiente grisáceo, de toda esa gente tan falsa, y cabría decir tan «irreal», se encontraba Jacqueline, la luminosa, la danzante Jacqueline con cuerpo de liana. Era la única en entenderla. Con ella dieron paseos por la Place des Vosges, los muelles del Sena, fueron a colocar cirios en Notre-Dame para la gente que amaba, entre ellos, Diego y Trotsky. Con ella fue a ver

La ópera de tres centavos, cuyos versos copió en su alemán pobre: «Y el tiburón tiene dientes / Y los lleva en el rostro / Y Macky tiene una navaja/ Pero nadie la puede ver». Con ella se perdió en los pasillos del mercado de pulgas de Saint-Ouen, donde halló asombrada una muñequita de ojos azules y ropa de casada —«para sustituir la que me rompieron siendo niña, entiendes, Jacqueline»—, que colocaría un día, ceñida con alambre de púas, en un cuadro que llevaría por título *La novia asustada al ver la vida abierta*. Con ella fue a dar paseos por calles y parques, de noche y de día; se escaparon a Chartres, a los castillos del Loira, pasaron largas horas en las salas del Louvre. Una mañana antes de salir a encontrarse con Duchamp, quien aún le buscaba una galería, dejó un recado para Jacqueline: «Quisiera que mi sol te tocara. Que me despojaras de mis faldas con encaje, de la blusa antigua que siempre llevo y de mis brazaletes».

Por la noche, cuando regresó, se encontraron las dos solas.

—Aube se quedará esta noche en casa de una amiga —dijo Jacqueline.

—Y Breton se encuentra en Bucarest —respondió Frida.

Dedicaron tres días deslumbrantes a hacer el amor y a beberse todas las botellas de coñac, una bebida «angelical», que Frida descubrió entonces.

—Yo de inmediato sentí deseos por ti —dijo Frida—. Desde que estuviste en México. Desde tu llegada al jardín de la casa. ¿Pero tú, dime, en qué momento ocurrió?

—En México, como tú, y luego me olvidé de todo. Después fue la fiesta en casa de Aragon.

—¿La noche en casa de Aragon?

—El juego de verdad o castigo...

Frida dibujó una sonrisa en sus labios. Era el juego preferido de Breton que no toleraba ninguna transgresión, ninguna broma. Quien se rehusaba a responder a la pregunta recibía un castigo, como podía ser gatear por la casa con los ojos vendados y tratar de adivinar quién lo estaba besando o acariciando. Aquella noche Frida no había querido revelar su edad, a pesar de las órdenes reiteradas de Breton. Él había imaginado y pronunciado su castigo. «Hacerle el amor a ese sillón», dijo señalando una poltrona, agregando: «¡Un sillón de sexo femenino!».

—Te acostaste en el suelo y te pusiste a acariciar los pies del sillón como si se tratara de un par de piernas abiertas, luego subiste hasta el asiento como si tuvieras allí un sexo que te esmerabas en abrir, y después los brazos que apretabas con tus manos como unas buenas nalgas... ¡Dios, me vuelvo loca con tan sólo mencionarlo!

—Ven —dijo Frida, mientras besaba a Jacqueline con dulzura.

Sí, aquellos días y noches lograron borrar todo lo demás: ese París en el que tanto se aburría y esos intelectuales que no eran más que desilusión.

Una noche que se encontraban desnudas una junto a la otra, fumando ese delicioso cigarro de después del amor, Jacqueline descubrió sobre la mesita de noche una carta dirigida a Frida que ella misma había puesto ahí hacía más de una semana. Había sido enviada de México.

—No tienes ninguna prisa en leerla, por lo que veo. ¿Te asusta pensar que puedan ser malas noticias?

—No. Se trata de León. Ábrela, si quieres. Y léemela.

—¿Tal vez sea un asunto muy personal?

—Dejamos de coger hace mucho tiempo ya. ¡Anda, léela, se ve que te mueres de ganas!

Trotsky le escribía a Frida para pedirle que intercediera con Diego quien había renunciado de la IV Internacional bajo el pretexto de que él le había sugerido, con la debida diplomacia, no aceptar ningún cargo burocrático que de cualquier forma hubiera sido incapaz de ejercer correctamente. El sapo-rana se puso como loco y se despidió azotando la puerta. «Ninguna solidaridad intelectual me mantiene unido a Diego. Es un golpe muy duro para nuestra organización, pero también lo es para Diego— concluía Trotsky—. ¿En qué otra organización hallará la misma simpatía y comprensión, como artista, como revolucionario, como hombre? Se lo ruego, amiga fiel, ayúdeme».

—¿Qué piensas hacer? —preguntó Jacqueline.

—Nada. Que se las arreglen solos. Yo también tengo mis problemas.

—¿A qué te refieres?

—No puedo quedarme aquí más tiempo. No se puede. La niña, André, la exposición que aún no se ha planeado. Los dolores han vuelto. Necesito encontrarme a mí misma... sola.

—¿Adónde irás?

—A un hotel.

—¡Hay cientos en París! O son demasiado caros, o demasiado infames.

—Marcel se encargó de eso. Me encontró una habitación en el hotel Regina en la Place de la Pyramide.

—No es «la Pyramide», son «des Pyramides». ¿Pero de qué Marcel hablas? ¿De Marcel Duchamp?

—¡Sí claro, Marcel Duchamp! ¿Acaso hay otro?

32

Abierto en 1900 con motivo de la Exposición Universal, el hotel Regina, por las ventanas del cual Frida podía mirar hacia los jardines del Louvre, era un hotel de lujo que, tras haber obtenido la autorización de montar su caballete para finalizar *El suicidio de Dorothy Hale*, desgraciadamente tan sólo pudo disfrutar unos cuantos días. Efectivamente, en cuanto se registró, una encarnizada infección colibacteriana renal empezó a hacerla sufrir de manera atroz. No podía caminar, por lo que tuvo que acudir una ambulancia para llevarla de urgencia al Hospital Americano. Pronto, ya fuera de peligro, pudo regresar a su cuarto de hotel.

Los días pasaron, monótonos, terribles. Acostada en la cama, Frida le escribía a Jacqueline, para quien por entonces resultaba complicado ir a visitarla. Le confesaba que el amor era el centro de su vida, y que éste debía durar lo que duraba el placer; y eso era justamente lo que sentía por ella. Le reveló también que a veces se ponía a pensar en el final de una relación cuando ésta apenas estaba empezando. Admitía ser celosa, posesiva, estar convencida de sentir preferencia por las mujeres cuando tenía sexo con una ellas, y por los hombres cuando tenía sexo con uno de ellos. Envió varias cartas a Nick, en las que le decía que lo amaba, que era feliz pensado que lo amaba, pensando que lo volvería a ver, pensando que la estaría esperando. En una noche en que el dolor le retorcía el estómago, recordó la propuesta que le había hecho Nick de irse a vivir con él a Nueva York. Durante unos segundos estuvo convencida de que no había otra opción para seguir con su vida.

El único rayito de sol en esos días sombríos del hotel Regina, lo traía con ella Mary Reynolds, la mujer de Marcel Duchamp, quien venía todas las tardes a hacerle un poco de compañía. Esperaba la hora de su llegada y se ponía triste cuando estaba por irse. La joven mujer, una estadounidense simpática, elocuente y que hablaba inglés con acento sureño, nada tenía que ver con la «bola de ojetes apestosos que se la pasaban lamiéndole el culo a Breton», en las palabras de Frida. Mary se reía. Visiblemente, sus opiniones no diferían mucho de las de Frida quien, aunque desgraciadamente sus inclinaciones no eran en absoluto sexuales, hubiera deseado sentir ganas de acostarse con esa Mary tan frívola, en la gran cama esponjosa del hotel Regina.

Poco a poco la infección fue desapareciendo.

—¡Durante dos días enteros fui incapaz de orinar —le dijo a Mary—, estaba a punto de explotar! ¡Qué mierda!

Y como una buena noticia no llega sola, Marcel un buen día entró triunfante a su habitación. Por fin había conseguido una galería.

—La galería Pierre Colle. El corredor de Dalí...

—¿Cuándo?

—A partir del 10 de marzo. Y durante dos semanas.

—¡Champán para todos! —gritó Mary llamando desenfrenadamente al botones con el timbre, a quien se le conminó regresar con una Magnum adecuadamente metida en su cubeta con hielo.

Aprovechando el respiro que le otorgaba su mejoría, Frida aceptó la invitación que le hicieron Mary y Marcel de quedarse con ellos el resto de su estancia en París, en su departamento de Montparnasse.

Fueron momentos felices e ingrávidos. Volvió a encontrarse con Jacqueline a menudo, en casa de ella o en la de los Duchamp cuando no se encontraban ellos. Incluso mantuvo una relación de dos días con un militante trotskista que venía a entregarle documentos para los miembros mexicanos de la IV Internacional. El modo que tenía de hacer el amor era extraño pero lo suficientemente novedoso como para brindarle un placer efímero. Se sentía volver a la vida. Inclusive le escribió a Trotsky contándole que le hubiera gustado poder pasear con él por las calles de París, sin mencionar los problemas que existían entre él y Diego.

Unos días antes de la inauguración, Pierre Colle fue a verla. Mary y Duchamp estaban allí con ella, para tranquilizarla y manifestarle su apoyo. Colle venía acompañado de un socio que no cedía en nada: o bien aceptaba sus condiciones o se marcharía sin haber expuesto sus obras.

—Algunos cuadros, verá, son demasiado ofensivos para nuestro público y…

—¿Pero uno de los elementos primordiales del surrealismo no radica justamente en el escándalo? —preguntó Frida.

—De cierto modo, el escándalo surrealista es un escándalo de tipo…

—Institucionalizado —dijo Frida, interrumpiéndolo—. Que no incomoda a nadie, por así decirlo. ¡Una tempestad en un vaso de agua!

—No, eso sí que no —contestó el asociado de Pierre Colle, una especie de funcionario de la revolución de salón, un tal Maurice Renou.

—¡Viejo pendejo, hijo de la chingada, una palabra más y lo mato y después le arranco los huevos a mordidas! Un surrealista para quien mi pintura es demasiado «ofensiva», ¿estamos delirando o qué?

Duchamp calmó los ánimos rescatando así la situación *in extremis.* Bien sabía él que Frida debía exponer a como diera lugar, y que, fueran cuales fueran las condiciones, la exposición provocaría escándalo y admiración.

—¡Señores, ésta es Frida en toda su expresión: provocativa, grosera, mordaz; el surrealismo en persona!

La tensión acumulada recayó de inmediato. Frida no dijo nada más y los dos hombres se retiraron, como lo harían un par de notarios satisfechos con el resultado de la negociación.

Frida pensó: «Lo único que me interesa ahora es sanar por completo, concluir esta maldita exposición y largarme de aquí».

33

A medida que descubría la exposición en compañía de Pierre Colle y de Maurice Renou, Frida sentía nacer en ella una rabia familiar: la que acompaña la impresión de haber sido engañada. Este «culero de Breton» había transformado la exposición Frida Kahlo en «exposición México». Uno podía creer que se encontraba en los pasillos del *marché aux voleurs* de la rue des Rosiers. En el desorden más absoluto, siguiendo una coherencia cuyo sentido sólo el Maestro entendía, se encontraban fotos de Álvarez Bravo, esculturas precolombinas, tejidos de los siglos XVIII y XIX, y una cantidad de porquerías sacadas de la colección privada de Breton —candelabros de cerámica, calaveras de azúcar, artesanías baratas que se vendían en cualquier mercado del país, de repente convertidos en obras de arte, y claro la serie de exvotos robados en las iglesias de Puebla—. Y en medio de aquel mercadillo surrealista, diecisiete cuadros de Frida; «rosas en un lecho de excremento», pensó, dispuesta a darse media vuelta e irse a tomar el primer barco que zarparía rumbo a México.

Pero rápidamente su rabia y tristeza se disiparon con la llegada de los primeros invitados. Era el foco de atención. Kandinsky estaba tan conmovido con sus obras que tras haberla abrazado y alzado por los aires, le habló de su pintura con ojos lacrimosos. Picasso, rendido a sus pies, se había presentado con un regalo, un par de aretes que le había instado a ponerse inmediatamente. Joan Miró la besó con gran afecto. Paalen y Tanguy se acercaron a felicitarla. Incluso Max Ernst, el gran Max Ernst, fue uno de los primeros en ir a verla, diciéndole con su sobriedad característica: «Está bien, va usted por buen camino». ¡Pareciera que la secta surrealista en su totalidad se había dado cita para venir a ovacionar a la mexicana!

Incluso habían asistido algunos camaradas trotskistas perdidos entre el gentío de burgueses adinerados y revolucionarios de salón, particularmente una joven muchacha de aspecto frágil, con rostro en forma de corazón, nariz corta, mejillas hundidas y que llevaba lentes gruesos para corregir su miopía. Daba la impresión de descuidar por completo su vestimenta, carecía de cualquier tipo de elegancia y causaba escasa simpatía. Fue la amiga americana que venía con ella, una tal Ruby Weil, comunista empedernida, quien se la presentó a Frida.

—Sylvia Ageloff, hermana de Ruth, quien trabajara en el equipo de León Davidovitch durante los procesos del 37 —dijo.

Frida cortésmente la saludó besándole las dos mejillas, aunque lo que realmente llamaba su atención era el muchacho que la acompañaba. Parecía algo mayor que ella, era delgado, de hombros anchos, provisto de una abundante melena rizada y grandes ojos verdes, la frente amplia con surcos profundos. Bajo su piel aceitunada se escondía un encanto verdadero.

—Jacques Mornard Vandendreschs —dijo Sylvia, agregando temblorosa—: Mi novio…

El muchacho llevaba en la mano un ramo enorme de flores que le entregó a Frida.

—Se moría por conocerla —dijo Sylvia, mientras se iba con Ruby a ver el resto de la exposición tras haberle «encargado» a su novio.

Aunque tímido al principio, Jacques Mornard Vandendreschs no calló en toda la noche, pegado a Frida que no consiguió quitárselo nunca de encima. Con el ramo de flores aún en la mano, le contó su vida con lujo de detalles y en el desorden más absoluto, saltando constantemente de un tema a otro.

Plagado de tics, hablando con premura, por momentos buscando sus palabras —lo que le imprimía un ligero tartamudeo a su habla— declaraba ser hijo de un diplomático, de nacionalidad belga, le confesaba no sentir ningún interés por las cuestiones políticas, que ganaba su vida redactando artículos deportivos para el periódico *Ce Soir*, le revelaba haber nacido en Teherán, que había vivido en Bruselas y cursado la secundaria en Saint-Ignace-de-Loyola, que había estudiado tres años en la Escuela Politécnica de París, que había heredado una colosal fortuna de tres millones de francos, que era alpinista de alto nivel, coleccionista de automóviles clásicos, hábil lanzador de jabalina y martillo, que había participado en numerosas regatas, que sentía fascinación por la cirugía y que de hecho cortaba el pollo rostizado con la precisión de un cirujano, que su padre acababa de morir en un accidente automovilístico en la carretera Ostende-Bruselas, que estaba dotado con una excelente memoria visual, que había estado en la cárcel en Bélgica por haberse negado a realizar su servicio militar, que había estado casado con una tal Henriette van Prouschdt, de quien finalmente se había divorciado, por lo que esperaba poder casarse lo más pronto posible con Sylvia.

Frida no podía más, al grado de besar a Sylvia efusivamente cuando regresó, a modo de gracias por librarla de lo que parecía ser un peligroso mitómano. ¿Acaso no le había dicho, en medio de ese raudal de palabras, que estaba obligado a quedarse en Europa por no poder conseguir un visado para los Estados Unidos? ¿Por qué razón el gobierno norteamericano negaría una visa al hijo de un diplomático belga, interesado en los deportes y no en la política, y que disponía de una gran fortuna personal capaz de garantizar su independencia...? ¿Y qué decir de aquel comentario del surrealista belga del grupo de Nougé, Jean-Baptiste Baronian, a quien le parecía cosa extraña que un ciudadano belga pudiera declarar haber vivido en la calzada «du Havre», en Bruselas, cuando todo bruselense hecho y derecho hablaría de la calzada «de Wavre»...? Por favor, ese belga que hablaba francés con acento español y con un lenguaje plagado de hispanismos era un fabulador empedernido, aun cuando, debía admitirlo, del muchacho emanaba una poderosa energía sexual que no la dejaba insensible.

Durante toda la semana, y aún sin haber sido un éxito en términos financieros, la prensa habló de la exposición en los términos más elogiosos. *La Flèche de Paris* aseguró que los cuadros de madame Frida Kahlo eran «una puerta abierta al infinito y la continuidad del arte», *Les Arts pour tous* ensalzó la «autenticidad y la sinceridad de esta obra diferente», en cuanto al *Soir de Paris*, bajo la pluma del gran crítico Niklos Décointay, alababa aquella «belleza convulsiva» que se expresa en la «belleza dramática de un cuerpo herido». *Vogue* hizo su portada con la mano cargada de anillos de Frida, y la diseñadora Schiaparelli creó un modelo de vestido que llamó «Madame Rivera». Por último, el prestigioso museo del Louvre hizo la adquisición de un pequeño retrato, *El marco*, en el que Frida aparece con una trenza a modo de corona, con listones verdes entretejidos con el cabello y en la que fueron colocadas tres grandes flores de color amarillo oro.

A pesar de todos esos reconocimientos, Frida decidió regresar a México pero no sin hacer escala en Nueva York. Quería escapar de aquella Europa «en descomposición».

El 25 de marzo, el buque *La Fayette*, zarpó del puerto de El Havre. Breton, quien a pesar de haber escrito que Frida era el «prototipo mismo del artista surrealista, una personalidad mágica dotada de un mundo interior cuya sensualidad rayaba en la morbidez», no la había acompañado. «Las mujeres son siempre infravaloradas, sabes. Los hombres son los reyes, dirigen el mundo, y aún más en el ámbito de la cultura. ¡Una mujer pintora, te das cuenta! Breton, como los demás hombres, como los demás surrealistas envidia tu éxito», se desahogó Jacqueline, quien se quedaría a su lado hasta el último momento, hasta la entrada a la pasarela que se tambaleaba a lo largo del casco del trasatlántico.

Estando ya en su camarote, extenuada física y emocionalmente tras aquellas semanas en París, Frida se quedó dormida: dentro de cinco días estaría de nuevo junto a Nick.

Al despertar, ya con las costas francesas lejos en la distancia, Frida permaneció en la cama y decidió escribirle a Jacqueline. Aún llevaba encima el perfume de sus besos, toda la ternura de sus caricias. En la carta le decía que sin su presencia las noches serían largas y pesadas, que conservaría por mucho tiempo el recuerdo de su rostro en el muelle, con los ojos mirando hacia la ventanilla de su camarote. «Quisiera que mi sol te tocara». Le habló de esos paseos en la Place des Vosges, de los caracoles rellenos y la muñeca-novia, sus faldas con volantes arrancadas con furia a veces, las calles que pisaron juntas y sus melenas enredadas. «Hermosa mía, eres como la estrella de la tarde cuando no es ni de noche ni de día, como la estrella de la tarde que no se ve más que entre el día y la noche, y que sin embargo los eclipsaba a los dos».

El día anterior a su llegada a Nueva York, contempló la posibilidad de pintar su retrato junto al de Jacqueline, como un modo de permanecer un poco más junto a ella. Podrían figurar dos mujeres íntegramente desnudas, una de piel morena (ella), la otra de tez clara (Jacqueline). Estarían abrazadas en medio de un mundo hostil, entre un bosque tupido y una tumba abierta. En su cuadernito de apuntes rojo escribió el título provisional de la obra: *Dos desnudos en un bosque.*

34

Un frío sol de abril alumbraba el puerto cuando el trasatlántico *La Fayette* acostó en el Pier 17. Parada en la cubierta, Frida, cuyas maletas apenas había abierto a lo largo de la travesía, divisó a Nick quien le hacía grandes gestos perdido entre el bullicio de la gente que mantenían a distancia detrás de unas bardas de seguridad. Una vez concluidos los trámites aduaneros, Frida se precipitó en sus brazos. Tanto había ansiado aquel momento. Pero Nick le pareció algo raro, incómodo; como forzado, él que era la soltura misma. Durante el trayecto en taxi que la llevaba a casa de su amiga Ella Paresce, con quien se quedaría antes de partir hacia México, se mantuvo en silencio o, si hablaba, eran trivialidades sobre el estado del tiempo, la salud, las largas travesías por mar. A unas cuadras de la casa de su amiga, Frida se envalentonó:

—¿Te quedas conmigo? ¿O prefieres que nos veamos más tarde?

—No, ni uno ni otro.

—¿La presencia de Ella te incomoda?

—No.

—¿Tienes que trabajar, alguna reunión importante?

—No.

—¿Ya no quieres a tu Fridita?

—No, no es eso, tonta.

—Qué misterioso eres Nick, estoy agotada. ¿Qué pasa?

—Voy a casarme.

Aun sin tener razón alguna para permanecer en Nueva York, Frida no conseguía irse. Por más que repasara una y otra vez aquella escena en su cabeza, no hallaba respuestas a sus preguntas. ¡Nick simplemente le había dicho: «Voy a casarme», se había bajado del auto y nunca más la había vuelto a ver! Además, sus problemas de salud la acuciaban de nuevo, como cada vez que las cosas iban por mal camino. Quería reencontrarse con su México, pero ¿cómo estaría Diego? ¿Con qué talante la recibiría? Las fotos tomadas por Nick le alborotaban la mente, como si buscaran recordarle su felicidad pasada, en especial una en la que acariciaba a Granizo, su ciervo favorito, en el jardín de la Casa Azul.

Por fin consiguió tener con Nick algunas conversaciones telefónicas. Para él, lo mejor era dejar las cosas como estaban. Mejor no volverse a ver. Frida concluyó que debía estar dudando aún, que temía que su amor se reactivara si se veían de nuevo. Cuando le contó a Ella las conversaciones que sostuvo con Nick, y las dudas que la aquejaban en cuanto a los motivos de aquella separación, su amiga no se molestó en moderar su discurso:

—Se está burlando de ti. Es un cobarde, como todos los hombres.

—No lo sé. Se estará haciendo preguntas importantes. Seguramente no ha tomado ninguna decisión todavía.

—Te mandará una carta hermosa, como lo hacen todos, una vez que te hayas ido…

—Claro que no, qué negativa eres.

—No le molesta coger contigo pero no quiere vivir con una discapacitada de quien tendrá que ocuparse, eso es todo. No hay que buscarle más.

—Me dijo que sus sentimientos hacia mí no habían cambiado, que me mandaría el último retrato que me tomó, ése a color, que se encuentra actualmente expuesto en el Art Center de Los Ángeles. También me dijo que mi pintura lo hacía feliz. No creo que todo esté perdido...

Ver a Frida sufrir tanto por esa ruptura la llenaba de ira y le frustraba sentir que no era capaz de consolarla

—Regresa a México, Frida, al fin y al cabo allá es donde mejor estás —terminó por decirle con voz suave pero que buscaba trasmitir una orden.

Fue como un electroshock. En el fondo, eso es lo que realmente deseaba. Eso y volver a ver el gran *cuentas*, ese árbol de frutos pequeños, redondos, duros como canicas, que los indios recogen para hacer collares y que de noche, al caer sobre las banquetas, rompen con el silencio de la ciudad. Y también reencontrarse con Trotsky, no el político, ni el amante, sino el que insistía en lavar los trastes y que secaba cada plato, cada cubierto con desesperante lentitud, con lo que se tardaban tres veces más y terminaban todos cansados y de malhumor. Sí, a eso quería volver, lejos de París, lejos de Nueva York: Coyoacán y sus columpios para niños en la Alameda, llena de cactus y palmeras y cuyo pasto era de un verde tan intenso que parecía ser de color morado.

35

Los comunistas españoles a quienes México había otorgado el asilo contaban entre sus filas a miembros de la OGPU, que llevaban a cabo campañas de homicidios y matanzas con la firme intención de infiltrarse a los Estados Unidos. La policía y el ejército estaban nerviosos, acordonaban los barrios donde se pensaba que podían llevarse a cabo nuevas acciones terroristas. En especial Coyoacán y San Ángel, desde que la hermosa y terrible Tina Modotti y su pareja Vittorio Vidali —quien fuera comisario político durante la guerra española y quien había eliminado con sus propias manos a centenares de prisioneros acusados sin pruebas sustanciales de pertenecer a la «Quinta columna»— habían regresado a México. La calle Londres estaba cerrada y Frida Kahlo tuvo que bajar del auto para que se le identificara y le autorizaran tocar a la puerta de la Casa Azul.

Trotsky, pero también Natalia, parecían regocijarse sinceramente de verla de regreso en México. Ahora disfrutaban de la compañía de dos grandes perros, Benno y Stella, que pretendían mantener en su perrera pero quienes obedeciendo a sus propios instintos se abalanzaron sobre Frida Kahlo dándole mil muestras del interés que despertaba en ellos. Si bien la vida en México no había cambiado, o casi, en tan poco tiempo, la de Natalia y León en cambio, estaba tomando nuevos rumbos. Su relación con Diego había empeorado a tal grado que se planteaban seriamente dejar la Casa Azul. Con Frida ausente, Diego se había pasado de la raya, como se dice, en el ámbito privado, social, político. Sintiéndose libre de cualquier obligación de cara a sus invitados, había cesado su militancia política y había presentado su renuncia a la revista *Clave*. Diego se encontraba más que nunca aislado: repudiado por la derecha, por los comunistas, por los trotskistas, incluso por algunos miembros del gobierno quienes consideraban que su inclinación por la exageración y la extravagancia había alcanzado su punto de quiebre. Pero Trotsky le aseguró a Frida sin dudarlo un segundo: ella sería siempre bienvenida y el amor que sentía por ella permanecía intacto. Esa tarde le regaló un libro, como en aquellos días de su amor desmedido, e introdujo en él un papelito en el que había escrito: «*I love you, my Frida from Paris*».

—El señor Rivera se encuentra fuera de San Ángel desde hace varios días —le confirmó a Frida el ayudante de Diego mientras cargaba al interior de la casa los baúles traídos de vuelta de París.

La semana que estuvo Frida sin Diego en San Ángel fue maravillosa. Pudo reencontrarse con la Ciudad de México que tanto había echado en falta estando en Nueva York y París: la ciudad de antiguas iglesias atiborradas de hojarasca, flores, roleos dorados trepando hasta la bóveda; la del fabuloso teatrito del siglo XVIII que servía de refugio para los gatos del barrio; la de los mercados, de los cantantes callejeros, de los pequeños restaurantes donde le servían platillos picantes y cuyas comidas acababan invariablemente con canciones. Libre de organizar su tiempo como bien le parecía, pudo terminar de pintar *Dos desnudos en un bosque*, cubriéndole la cabeza a una de las mujeres con un rebozo rojo e introduciendo en la maleza a un observador discreto: un mono araña, símbolo de la lujuria.

Hay días que mejor hubiera preferido no vivir. El 9 de mayo de 1938 fue uno de ellos. De hecho, había empezado de la peor manera. Mientras se paseaba a un lado del Ángel de la Independencia, Frida se encontró con un cortejo fúnebre compuesto por tres personas que se movían con celeridad. El sepelio evidentemente era el de una criatura: el ataúd pequeño estaba pintado de blanco y la tapa llevaba en su centro un penacho de flores del mismo color. Dos muchachas, una adelante, otra atrás, cargaban sobre sus cabezas el liviano cargamento. Entre las dos, bajo el ataúd, retozaba una niñita. Se trataba de una mojiganga extraña y exaltada pero cuya alegría misma recalcaba el dolor que emanaba de ese friso fúnebre. Casi se hubiera dicho que el niño del ataúd había bajado una vez más a jugar a la plaza donde hacía no tantos días le daba vida a un caballo de barro mientras se comía un caramelo acidulado.

De regreso a casa, Frida no podía desprenderse de aquella escena dramática. Sentía como si la hubiera llevado consigo hasta el taller de San Ángel, donde seguía representándose frente a ella. De inmediato realizó un bosquejo para un cuadro futuro, en el que ataviaba a sus tres personajes con calaveras, dejaba abierto el ataúd de donde salía un chorro de sangre y reemplazaba la glorieta del Ángel por un paisaje lunar. La criada interrumpió su trabajo, venía a traerle el correo.

Entre las cartas oficiales, los recados de admiradores y admiradoras, las publicidades, las facturas, reconoció en un sobre la escritura enroscada y nítida de su querido Nick. Se reclinó en su sillón y leyó la carta una vez, una segunda vez, diez veces, veinte veces, temblando; los ojos llenos de lágrimas. Su amiga Ella tenía razón, Nick, quien no se había atrevido a romper con ella por teléfono, lo hacía por escrito. Y esta vez no cabía duda. Concluía su carta diciendo que ambos habían gozado por «un instante» del otro, que aquello había sido «fantástico», que era «lo único que importaba» y que en verdad «no deseaba más que verla feliz».

—¡Cabrón, seguramente ésa es la razón por la que te casas con otra! —gritó, pensando que sí, que «cabrón» era el calificativo que le correspondía.

Luego se desplomó en su cama, tras haberse tomado varios vasos de *whisky*, bebida que justamente había descubierto con Nick y que solían tomar juntos antes, durante y después del sexo.

—Mi felicidad... ¡la madre, qué!

Diego fue quien la despertó. Había regresado de Guadalajara donde según él había realizado una serie de desnudos de indias. Frida quería preguntarle si esas «indias» llegaban derechito de Chicago, Budapest o como la últimas, de la Concha Peluda, el putero de la avenida Francisco Sosa, pero no lo hizo. Nada de eso tenía ya la menor importancia. Pensó: «¡Ve y mete tu pito donde te plazca, pinche pendejo!».

Diego se encontraba allí, plantado frente a ella, en un estado de nerviosismo extremo, sudando como caballo de carreras cruzando la meta, con ese olor penetrante del hombre que acaba de realizar una proeza física.

—¡Ese desgraciado de Siqueiros está pintando un *Retrato de la burguesía* que está en boca de todos!

—¡Estamos en 1939, Diego!, ¡los pintores tienen el deber de enfrentarse a ciertos demonios, el fascismo es uno de ellos!

—¡Pero por qué se me adelantó el muy puto!

—No puedes prohibirle pintar lo que le apetece pintar, ¿no? ¿Qué pasó con tus bellos discursos sobre la libertad artística? Además, él sí es miembro del Partido, le llegan encargos...

Diego no contestó nada, tomó el vaso de manos de Frida y se embuchó de un solo trago una cantidad monstruosa de *whisky*. Caray, ya nada le salía bien, la Modotti apenas había regresado y ya estaba divulgando despropósitos acerca de él. En cuanto a Trotsky: «Por supuesto, estarás al corriente... todo está mal, no nos hablamos más. ¡Incluso quiere irse de la Casa Azul!».

Mientras Diego seguía vociferando, ella miraba fijamente un frasco colocado sobre una estantería. Dentro se encontraba un escorpión rojizo, típico del estado de Durango y cuya picadura resulta por lo general mortal. Una recompensa de unos centavitos se entregaba a quienes los traían a la administración. Diego le había comprado ese ejemplar a un niño que los vendía y lo había colocado en ese frasco en el que terminó por secarse con el aguijón apuntando hacia lo desconocido. Pensó que su matrimonio con Diego era similar a ese escorpión, todo seco, todo muerto, desprovisto de vida.

Diego por fin salió del cuarto gritando que lo mismo sucedía con ellos dos, que «todo estaba mal, que su historia común había durado lo suficiente, que era hora de pensar en el divorcio, sí, el divorcio». Frida le contestó con una canción, *La chancla*, que cuenta la historia de una mujer afligida al enterarse de que su marido la engañó:

Amigos les contaré
una acción particular.
Si me quieren, sé querer,
si me olvidan, pos sé olvidar.

Nomás un orgullo tengo:
que a naiden le sé rogar.
¡Aayy! Que la chancla que yo tiro
no la vuelvo a levantar.

Aquella amenaza de divorcio no era más que la continuación lógica de las anteriores. Hacía ya tres años que Diego amenazaba con aquel escarnio, siempre que acababa de engañar a Frida. Sorprendido en pleno delito de adulterio, apabullado por la culpa, atacaba. Pero esta vez la amenaza era de otro calibre: en los días que siguieron, Diego arremetió diariamente, reiteradamente. Una noche, habiendo desaparecido desde hacía varias semanas, Frida oyó sonar el teléfono. Era Diego, estaba ebrio:

—Frida, escucha, hemos estado casados trece años. Nos seguimos amando como antes, pero... tú conoces mi apetito sexual... Sabes que necesito hacer el amor todo el tiempo... Y a ti te cuesta cada vez más, tú sabes... alcanzar el orgasmo... Cada día es más complicado, demasiado complicado para mí... Entonces, considero que debería poder ver a otras, y... todo lo que pido es sentirme libre de hacer lo que yo quiera y estar con quien yo quiera, y... como no quiero hacerte sufrir más aún, quisiera pedirte el divorcio.

Frida, quien hasta ese momento había estado escuchando sin decir palabra, respondió antes de colgar brutalmente el auricular de baquelita:

—¡Sí, pero entonces que sea de una vez!

Nick había terminado con ella en una carta. Animado por una valentía semejante, Diego acababa de pedirle el divorcio por teléfono. «Qué valientes son todos ellos», pensó. Esa misma noche le escribió una carta a Nick, en la que le decía lo que no le había dicho a Diego: «No encuentro las palabras para expresarte cuánto me duele. Y tú, que sabes perfectamente cuánto amo a Diego, podrás imaginarte que mi sufrimiento no cesará sino hasta la hora de mi muerte. Todo está decidido, nos separamos. Me siento despedazada, muy sola. Me parece que nadie ha sufrido jamás lo que yo sufro. Espero que las cosas cambien de aquí a unos meses. Francamente, me pregunto cómo será posible. Pero será necesario».

Miró por última vez el frasco con el escorpión antes de irse a dormir. Mañana iría a la oficina de correos a depositar la carta. Conocía a Nick. Todo esto le dolería a él también. Esa carta vengaría su cobardía. En cuanto a Diego, ella sabía cómo castigarlo: echando mano de un nuevo amante y haciéndoselo saber.

36

Ricardo Arias Viñas era un joven republicano exiliado que había conocido en el café La Parroquia, donde él y sus congéneres procuraban recrear una España quizá perdida para siempre. Este loco enamorado había sido relativamente fácil de convencer, y había resultado ser menos torpe en la cama que en la arena política. Era guapo, ameno, culto y sumamente protector; lo que en aquellos días de incertidumbre resultaba muy conveniente para Frida.

Mientras Diego estaba atareado con los papeles del divorcio, ella se exhibía lo más posible en compañía de Ricardo durante eventos públicos en los que procuraba crear escándalo, llegando siempre tarde y con el mayor estruendo posible. Así fue como durante una función en el Palacio de Bellas Artes de Carmen Amaya, la primera bailaora de flamenco en vestir pantalones sobre escena, el público no le quitó la mirada. Ataviada de joyas de pies a cabeza y habiendo en aquella ocasión cubierto sus dientes incisivos con coronas de oro incrustadas de diamantes rosas, había relegado al papel de segundona a la reina del zapateado y las castañuelas. Diego, quien había asistido a la misma función, en otro palco, en compañía de una tal Irene Bohus, una hermosa pintora húngara, había pasado totalmente desapercibido.

Trotsky, por su lado, también consumaba su ruptura con Diego. Este último le propuso, a pesar de sus desacuerdos, quedarse en la Casa Azul. El Viejo le contestó que de ningún modo, a no ser que le pagara una renta de doscientos pesos mensuales. Diego primero descartó la idea, agregando luego que de todos modos la casa era propiedad de Frida con lo que le correspondía a ella tomar una decisión. Trotsky, aferrado a su orgullo, interpretó aquella puntada como un intento por presionarlo a irse. Ofendido, alquiló a unas cuantas calles de allí, en la avenida Viena, a una tal familia Turati, una casa a la que se mudó el 5 de mayo junto con Natalia, sus secretarios, sus empleados y sus guardaespaldas, sin olvidar a sus dos perros, sus conejos, sus gallinas y sus cactus.

Se trataba de una casa en estado deplorable, de bajo alquiler pero con una gran cantidad de recámaras y un jardín, rodeada de muros altos y oscuros, fáciles de vigilar. En algunas partes el *parquet* estaba hundido, faltaban muebles, pero en ese lugar podría disponer de su tiempo como bien le pareciera, en un barrio más bien agradable del este de Coyoacán.

El día de su mudanza, Frida se encontraba allí para recuperar las llaves que les habían dado. En la habitación que había servido de estudio a Trotsky todo el tiempo que estuvo viviendo allí se quedaban el autorretrato que Frida le había obsequiado, así como la pluma fuente que le había llevado hasta San Miguel Regla:

—Prefiero regresártelos —le dijo visiblemente conmovido.

—En esto te equivocas, pero en todo lo demás tienes razón.

—¿Lo demás?

—Tu mudanza.

—Sabes, me siento cada día más solo, y ahora sé que esta soledad es irremediable... Tengo sesenta años ya... Tengo la impresión de ser el último combatiente de una legión en desbandada...

—Te has convertido en un símbolo, León. El de una doctrina íntegra, clara. De una verdad histórica. De un combate.

—Y por eso mismo, condenado.

Se separaron tras pronunciar estas palabras. Natalia, de regreso en la habitación, instaba a León a que se diera prisa. La casa nueva se encontraba muy cerca, pero no le parecía prudente por razones obvias de seguridad, llegar ya de noche.

Una vez que se marchó el grupito, Frida se quedó sola en la casa vacía, la casa de su infancia. Frente a un mundo que veía derrumbarse, pensó que debía reaccionar. Antes que nada, pagando sus deudas, pintando naturalezas muertas que se vendían bien; eso buscaban los burgueses. Y luego buscando definir un cuadro que pudiera representar el estado de ánimo en el que se encontraba, para evacuar ese «puto dolor que le arrancaba bramidos por las noches», a pesar de las píldoras y las copas de coñac. Proyectó entonces un cuadro que llamaría *Las dos Fridas*: dos hermanas siamesas, sentadas una pegada a la otra, unidas con una misma arteria, tomadas de la mano, pero aun así diferentes las dos, viviendo cada una su propia vida. Una misma mujer partida en dos. El reflejo de su existir. Desmembrada. Como carcasa en manos del carnicero, hendida a la mitad tras recibir un golpe de tajadera.

37

Aun estando constantemente cerrada con llave la puerta entre los cubos de los dos pintores, la vida en San Ángel se había vuelto insoportable... Una serie de incidentes había convertido definitivamente las vidas de Diego y Frida en un infierno. Por lo menos a decir de esta última, quien no podía más. Un día, Diego se llevó a casa de una de sus amantes a Señor Xólotl, el perro consentido de Frida, para hacer las veces de semental. «¡Que coja con su puta tarada y pintarrajeada está bien, pero que vaya a verla con algo tan mío como lo es el Señor Xólotl, qué carajos!». Una semana después fue una tal María, la que le anunció que se casaba con Diego. «¡Podrías esperarte a que estemos divorciados, pobre pendeja!», le había atestado Frida, quien en el acto había contactado a los periódicos para denunciar esa relación «ilícita». En aquel México poco propenso a la liberación sexual, la noticia provocó gran revuelo y la prensa se había solidarizado masivamente con la esposa abandonada y había censurado a los amantes culpables. Al día siguiente, Paulette Goddard, actriz y devoradora de hombres, había hecho saber en un comunicado de prensa que se estaría mudando a un lujoso departamento de la antigua Hacienda Goicoechea, situada justo enfrente del taller de Diego, para que «ese gigante, en los brazos de quien se entregaría si se lo pidiese, pudiera con toda la calma del mundo retratarla en pintura». No, esto era el colmo. Frida tomó la decisión de mudarse. Al cabo de unos días, gracias a la ayuda eficaz de varios amigos, incluyendo a Ricardo, estaba instalada en la Casa Azul, con su cohorte de changuitos negros y sus perros calvos, incluyendo a Señor Xólotl, tras su rescate.

Era como iniciar una vida nueva. Se sentía feliz, o casi, y eso a pesar de su pie y su columna que por momentos le provocaban gran dolor. Al fin y al cabo era libre de hacer lo que le pareciera: pintar por supuesto, pero también beber, hacer el amor, pasarse horas paseando por el jardín, cocinar, leer, soñar, jugar con sus animalitos.

A finales de agosto optó por ir a visitar a León. Su primera decisión fue ponerle una nueva capa de pintura a las paredes de su casa, «color sangre y abismos marinos», le había dicho Harrison William Shepherd, su joven amigo estadounidense quien se había propuesto escribir el relato de su vida, pero desistió tras convertirse en amante efímero.

Situada en la periferia de Coyoacán, allí donde la calle se vuelve camino empedrado y terroso, bordado de cada lado por miserables chozas de campesinos, la vivienda era una casa de campo del siglo pasado con forma de T, rodeada de altos muros de hormigón, coronados con un entramado de alambres electrificados, vigilados por dos torres almenadas. Contaba con una impresionante puerta blindada color plomizo. Ese portón, las murallas austeras, las torres lúgubres resguardo de metralletas le daban a la casa más bien un aire de fortaleza. Una vez sorteado el apilamiento de costales de arena, neutralizado el sistema de alarma, pasada la brigada de cinco agentes de la policía, Frida entró en la casa, acompañada por uno de los trotskistas armados que patrullaban el exterior.

León la recibió. Se encontraba encantado, acogedor, impaciente por enseñarle el lugar, mostrarle cuán a gusto y lo bien custodiado que estaba. Le presumió la casa de estilo tradicional mexicano, los muros de ladrillo y revoque rugoso, tan sólidos que podían contener una ráfaga de metralleta. Le explicó que con Natalia habitaban el fondo de la casa, «para mayor seguridad». Sus aposentos contaban con tres habitaciones, más una biblioteca, una cocina, un baño, y un comedor que compartían con los guardias que se alojaban a lo largo de la muralla norte.

—¿Qué cárcel tan maravillosa, no lo crees? —insistía, con la voz cargada de ironía triste—. Esta casa ingrata esconde un tesoro: el jardín —añadió, mientras llevaba a Frida a un amplio descampado verde, adornado con macizos de flores y grandes árboles de follaje denso.

A decir verdad, este extraño paraíso contenía otro, aún más extraño, y al que León le tenía mucho apego. Escondidos detrás de una hilera de cactus traídos durante sus diferentes periplos por los alrededores de la ciudad se hallaba lo que afeccionaba por encima de todo: ¡sus pollos y conejos! Uniendo el gesto a la palabra, se puso unos guantes —«tú sabes que cualquier rasguño me impide sujetar correctamente la pluma»— y empezó a darles de comer a unos conejos gordos de color gris y blanco y a una pandilla de pollos cacareadores:

—La cantidad de comida que se les da debe ser cuidadosamente determinada. Se debe revisar regularmente el estado de los animales, vigilarlos, estar atento al menor indicio de enfermedad, de parásitos. Es indispensable hacerlo metódicamente, con precisión, observar, decidir: como en la política.

En medio de aquel fortín rodeado por enemigos tenaces «mi fuerte Álamo...», decía: el estudio de León, al que se llegaba por el comedor, le pareció un remanso de paz. Todo se encontraba minuciosamente ordenado: libros, colecciones de revistas y periódicos, archivos. En el centro de la habitación encontró una mesa grande de madera en la que se encontraba el dictáfono y los rollos que le permitían a Trotsky responder, en diversos idiomas, a las misivas que le llegaban del mundo entero, así como sus artículos y sus libros, perfectamente apilados.

Frida estaba sinceramente conmovida puesto que aquel escritorio era, salvo un par de detalles, la réplica exacta del que se hallaba en la Casa Azul. Pero esa casa era la suya, mientras que aquí tenía la sensación de penetrar como nunca en su intimidad más profunda. Recorría con la punta de los dedos, como si se tratara de ídolos, las plumas y los lápices en su bote de barro, el papel secante anticuado, el abrecartas de marfil, la lámpara cuello de cisne... Un botón anclado en la mesa le permitiría a Trotsky poner en marcha el sistema de alarma en caso de ataque. También notó que tenía al alcance de su mano una automática de calibre 25 y una Colt 38.

—Para poder defenderme —dijo León mirando a Frida con unos ojos que expresaban por sí solos la intensidad de su angustia presente.

León se puso a contar sus jornadas mientras manoseaba instintivamente las armas de fuego. Se levantaba a las seis de la mañana, empezaba invariablemente limpiando el corral, luego se metía a su estudio donde trabajaba hasta la hora del desayuno. Volvía a ocuparse de sus animales, comía, dormía la siesta, atendía visitas rápidas, alimentaba a sus pollos y conejos y regresaba a trabajar hasta que diera la hora de cenar.

—Mi equilibrio, Frida, lo hallé en esta monótona regularidad. Sin esta rutina diaria, no tendría la fuerza de seguir luchando.

Se encontraban frente a frente, y entre los dos la pesada mesa de madera. Frida estiró un brazo y depositó su mano sobre la de León:

—La vida fluye, abre caminos que no hemos elegido al azar.

—Yo, lo que quisiera, Frida, es que me dieran la oportunidad de detenerme a medio camino, y así poder partir de nueva cuenta.

—Imposible, eso retrasaría el gran viaje global.

—De allí la insatisfacción... la desesperación... la tristeza.

—No creo en el destino. Todo a lo que aspiro es vivir, es la meta crucial de mi vida.

—Yo ya no sé cuál es mi meta, Frida.

—Cuidar, entre otras cosas, de tu nieto —dijo Natalia quien acababa de penetrar en el estudio cargando el té y señalando a un muchacho de unos diez años, con sandalias de cuero y pantaloncillos cortos, que jugaba en el jardín.

—¿Su nieto? —preguntó Frida.

—Sieva, el hijo de nuestra hija Zina —respondió Natalia, con voz quebrada por la emoción.

Tras la muerte de su madre, «el niño», como le decía Trotsky, había sido recogido por Ljova, su tío, y Jeanne, la pareja de éste. Tras el asesinato de Ljova, Jeanne tuvo que buscarle un escondite y lo encomendó a una institución religiosa. Tras varios meses de búsqueda y un juicio para determinar quién obtendría su custodia, Alfred y Marguerite Rosmer, unos viejos amigos de Trotsky, habían acompañado a Sieva hasta Coyoacán.

—Nuestros cuatro hijos están muertos —dijo Natalia—. Sieva es todo lo que queda de nuestra familia.

Estando ya en casa, Frida no pudo contener el llanto. Todo esto era de una tristeza infinita. Ese hombre acorralado, ese niño jugando entre guardias armados y conejos enjaulados. Y la Historia al acecho, que se proponía triturar a toda esta gente: desde hacía tantos años Trotsky repetía que a Stalin nada le vendría mejor que un arreglito con Hitler; unos días atrás se había firmado el pacto germano-soviético. Sí, la Historia al acecho lo trituraría todo, la vida de ese hombre, la de ese niño, la vida de Natalia, sus inquietudes, sus esperanzas, todo aquello por lo que habían luchado tanto. El amor de Frida y León, en medio de todo esto, no había sido más que un paréntesis inesperado, y el de Frida y Diego, un espejismo. Así era la vida en la casa de la avenida Viena, fortaleza irrisoria de opereta; así era la vida en la Casa Azul, y mientras tanto el mundo era arrancado de su quietud ilusoria por los cuatro jinetes del Apocalipsis, y galopaba frenéticamente hacia una nueva masacre.

Antes de despedirse de Frida, León le había susurrado al oído: «Avanzo por el reducido jardín de esta casa rodeado de fantasmas con la frente perforada, y sin embargo, verás, no he vivido ninguna tragedia personal. O quizá haya vivido una, la de la revolución, la de la humanidad, y empiezo a sentir en mis hombros de simple humano su peso desmesurado».

Yendo a servirse un vaso de coñac al trinchador de la cocina, Frida pasó frente al calendario en la pared y arrancó las páginas viejas hasta llegar a la fecha correspondiente, el 26 de agosto de 1939. Frida fue presa de un ataque de risa nerviosa. Hacía trece años, ese mismo día, se había casado con Diego en el juzgado de Coyoacán. Tina Modotti había sido su testigo y se había encargado de organizar el banquete en la terraza de su edificio. El pastel de bodas, adornado con palomas y rosas de azúcar glas estaba coronado con las figuritas de una pareja casándose. El hombre iba trajeado de *smoking*, llevaba sombrero de copa y guantes. La mujer lucía un vestido de tul blanco. Era la imagen de una pareja que Frida y Diego nunca habían sido y nunca llegarían a ser.

38

Poco a poco Frida se adueñaba de nuevo de los espacios de la Casa Azul, lo que resultó ser menos sencillo de lo que se esperaba. Su infancia radicaba en cada rincón, como también León, como su vida junto a Diego. Supo que sería necesario algún tiempo antes de que aquella casa volviera a ser totalmente suya. Un día, viendo las durezas económicas por las que pasaba, Diego propuso ayudarla. Rechazó violentamente aquella oferta: «Jamás tomaré dinero de un hombre hasta mi muerte. ¡Entiéndelo!».

Entonces estuvo trabajando frenéticamente, día y noche. Pintó *La mesa herida* cuyas patas eran cuatro piernas rasgadas chorreando sangre; *Autorretrato con colibrí,* donde aparecía ella de frente con un colibrí muerto saliendo de entre sus piernas cual bebé fallecido antes de nacer; *Muertes festejantes,* cuadro de grandes dimensiones que protagonizaban varias mujeres encaramadas al dosel de una cama en compañía de un esqueleto... Pero todos esos compradores burgueses se espantaban con aquellos cuadros. Demasiada sangre, demasiados muertos, demasiado dolor, poco «decorativo»: «¿Cómo cree que voy a colgar eso en mi sala, en el *lobby* de mi empresa, en el cuarto de espera de mi consultorio?». Terminó por vender el cuadro que había dedicado a Nick, una naturaleza muerta alegre, y le escribió una carta que firmó como «tu mexicana», que nunca obtuvo respuesta, y en la que le pedía perdón, pero en la que también le aseguraba que cumpliría lo prometido y que un día, cuando las cosas estuvieran mejor, le pintaría otro cuadro. El otoño se había instalado en la Ciudad de México así como en su vida. El trámite del divorcio seguía su curso, ritmado por peleas las raras veces que hablaba con Diego por teléfono. Un día, la colmó de insultos infames que nunca se hubiera esperado recibir de parte de él. Indudablemente ya nada tenía sentido. En su radio de onda corta que tenía en el comedor de la casa escuchó el inicio de la guerra en Europa y la noticia del torpedeo de un navío británico a cargo de un submarino alemán.

Su única esperanza residía en la pintura, siempre la pintura. Pensó de nuevo en Jacqueline y en el cuadro que había esbozado en mente estando en el barco que la traía de regreso a Nueva York: *Dos desnudos en un bosque*. Con tanto tiempo de por medio, podría aludir a ese amor lésbico pero transformándolo, agregando elementos de su México ancestral, de su mitología privada. Mientras pintaba aquel cuadro se sentía renacer, redescubría la felicidad y más aún con el 15 de septiembre a la vuelta de la esquina.

Desde que era niña sentía un gran afecto por aquel día maravilloso en que se celebraba la patria. Septiembre era su mes mexicano. Compraba banderitas con los colores patrios y llenaba cada una de las habitaciones con ellos, clavándolos en las frutas que traía a la mesa, en las macetas que daban al jardín, llevándolos en los ojales de sus prendas, plasmándolos en las sandías de sus naturalezas muertas, e invariablemente organizaba una cena majestuosa que reunía a todos sus amigos.

Aquel 15 de septiembre de 1939 sería recordado por un suceso cuyo impacto no había vislumbrado de inmediato. Se encontraba dando las últimas recomendaciones a su cocinera para la elaboración del caldo de pescado, del arroz tricolor y de los chiles en nogada, platos por esencia patrios que serviría a sus invitados cuando tocaron a la puerta, un tal Frank Jacson, que estuvo a punto de despedir: aquel nombre no le era familiar y aún le quedaba tanto por hacer... Cambió de parecer cuando la criada le dijo con un deje de picardía que aquel joven inoportuno era más bien guapo y además traía consigo un enorme ramo de flores.

Extrañamente, aquel rostro no le era del todo ajeno. Esa cabellera rubia fecunda, esos ojazos verdes, aquella frente alta, un ligero tartamudeo, y sobre todo ese ramo de flores... A aquel muchacho esbelto de hombros anchos ya lo había visto en una ocasión, justamente con un ramo de flores en la mano. Pero el nombre de Frank Jacson no le sonaba en absoluto. Viendo confusión en el rostro de Frida, el muchacho empezó a darle los elementos que le ayudarían a identificarlo:

—París, Breton, la exposición México en la galería Pierre Colle...

—¡Jacques Mornard!

—¡Precisamente!

—¿Pero entonces, de dónde...?

—¿De dónde salió Frank Jacson?

—Eso.

—Tuve que huir de Bélgica con un pasaporte falso, para así escapar del servicio militar. Yo no tengo intenciones de participar en esa matanza.

—¿Es usted un pacifista?

—De algún modo sí lo soy... Incluso tomé otra nacionalidad. Ahora soy canadiense. Hubiera podido optar por la estadounidense pero eso me hubiera exigido tramitar un visado y presentar aquel documento para revisión consular.

—Y supongo que también dejó de ser periodista.

—Así es, soy hombre de negocios apolítico, deportista y *bon vivant*...

—¿Y su prometida?

—¿Sylvia? Debo encontrarme muy pronto con ella en Nueva York donde tenemos planeado casarnos. Pero —agregó sin un ápice de ambigüedad en sus intenciones —hasta ese día sigo siendo soltero y libre, eso convenimos…

Frida lo invitó a quedarse a la cena, a lo que accedió entusiasta Frank Jacson. Se vivieron momentos de verdadera alegría, como hacía mucho que Frida no había experimentado. Y cuando un invitado, algo borracho, juró reconocer en Frank Jacson al representante de un corredor de seguros europeo el cual, tras haber trabajado como comprador de aceite para los americanos, se había vuelto tallador de diamantes, toda la asistencia se echó a reír ruidosamente.

—¡Cuando Pablo bebe, dice cualquier tontería! —soltó Frida.

Luego, los alegres parranderos decidieron salir a dar un paseo por las calles empedradas del centro histórico de Coyoacán. En los caminos y plazas del Jardín del Centenario la algarabía había alcanzado su punto más álgido. Estaba instalada una feria, tronaban fuegos artificiales, los toritos atiborrados de cuetes petardeaban sin dar aviso, en un circo al aire libre cantidad de payasos parodiaban a famosos y políticos, todos cantaban y reían, y escondidas en los arbustos parejas daban rienda suelta a sus deseos. Por un instante Frida pensó que también ella desaparecería detrás de un arbusto con su invitado sorpresa, pero unos pasantes que la reconocieron se apostaron en torno suyo con ganas de hablar y estrecharla. Ya cuando se marcharon sus admiradores, el instante de locura que antes se había apoderado de Frida se había esfumado, no volvió a pensar en eso.

Durante las semanas siguientes, Frank Jacson y Frida se vieron con cierta regularidad. Fueron al cine juntos, dieron paseos por los mercados inundados de tunas verdes, blancas y rojas, traídas de los lugares más áridos del país, y de limas deliciosas, jugosísimas, que comieron allí mismo. Cuando iba a cenar a la Casa Azul, ella sacaba la vajilla blanca con las iniciales F.D., y le servía en jarras de vidrio soplado agua de horchata lechosa o bien de jamaica rojiza. A veces, para recibirlo con especial esmero, se vestía de tehuana, con flores en el pelo y sus dedos cubiertos de anillos. Entonces era feliz, puesto que sentía en la mirada de aquel hombre que la contemplaba un ardiente deseo. Y ese deseo la devolvía con fuerza a la vida, bastaba para colmarla de dicha. Un día tal vez harían el amor los dos, pero ella tomaría la decisión, y ese día aún no había llegado.

Una mañana, habiendo decidido salir con rumbo a Teotihuacán, y tras largas horas de espera, acabó por pedirle al chofer que regresara el Ford Break a casa de Diego, quien se lo había prestado aquel día. Frank Jacson nunca llegó, ni tampoco llegó al día siguiente o al otro. Desapareció tal y como había llegado. Jean van Heijenoort se marchó también, el 5 de noviembre:

—Tantos años viví a la sombra de León; es justo que viva un tiempo para mí mismo…

—¿Adónde irás?

—Me iré a pasar unos meses a Nueva York, luego se verá.

Ese año de 1939 no parecía tener fin. Frida estaba impaciente por iniciar uno nuevo, dejar atrás ese año «del carajo». Volvió a *Las dos Fridas.* Ahora lo veía un poco más claro. Por un lado estaría ella ataviada con un vestido de corte tradicional, por el otro luciendo una falda a la moda de Tehuantepec. Había que acentuar la diferencia entre las dos Fridas. Así pues, la primera luciría elegante y altiva, la otra ostentaría una belleza austera. El vínculo: las heridas del pasado. Eso quería mostrar: aquellas dos mujeres dolorosas, aquellas dos mujeres dolidas.

Estaba también trabajando en otro proyecto que, si se lograba concretar, sería su salvación: presentarse para una beca Guggenheim. Los americanos tenían dinero de sobra, ¿por qué no tomarles un poquito? A finales de noviembre mandó un *dossier* completo, incluyendo cartas de recomendación elogiosas firmadas por altas figuras del arte y la política, a un tal Henry Allen

Moe. Se le había dado a entender que debido a su creciente fama, la fuerza de su arte y su gran originalidad, aquel *dossier* no sería más que un trámite. Hacía tanto tiempo que Diego la había obligado a vivir una vida que consideraba «falsa y abarrotada de pendejadas insufribles», que esa beca era la única capaz de proporcionarle el nuevo impulso que tanto anhelaba. Le quedaba poco más de un mes antes de conseguirlo: entonces estaría divorciada, gozaría de una beca que cubriría sus necesidades básicas por un tiempo, tendría todo el lujo de pintar, de vivir por fin.

—Sí. Diego es un amante y también un niñote...

—Y la otra, la Frida abandonada, ella...

—Ella procura detener la hemorragia con el fórceps...

—Pero eso resulta imposible —tanteó a media voz el especialista, quien sentía que Frida en cualquier momento podría atrapar aquel objeto ensangrentado y estrellarlo furiosamente contra la pared opuesta.

—¡Obviamente, eso resulta imposible, baboso! —contestó Frida fuera de juicio y a punto de arrojarle su taza al americano, quien, aterrado, finalmente optó por retirarse cortésmente.

Ya estando sola, Frida pudo tranquilizarse un poco. En el fondo, en aquel cuadro, era ella misma quien se consolaba. La nueva Frida consolaba a la Frida desamparada. Es más, después de todo, desde que se hallaba sola había logrado pintar más que nunca, y eso le había permitido ver con mayor claridad en sus temas. Pensó que nunca había oído hablar de la necesidad para un creador de ser feliz... Los últimos meses habían sido en su totalidad momentos de sufrimiento máximo, de angustia total, y de algún modo había sido cuando había pintado sus cuadros más sangrientos, más violentos. *Cuatro habitantes de la Ciudad de México* se asemejaba a un ritual exorcista; *Corazón* figuraba un collar de espinas y un corazón arrancado; *Lo que el agua me dio* exhibía sus piernas flotando en una bañera, rodeadas de escombros; *Recuerdo de la herida abierta* era un autorretrato en el que aparecía sentada con las piernas abiertas, con un muslo herido y sangrando. Y en cuanto a las naturalezas muertas que llevaba pintando desde hacía tiempo, las componían frutos abiertos, resquebrajados, aplastados, rasgados: *Frutos de la tierra, Tunas, La sandía y la muerte.* Si ese maldito americano se encontrara aún con ella, le gritaría que por fin había definido, sin que ningún prejuicio lo decidiera por ella, una expresión pictórica personal, y que desde hacía diez años no tenía más que una meta, una sola: eliminar todo lo que no era fruto de una motivación lírica interna que estimulaba su pintura.

Su felicidad, originada en la certeza que tenía de haber encontrado al fin su camino, fue de corta duración. La beca Guggenheim le fue rechazada, sin que se le diera explicación alguna, a menos que se busque en las palabras de Jacqueline, pronunciadas durante la exposición de París: «En este mundo de hombres, es sumamente difícil ser una mujer pintora». Sin duda, también se había mostrado demasiado humilde a la hora de presentarse, no lo suficientemente convencida de su superioridad, no lo suficientemente fanfarrona. Así pues, tan sólo había mencionado que su primera exposición había ocurrido en noviembre de 1938, en Nueva York, que no había tenido más que una después de aquella, en la galería Renou et Colle en París, al año siguiente, y que el Louvre había adquirido una de sus obras. Resultaba demasiado poco para el gigantesco aparato cultural norteamericano.

Pero sobre todo, se trataba de su salud. Sus problemas habían vuelto. Su espalda de nuevo la hacía sufrir horrores, a tal grado que el doctor Farill, quien la seguía ahora, le ordenó reposo absoluto, en cama, con un peso de tracción de veinte kilos para aliviar su espalda. Varios especialistas, los doctores Federico Marín, Leo Eloesser, Figa Assaoui, se habían turnado en torno a su cama y sin haberlo consultado entre ellos, se inclinaban todos por proceder a un trasplante de materia ósea. Para colmo de males, una micosis se presentó en su mano derecha, lo que evidentemente perjudicaba sensiblemente su trabajo. Frida estaba exhausta y no parecía encontrar consuelo más que en las botellas de coñac que le traían por cajas a la Casa Azul.

Una noche, mientras la ciudad entera ultimaba los preparativos para las fiestas de Navidad, sintiéndose más sola que nunca, le pidió a León que fuera a verla. En las últimas semanas no había estado con absolutamente nadie, manteniéndose casi todos los días encerrada en casa con sus animales, sus cuadros y sus botellas de licor. Se decía a sí misma que no tenía a nadie, que ya no le quedaban amigos y que por eso era que se pasaba horas parada frente al caballete pintando porquerías y deprimiéndose. La carta que mandó entregar a León era un llamado de auxilio. Había depositado en ella sus labios magenta y dentro unas plumas de un rosa brillante como muestra de cariño. Trotsky se la encontró al regresar de un viaje corto a la hacienda de Herring en Taxco, donde había encontrado nuevas especies de cactus.

Cuando tocó a la puerta, Frida estaba atareada pintando *La mesa herida,* un lienzo de gran formato, comisionado por Julien Levy para una futura exposición surrealista. Era un cuadro angustiante: se veían ahí, sentados a la mesa, en torno a Frida, su sobrina, su sobrino, su querido ciervo Granizo, un Judas, una estatua precolombina, un esqueleto. La escena, que resguardaban dos aparatosos telones de teatro asemejaba una suerte de juicio lúgubre, sangriento.

—Esta cosa acabará por volverme loca —dijo Frida al tiempo que le daba un beso a León, quien no hizo ningún comentario.

Fijándose apenas en ese cuadro que hubiera turbado a cualquier observador atento, León se mantenía aislado en su silencio.

—Si viniste nomás a poner cara de fuchi, te agradezco la ayuda, puedes irte si te aburro —le echó en cara Frida depositando sus pinceles y sirviéndose una copa de coñac.

León esbozó una sonrisa y pidió disculpas. Nada de eso, tenía ganas de verla y había acudido tan pronto hubo recibido la carta. Pero se encontraba muy preocupado por su situación personal —se daba cuenta que sus excursiones al campo, en busca de nuevos cactus, que llegaba incluso a desenterrar de noche alumbrado por los faros de su auto, eran cada vez más riesgosas y que llegaría el día en que no sería seguro incluso salir de su casa de la avenida Viena— y por la situación en la que se encontraba el mundo, por todo lo que se estaba gestando:

—Paupérrimas, desesperadas, las masas obreras de una Europa en fuego, tras sufrir la represión de las fuerzas de ocupación, se alzará y acabará con el nazismo. Tras la guerra, la revolución del proletariado.

Frida escasas veces había visto a aquel Trotsky militante, político, completamente absorto en su persona y en las cuestiones que lo atormentaban. Le habló largo y tendido de los nuevos postigos de acero que acababa de instalar en las ventanas de su recámara y del nuevo guardia que acababa de contratar, un joven estadounidense de veinticinco años que llevaba por nombre Robert Sheldon Harte, y que parecía ser «una maravilla; muy natural y entusiasta».

—Te estoy aburriendo con mis cuentos —acabó por decir.

—No te pedí que vinieras para escucharte hablar de tus ventanas blindadas y de tu guardaespaldas —respondió Frida tomándolo de la mano y llevándolo a la orilla de la cama.

—¿Bebiste mucho, no es así…?

—Sí, ahogo mis penas en el alcohol, Piochitas.

Hacía muchísimo tiempo que Frida no lo llamaba de esa manera. León sintió que lo invadía una gran emoción. Aquello le recordaba la intimidad compartida, los meses que había durado esa pasión, poco después de su llegada a Tampico. En realidad, desde que entró en la casa no había dejado de observarla. Su cabello suelto parecía rayos de un sol negro, su rostro imperceptiblemente maquillado estaba marcado por el dolor, su piel era pálida como la cera. Ella, quien se mostraba siempre viva, parecía estática, tan sólo se movían sus manos en un revoloteo, cargadas de anillos. Sentado en la orilla de la cama, sentía respirar su cuerpo contra el suyo. De pronto extendió un brazo para alcanzar un espejito apostado sobre la mesa de noche. Ese movimiento develó la raíz de sus senos y la base del corsé ortopédico que llevaba puesto desde hacía unas cuantas semanas. Después de haber contemplado su reflejo, Frida depositó el espejo en la mano de León y la apretó contra sí.

—Tómalo, es para ti, me miré en él miles de veces. Conserva mi imagen. —Luego se inclinó hacia León para besarle los dedos, se abrazó de su cuello, lo atrajo hacia ella y lo besó en la boca. Ambos lloraban. Se mantuvieron así largamente, el uno contra el otro, sosteniendo León el espejito en su mano.

La noche por fin se había instalado. La habitación se extendía en un claroscuro. *La mesa herida*, tenuemente alumbrada, curiosamente apostada frente a ellos, como si sus personajes los vigilaran, observaran el más mínimo de sus actos. Casi podía pensarse que irrumpirían en la habitación, saldrían a conversar con ellos, expresándoles su sentir sobre el curso de su propio universo.

—Estamos los dos condenados, ¿no es así? —dijo Frida.

—Qué cansado estoy, mi Frida. No soporto más esta descabellada humillación. La derrota moral de mis compañeros revolucionarios me tiene atormentado. Todos víctimas de una muerte atroz, todos habiéndose traicionado a sí mismos, todos traicionando el espíritu de la Revolución. Y yo, rodeado de fantasmas. ¿A quién voy a traicionar ahora yo?

—Tú jamás traicionarás a nadie. Ni a ti, ni a nadie más.

Cuando León salió de la Casa Azul, rodeado por sus guardaespaldas, en las calles de la ciudad reinaba una calma inquietante.

—La noche va a caer —dijo el chofer con la Colt desenvainada, cerrando la puerta detrás de León. Por último, Trotsky se despidió con un ademán discreto de Frida que lo había acompañado hasta la puerta.

40

El año 1940 inició con malos auspicios. En la Noche de Reyes, Frida acostumbraba reunir a su familia y amigos para partir la rosca de Reyes que compraba en La Flor de México, la mejor pastelería de la ciudad. Pero en esta ocasión no tenía a nadie a quien invitar. Como para conjurar la mala suerte, o quizá para tratar de convencerse de que todo seguía igual, decidió ir de cualquier forma a La Flor de México. Desacertada decisión. Cuando accedió a la tienda vestida de tehuana, atusada con joyas precolombinas, maquillada con colores vivos, los burgueses que allí se encontraban acompañados por sus criadas, los brazos atiborrados de pasteles, refunfuñaron e intercambiaron comentarios hirientes, soltando alusiones ácidas: «¿A qué viene la mujer del pintor comunista aquel, ese cerdo de Rivera?». «¿Qué necesidad tiene esa putita roja de venir a provocarnos en nuestros barrios?». Ante tal despliegue de hostilidad, Frida, quien hacía poco no hubiera dudado en mandar al carajo a toda esa ralea, se marchó cabizbaja, sin decir nada, de aquel templo de la glotonería, chocando en el camino contra las empleadas de delantal negro y cuello de encaje y los macetones de barro de donde brotaban gigantescos helechos y azaleas blancas.

Sí, definitivamente, aquel mes de enero auguraba mal. Hacía un frío polar, las noticias de fuera eran calamitosas, y en lo que tocaba a la carta del redivivo Frank Jacson en la que le anunciaba su regreso a México en compañía de su prometida Sylvia, Frida no acababa de entender por qué razones se la había mandado a ella. Le anunciaba que se hospedaría en el departamento 820 del Edificio Ermita, que volvía a México para tratar «asuntos comerciales» y que le daría mucho gusto volver a verla. No tuvo la oportunidad de leer las últimas líneas de aquella carta en la que le advertía, Dios sabrá por qué, que tenía la clara intención de comprarse un Buick, puesto que uno de esos changuitos que había adquirido con el fin de vencer su soledad y que andaban sueltos por el patio y la casa, se apoderó de la carta rompiéndola en mil pedazos...

El 5 de enero, al cumplirse un mes día con día de que se hubiera pronunciado el divorcio, Frida tomó la decisión de reincidir en aquel gesto cometido en 1934, cuando la relación entre Diego y Cristina la hizo sufrir tanto: se cortó el pelo. Era absurdo en realidad. ¡Aún divorciada le reprochaba a Diego su relación con Paulette Goddard! Se lo advirtió, a él que tanto amaba su largo cabello: «Si no dejas de ver a la Goddard, me corto las greñas». Diego le había contestado con un rechazo categórico: «Pero Frida, no estamos casados ya. ¿Sí te has enterado de que nos hemos divorciado? ¿Sabes lo que significa eso, divorciados?». No pudo reprimir el impulso. Estuvo mirando un tiempo las tijeras y luego, frente al espejo, lo cortó todo. Su pelo cayendo por mechones era como mariposas sin vida, llevándose consigo un poco de su persona, de su alegría por vivir, de su ligereza, de sus sonrisas. Viendo el resultado, pareció estar satisfecha. «Parezco una hada, o un marinero», pensó. Entonces llamó a Diego:

—Tengo una mala noticia para ti, sapo viejo: me corté el cabello. Ahora sí parezco hombre, nada más me falta el pito. Bueno, ya volverá a crecer, espero.

No se conformó con eso. No sólo importaba sufrir, sino sufrir con originalidad, debía seguir castigándose. Entonces se plantó frente a su caballete y emprendió un *Autorretrato con pelo corto,* «un cuadro vengador, carajo», decía a cada pincelada. Cada elemento que lo componía tenía un sentido bien determinado, recalcando su dolor, describiéndolo en todos sus pormenores. Situada en un entorno hostil, opresor, sembrado de mechas negras seccionadas flotando cual serpientes enrolladas en los palos de una silla mexicana de color amarillo vivo, se encontraba ella sentada en postura viril, las piernas apartadas, vistiendo una camisa de hombre y unos zapatos negros con agujetas. En su mano derecha, las tijeras, causantes de aquella hecatombe. Nada de la mujer que quería dejar de ser había sobrevivido, salvo unos aretes, muy discretos. En la parte superior, como solía hacerlo, había plasmado un texto con la letra de una canción que le gustaba canturrear: «Mira que si te quise, fue por el pelo. Ahora que estás pelona, ya no te quiero».

Conforme la Segunda Guerra Mundial iba sumergiendo al viejo continente en el horror nazi, la Ciudad de México se volvía refugio de europeos que huían del conflicto. Actores, poetas, pintores, músicos, arquitectos, pensadores, fotógrafos, cineastas, muchos eran aquellos que escapaban de París, Berlín, Moscú, Madrid... Louis Jouvet, Benjamin Péret, Marc Chagall, Remedios Varo, Roger Caillois habían transformado a la ciudad en referente de la modernidad. Por eso mismo, no era de sorprenderse si el movimiento en boga, el surrealismo, contaba también con sus representantes y se proponía organizar un gran evento.

El 17 de enero, la Exposición Internacional del Surrealismo abrió sus puertas en la galería de arte mexicano de Inés Amor. Frida expuso un par de cuadros: *Las dos Fridas* y *La mesa herida.* El fervor que despertó aquella gran fiesta que reunía a todos los grandes de la pintura, la literatura y las artes recayó tan pronto como surgió... Desde que vio el catálogo mismo, en el que se aludía a RELOJES VIDENTES, INVITACIONES QUEMADAS y demás MARCOS RADIOACTIVOS, Frida tuvo sus dudas. La noche del coctel, supo que sus reservas estaban fundamentadas. Aquella fiesta aniñada se volcaba en todas esas mundanidades huecas que aborrecía, esa presunción, esa petulancia a la que había estado expuesta en París. La galería estaba repleta de hombres con frac y mujeres vistiendo las telas más exclusivas, traídas directamente de París. Ese evento burgués en el que se bebía champán, coñac, *whisky*, que apestaba a canapés y billetes la incomodó a tal grado que corrió a esconderse para vomitar en la coladera de una calle aledaña. Y mientras que la mayoría de los invitados se desplazaba al Patio, cabaret concurrido y lujoso, para seguir con la fiesta, ella optó por regresar a pie hasta su casa, dando pasos muy cortos puesto que su columna de nuevo le estaba provocando dolores tremendos.

Salvo un artículo firmado por Adolfo Méndez Samara, publicado en *Letras de México* en el que se preguntaba si ¿el surrealismo es igual a cero?, la exposición tuvo considerable éxito. Frida estaba furiosa. No se perdonaba el haber aceptado ser partícipe de aquella patética misa mayor: «¡Me lo hubiera imaginado, donde sea que llegue ese pendejo de Breton, se apestan las cosas!».

Una vez terminado el circo surrealista, volvieron los asuntos de gravedad. Empezando por los ataques contra Trotsky. Algunos nostálgicos de la revolución de 1917 insistían diciendo que cuando este último tenía razón, siempre se le «prestaban aires de triunfo», mientras que cuando Lenin era el que tenía la razón, «uno sencillamente sentía la verdad formularse, sin que nadie se sintiera agraviado». Trotsky no dejaba de ser un gran líder, un gran emulador, un formidable pensador político, pero no era en absoluto un «gran adalid». «¿Qué importa todo eso? No te fijes en esas pendejadas», le decía Frida. Y cuando en un artículo de la *Voz de México*, órgano del Partido Comunista Mexicano, se hubo declarado que el proyecto de asesinato de Trotsky dejaba de tener vigencia puesto que de todos modos estaba «políticamente derrotado», tan sólo a Frida le pareció motivo de regocijo.

—Es tan buena la noticia que el autor del artículo y el director de redacción fueron despedidos —alegó León, quien de paso le recordó que otra revista, *Futuro*, por no nombrarla, acababa de «revelar» que la Gestapo lo había echado de sus filas debido a sus vínculos con el imperialismo norteamericano...

—Pero eso es una farsa, León. Es grotesco —dijo Frida estallando en una carcajada.

—Es así como escriben aquellos que se disponen a trocar la pluma por la metralleta —respondió con aire grave.

41

Trotsky estaba tan obsesionado con su asesinato que decidió redactar su testamento. Es lo que intentaba explicarle a Frida, quien procurando relajar la tensión, le hablaba de sus piecitos que le dolían, de su estado general hecho mierda, de su falta de apetito, de su consumo excesivo de tabaco, de que su digestión imposible le hacía vomitar todo el tiempo —¡Perdóname, burp!—, y que era de «mecha cada vez más corta». Concluyó su letanía con una puntada propia de su genio:

—¡No te vas a morir, Piochitas, tienes una condición espectacular!

León no compartía esta opinión en absoluto:

—No le digo la verdad a mi entorno sobre mi verdadero estado de salud. Parezco estar activo, pero mi presión arterial no para de subir. Se acerca el final, Frida.

Frida no pudo contener su risa:

—Deberías añadir que, a pesar de todo, sigues siendo un revolucionario proletario, marxista, materialista dialéctico, y por consiguiente un ateo empedernido.

—Precisamente, y siento el derrame cerebral que se avecina.

—Y por eso es que insistes en escribir tu testamento antes de que oscurezca hoy.

—Le dejo todo a Natalia, y de ser posible, me reservo el derecho de decidir yo mismo el momento de mi muerte.

—¿Entonces ya no es Stalin el que te asesina?

Trotsky sonrió sin responder. Frida aprovechó para rematar:

—Tu casa es un verdadero búnker. Haría falta un ejército para conseguir sacarte de aquí. Me han dicho que incluso contrataste a un par de colaboradores nuevos.

—Sí, es cierto —dijo Trotsky—. Permíteme presentártelos, quiero que me des tu opinión.

Frida, encantadísima, no se hizo de rogar. Por fin hablarían de algo que no fueran condiciones testamentarias. León se dirigió hacia la ventana abierta y le señaló a un muchacho que se encontraba en la calle. Ya le había hablado de él. Robert Sheldon Harte, aquel estadounidense que llamaban Bob, había sido reclutado para vigilar la casa.

—A todo mundo le cae bien —dijo Trotsky—; no es un intelectual y lleva a cabo sin rechistar todas las tareas que se le encargan. Incluso acaba de renovar por completo el cableado que nos conecta al sistema de alarma de la estación de policía del barrio.

—¿Crees que podría pedirle que me traiga unos Lucky o Chesterfield de los Estados Unidos? Aquí no me alcanza para comprarlos.

—¡Yo te hablo de seguridad y tú me hablas de cigarros!

—¡Así es, *my love,* ésta es tu Frida!

En ese instante tocaron a la puerta del estudio de Trotsky. Entró una joven muchacha cargando diversas carpetas llenas de recortes de periódico. De unos treinta años, era más bien pequeña, delgada y llevaba lentes de vidrio grueso.

—¡Una estadounidense de verdad, una secretaria en toda regla, una auténtica trotskista! —dijo él.

Era, junto con Bob, su más reciente reclutamiento.

Las dos mujeres intercambiaron miradas. La muchacha pareció sorprendida, por lo menos tanto como Frida.

—Sylvia Ageloff —dijo.

—¿La novia de Jacques Jacson? —preguntó Frida tanteando.

Sylvia Ageloff sonrió:

—Jacques, no, Frank. Frank Jacson.

—Sí, eso —dijo Frida—. El otro día recibí una carta de Frank Jacson, pues. Me quedé con la idea de que llegaban hasta dentro de un mes.

La secretaria, depositando las carpetas sobre el escritorio de Trotsky mostró cierta turbación:

—¡No, llegamos hace más de un mes!

—Y no hay modo de convencerla de que se venga a vivir aquí con nosotros —dijo Trotsky, agregando a modo de broma—: ¡Vive con su novio, ha de estar muy enamorada para preferir la compañía de un sujeto que se rehúsa a verme!

—No es eso. Él aborrece la política. ¡Dice que no sirve para nada!

—Una convicción un tanto extraña —dijo Trotsky preguntando—: ¿Y en qué trabaja?

—Es agente de bolsa para una importante compañía petrolera.

—Pensé que dirigía un equipo de talladores de diamantes belgas —rebatió Frida.

—Claro que no, qué ocurrencia —replicó Sylvia.

—Bueno, me he de haber confundido —dijo Frida, quien, saliendo detrás de León, le propuso dar un paseo por el patio, «para inspeccionar el trabajo del jardinero y alimentar a los conejos...».

intensos. Hablaba precipitadamente, trabándose con frecuencia, tartamudeaba incluso. Y aunque seguía vistiendo con elegancia, lo que le procuraba una cierta distinción, llevaba ahora además lentes con monturas de cuerno y un sombrero de ala ancha.

Cuando Frida le confesó que no había entendido nada de la forma precipitada con la que se marchó, ni de su carta en la que le anunciaba la fecha exacta de su regreso, que no era la correcta; ni del hecho, según entendía, que llevaba meses en México y que a pesar de su supuesto deseo de verla no se había manifestado hasta ahora, él se lanzó en justificaciones más inverosímiles unas que otras y que seguramente ni siquiera lo convencían a él mismo. Un solo acontecimiento era verdad y explicaba su presencia aquel día: había conocido a Trotsky.

—Pensaba que eso no le interesaba, que la política no tenía la menor importancia para usted —dijo Frida.

—Es verdad, pero la ocasión hace al ladrón, ¿no es así?

Entonces Frank Jacson le contó cómo fue que estando Sylvia en Nueva York, y habiéndole hecho jurar antes de partir que la esperaría para quizás algún día encontrarse con él, se había topado con Trotsky en las condiciones más inesperadas, un hombre que, «debía reconocerlo», poseía una inteligencia «asombrosa». En resumidas cuentas, así fue como ocurrió: habitualmente dejaba a Sylvia en la avenida Viena en su lujoso Buick, y volvía por ella bajo la mirada de los guardias, quienes desde lo alto de la torre de vigilancia y el muro fortificado lo miraban empuñando el arma y con el dedo en el gatillo. Jamás había estado en la fortaleza aquella. Una mañana, después de haber dejado a Sylvia, se encontró con Alfred Rosmer y su esposa Marguerite, una pareja de militantes quienes habían escoltado desde París al nieto de Trotsky. Pasaron los días y los tres volvían a encontrarse. Así fue naciendo su amistad con ellos. Lo veían como un joven lleno de atenciones y él agradecía que se hubieran preocupado por aligerar su soledad. En varias ocasiones cenaron juntos, salieron a dar paseos y cuando Rosmer, habiendo enfermado, le pidió que lo llevara al hospital francés, con toda naturalidad aceptó, yendo y viniendo numerosas veces entre el hospital y el búnker de la avenida Viena. Un día que había salido en busca de medicinas para llevarlas a la fortaleza, Bob lo invitó a pasar puesto que Trotsky quería conocer en persona a aquel muchacho tan amable.

—¿Y cómo fue el encuentro? —preguntó Frida.

—Fue breve y cortés.

—¿Qué le pareció Trotsky?

—Extrañamente esperaba ver a un hombre movido únicamente por su deseo de satisfacer sus necesidades personales, animado por una sed de venganza y el odio, y para quien la lucha obrera no era más que un pretexto para disimular su vileza y sus cálculos mezquinos, cuando en realidad me vi frente a un auténtico jefe político a cargo de dirigir la lucha por la liberación de la clase obrera.

—¡Vaya análisis admirable viniendo de alguien que no se interesa por la política!

—En verdad lo que más me impresionó fue la vivienda. Tengo un recuerdo casi fotográfico de la casa, del patio, de los muros, del mirador, de las recámaras en las que cada uno duerme, del escritorio de Trotsky, de la red de telefonía, de los cables eléctricos, del sistema de alarma y de todos los dispositivos automatizados que sirven para proteger esa morada. Es una ciudad dentro de la ciudad, con su policía, su patrullaje, sus ritos.

—¡No deberías dedicarte a los negocios, sino al espionaje!

—¡Qué agobio!

En las semanas que siguieron, Frida y Frank se vieron en repetidas ocasiones. Algo así como una amistad amorosa fue creciendo entre los dos. Acudieron varias noches al Kit-Kat-Club, el bar que se encontraba en el cruce de la avenida Independencia y la calle de Dolores. Se divertían atravesando la ciudad a bordo de los camiones que repartían frenéticamente por las calles su cargamento de indios en ropa de manta blanca. Fueron a cenar al

Bar Inglés, el restaurante más exclusivo de la ciudad, frecuentado por muchachitas de la burguesía que vestían faldas de crepé rosa pálido y tacones Luis XV, y muchachos con zapatos de suela plana y *canotier*. Durante la Semana Santa se les vio ir abrazados por la calle, viendo cómo ardían y tronaban los grandes Judas de papel maché, mientras soltaban grandes risotadas. Incluso se les vio en la Monumental Plaza México, arena de fierro y concreto que por fuera se asemejaba a un gasómetro, hinchándose de pasodobles taurinos de tinte cobrizo, de la visión de heraldos montados sobre caballos acorazados y empenachados con plumas azabache, de estoques erguidos donde rompía el sol, del gorgoteo de la sangre que acababa vomitando, negra y espesa, el toro vencido de rodillas contra el polvo antes de recibir la puntilla. Se vio a Frida llorar temblorosamente en los brazos de Frank Jacson y a éste como arrebatado por el espectáculo que tenía lugar delante de él.

Una vez concluida la locura piadosa de la Semana Santa, olvidada la locura pagana de las faenas, la locura política pudo estallar de nueva cuenta. La prensa de nuevo cargaba contra Trotsky. El 1 de mayo era la fecha indicada para que se expresaran los elementos comunistas y procomunistas opuestos a su presencia en el país. Habiendo fracasado el movimiento masivo que buscaba forzar al gobierno a proceder a su expulsión, los periódicos exhortaron a los militantes a que salieran a desfilar con pancartas que atacaban al «más siniestro y peligroso de los traidores». Cada sección lanzaba su propio anatema. Así es como fue acusado Trotsky indistintamente de violar su promesa de no interferir en los asuntos del país, de colaborar con la España franquista, de servir de espía para el bando reaccionario del general Almazán, de ser un agente de las compañías petroleras estadounidenses. Ese día, *El Popular* y *El Machete* incluso habían ampliado el número de ejemplares impresos para poder distribuirlos en los buzones de la Ciudad de México.

Por momentos Frida realmente no podía más contra toda esta animosidad, con «toda esta mierda», como ella decía; con

Frank el escurridizo, con su memoria tan extraordinaria que asustaba, y quien estaba dispuesto a ser su amante a pesar de su compromiso con Sylvia. A finales de mayo, acabó a las prisas y mal el encargo de Sigmund Firestone, el riquísimo coleccionista de Rochester que le había pagado quinientos dólares por un autorretrato. Empleó colores chillones sobre fondo amarillo verduzco, «el color de la locura y el misterio, de la lencería de los fantasmas, el color de los chiflados, eso en lo que me estoy convirtiendo». Se sentía tan exhausta, deprimida, hastiada, que decidió aceptar la invitación que le había hecho Emilio Cecchi, un italiano bello de unos cincuenta años cuyo bigote negro le gustaba, y quien escribía artículos vengativos contra Diego. Puesto que aquel macaco obeso iba contando por allí que se estaba casando de nuevo, Frida se las arregló para que el mundo entero supiera que iba al cementerio del Tepeyac en compañía de un hombre que lo consideraba un gordo feo, esencialmente preocupado por la propaganda política, y a quien provocaba gran indignación el que Rivera hubiera podido «decorar el triclinio de los plutócratas extranjeros; o, en otras palabras, el comedor del nuevo edificio de la Bolsa de San Francisco».

De camino al Tepeyac, Emilio no encontraba las palabras para halagar a Frida: al lado de la masa paquidérmica de Diego, Frida parecía todavía más grácil y delgada. A su parecer, ella era la ilustre artista, la gran innovadora, la moderna. Diego en el fondo no era más que un pintorcito de cuarta.

—Le voy a decir algo Frida, y voy a serle franco como siempre soy, si le quitamos a sus obras el efecto que producen la propaganda, el folclore y la anécdota, queda poca cosa en realidad...

Frida, quien en otros tiempos le hubiera arrancado allí mismo los ojos al italiano, ahora lo escuchaba encantada. Era la pomada que le permitía sanar la herida que había dejado ese desgraciado de Diego.

Habiendo dejado atrás el santuario dedicado a la Virgen, rebosante de flores densamente apiñadas y de una multitud de indios arrodillados, se accedía al cementerio por una subida adoquinada que serpenteaba entre dos muros bajos. Extrañamente, Frida no había estado nunca allí. Por ello fue que Cecchi había insistido en llevarla: desde las alturas se podía apreciar el valle de México en su totalidad, ceñido por montañas azuladas y resplandeciendo por sus lagos. Pero no fue aquella visión, ciertamente espectacular, lo que más la conmovió. En medio de la violenta vegetación tropical encaramada al romanticismo decadente de los monumentos fúnebres —ángeles de mármol, alegorías republicanas, lozas reventadas por enormes raíces—, avistó una especie de caseta donde los jardineros almacenaban sus herramientas y el enterrador sus antorchas fúnebres. El interior era muy oscuro y húmedo. La sensación era que aquella choza escondía una escotilla por la que se adentraba uno a la antesala de la Muerte. El recogimiento se había transformado en espanto. Un letrero pequeño señalaba que en aquel cementerio las fosas eran cedidas *a perpetuidad.* Era ridículo y terrorífico. En la distancia, un viejo ataúd de madera apolillada se encontraba abierto. Frida se sintió atraída hacia él. Tomando a Cecchi de la mano lo llevó consigo. El ataúd obviamente estaba vacío y tan sólo tenía en su interior un tapiz de hojas que se pudrían. Mientras la recorría un escalofrío, Frida sintió moverse por su rosto el soplo fétido de la muerte.

Ya estando afuera, le pidió al italiano que la llevara inmediatamente a casa. El pobre hombre no entendía lo que sucedía. ¿Por qué tanta precipitación? Sin embargo, se lo habían advertido, los Rivera eran una pareja de enfermos: divorciados o no, ciertas cosas no tenían remedio.

La noche fue terrible para Frida. No conseguía conciliar el sueño. No paraba de pensar en aquel ataúd con propiedades sobrenaturales. La muerte rondaba. Por eso no dormía, para no permitirle venir a tocar a su puerta.

43

Sentada en su taller, Frida, con la cara descompuesta, apenas conseguía respirar. Se había enterado por el radio y desde entonces intentaba comprender cómo es que habían ocurrido los sucesos. Todo había sido tan rápido, tan precipitado. Por un momento incluso pensó que estaba soñando. Era atroz: ¡Trotsky acababa de ser el blanco de un atentado! «¡Puta madre!», se decía, «lo intuí ayer en el Tepeyac. ¡Estas chingaderas las percibo yo!». Había intentado llamar a casa de los Trotsky, pero sin éxito; el teléfono se encontraba fuera de servicio. Además, la Casa Azul se hallaba rodeada de policías que no le autorizaban salir.

La información era difundida a cuentagotas y presentaba ciertas incoherencias. En un primer tiempo se dijo que un grupo reducido de hombres con uniforme de la policía municipal había irrumpido en la casa, por allí de las cuatro de la mañana de aquel 24 de mayo de 1940, y había matado a todos sus ocupantes, incluyendo al niño que intentaba huir. Se detalló que el ataque había ocurrido en medio de la noche por agresores que hablaban inglés con acento estadounidense, quienes no paraban de gritarles a los guardias: «¡Quédense donde están y no les haremos ningún daño!». Otro comunicado señalaba que una veintena de hombres había invadido la casona, metralleta Thompson en mano, y que habían lanzado granadas incendiarias, disparando luego a través de ventanas y puertas cerradas. Todos habían muerto, salvo Trotsky, quien pudo hacer uso de su arma y se encontraba gravemente herido. Un tercer comunicado contradecía en todo punto los anteriores: Bob Sheldon Harte les había abierto la puerta a los asaltantes, quienes entonces pudieron penetrar en la fortaleza sin mayor dificultad. Los guardaespaldas habían sido maniatados, secuestrados y seguramente asesinados. Sieva se había matado cayendo del techo donde fue a refugiarse, y Trotsky y Natalia prefirieron suicidarse. Claro está que no se encontró rastro alguno de los agresores, pero la policía formuló la hipótesis según la cual un alto dirigente del Partido Comunista Mexicano podría estar implicado en la masacre…

A mediodía, uno de los más cercanos colaboradores del coronel Leandro Sánchez Salazar, el jefe del servicio secreto de la dirección central de la Policía, quien desde la madrugada había ocupado la morada de la calle Viena, acompañado por una cohorte de magistrados y periodistas, irrumpió sin reparos en la Casa Azul, como Pedro por su casa. Disponía de información para Frida, un tanto menos descabellada que la que difundía la radio, pero que debía tomarse con la precaución habitual. Las evidencias eran legión: la policía había encontrado casquillos en abundancia, varios cargadores, múltiples cartuchos, una sierra eléctrica, doce piezas de dinamita, cables eléctricos para explosivos, dos bombas incendiarias; había empezado a analizar huellas digitales y de zapatos, y tenía localizados camiones y autos que habían servido para el transporte del comando… Una banda de varios hombres armados entró a la casa, ametralló a quemarropa las habitaciones donde debían encontrarse Natalia y Trotsky y salió por donde había entrado.

—En todo caso, no hubo muertos.

Frida estuvo a punto de romper en llanto. Por fin tenía la

certeza de que Trotsky se hallaba con vida. Se sirvió un vaso de coñac sin siquiera ofrecerle al policía.

—¿Heridos?

—El niño.

—¿De gravedad? —preguntó Frida, pensando en el pequeño Sieva; tan pequeño y tan rodeado de muertos y fantasmas, de tanta violencia.

—No sabría decirle. Sí, según tengo entendido...

—¿Quiénes son los culpables?

—Ya hablaremos de eso, señora Rivera —dijo el inspector—. Precisamente... tenemos nuestras sospechas... Sin duda usted podrá ayudarnos...

—Pero por supuesto —respondió Frida preguntándose en realidad cómo es que una persona como ella podría serle útil a la policía federal.

—Hay algo más —dijo el policía—. No se extrañe; su línea telefónica ha sido suspendida. No podrá llamar ni recibir llamadas hasta nuevo aviso.

—¿Pero por qué?

—Por razones de seguridad.

De no haber caído en *shock* tras los sucesos de aquella mañana espantosa, Frida sin duda le habría gritado a la cara al policía, pero se sentía sin fuerzas para hacerlo, como tampoco tuvo fuerzas para resistir a la invasión de aquel ejército que acto seguido entró a la casa para esculcarla a fondo. Encerrada en su taller, esperó a que pasara la tormenta. No se sentía en condiciones de emprender la lucha; ese día no, en ese momento no.

—En verdad no entiendo lo que sucede —acabó por decirle al policía.

—Y sin embargo es muy sencillo —replicó él, dándole una explicación que de no haberla sumido en un estado de desesperación profunda, le habría provocado una de esas carcajadas tan características de ella.

En realidad, varias lagunas dejaban suponer que el hecho de haber sobrevivido a esa terrible balacera, por un golpe de suerte que se asemejaba a un milagro, reforzaba la tesis de un simulacro de atentado fomentado por Trotsky y su entorno. Trotsky bien podía haberlo ideado todo, como propaganda con el fin de sumar más simpatizantes a su causa.

—Todo esto no es más que una farsa —dijo el policía—. De hecho, acudí a la casa de la avenida Viena tan sólo unos minutos después del atentado, y pude ver a un Trotsky contestando nuestras preguntas con absoluta calma. Acababa de escapar de la muerte y mostraba la misma tranquilidad de alguien que baja a atender el timbre de su casa.

—Siempre ha sido así, sabe. Un gran sentido del humor, una calma casi anormal y la valentía conforman su persona.

—¿Acaba de librarse de una muerte atroz y él juega a ser un *gentleman*?

—Natalia me contó esta historia alguna vez. Un día, el calentador de agua que se encontraba en el desván de la casa explotó y todo se incendió. Los damnificados, reubicados en una casita, estaban abatidos, desesperados; manuscritos, archivos y demás documentos se habían consumido en llamas. Cuando todos estuvieron instalados, Trotsky desplegó sobre una mesa los manuscritos que pudo rescatar, mandó llamar a su mecanógrafa y se puso a dictar capítulos enteros de su libro, como si nada acabara de ocurrir.

—¡Lo mismo hizo hoy! Parece ser que cuando llegó la policía, lo vieron sentado en su escritorio, escribiendo.

—Creo que esa reacción es para él el único modo de mantener su equilibrio mental. ¿Entiende?

—Lo conoce bien, me parece.

—Sí, es verdad. Es un ser político que sabe dominar sus emociones, no resulta complicado entenderlo.

—En una investigación, señora Rivera, nada es sencillo, todo se complica. Dicho sea de paso, quisiera pedirle que nos acompañe…

—¿Disculpe?

—Sí, en lo que terminamos de inspeccionar su casa nos gustaría hacerle unas preguntas. Digamos, tomar su declaración.

—¿Qué pasa si me niego?

—El coronel Leandro Sánchez Salazar, él mismo, es quien desea hacerle unas preguntas… nadie se niega a responderle al coronel Leandro Sánchez Salazar.

44

El hombre que se encontraba parado frente a ella era de estatura mediana, bastante fuerte, de constitución más bien sana y robusta. Mestizo de rasgos firmes, el coronel poseía una mirada avispada, llena de inteligencia y astucia. Producto de la Revolución, había escalado todos los rangos militares y tenía fama de ejercer con mano dura. Tras haber exhortado a Frida a sentarse frente a él, pidió té, se tomó unos cuantos sorbos hirvientes y emprendió lo que llamó una «conversación amistosa» más que un «interrogatorio». Le pidió a su mecanógrafa que no omitiera incluir la fecha, el 25 de mayo de 1940, y la hora de la entrevista. Empezó con tono afable.

Empezó comunicándole a Frida una noticia que por lo visto desconocía. Este hombre era lo suficientemente taimado como para saber que con ello conseguiría desestabilizarla y que podría, por lo menos durante un tiempo, sacar provecho de esa situación. La oficina del coronel era de aspecto recargado y ostentaba en sus paredes un cuadro de cada uno de los maestros del muralismo mexicano: Orozco, Siqueiros y Rivera.

—La Santísima Trinidad —dijo bromeando al ver que Frida los contemplaba sucesivamente.

El hombre volvió a tomar de su taza:

—¿No me mandó traer para que hablemos de pintura, o sí? —ironizó Frida.

—No. Y sin embargo sí le voy a hablar de un pintor que conoce bien: Diego Rivera.

—En efecto... Un pintor que conozco como la palma de mi mano.

—Muy bien entonces. ¿Sabe usted dónde se encuentra?

—No, para nada.

—He allí el meollo del asunto.

—¿A qué se refiere?

—Pues, estimada señora, le ruego me disculpe por ser tan directo, pero usted no ignorará que en la actualidad Diego Rivera comparte su vida con dos mujeres, la artista húngara Irene Bohus y la actriz Paulette Goddard.

—Así es.

—Según nuestras fuentes, en el momento en que nos disponíamos a entrar a su casa de San Ángel, se escabulló en medio de treinta hombres del coronel de la Rosa, escondido bajo unos lienzos en el piso de un auto manejado por Irene Bohus, acompañada por Paulette Goddard, quien se hallaba sentada en la parte trasera. Veníamos a proceder a su arresto y todo indica que ha salido del territorio nacional...

—¿Y por qué querían arrestarlo?

—Su disputa con Trotsky no es secreto para nadie. Algunos incluso sostienen que Rivera juró acabar con él.

—¡Eso es ridículo!

—Se dice que los agresores irrumpieron en la casa gritando «Viva Almazán», quien, como bien sabrá, es el candidato a la presidencia de la República que se presenta contra Cárdenas y que su marido apoya...

—Ya no es mi marido, coronel.

—Cierto, le pido una disculpa.

—¿No estará tratando de decirme que sospecha de su participación en el intento de asesinato de Trotsky?

—Sí. Incluso que haya podido planearlo. Lo que significa que usted se vuelve, *de facto*, sospechosa de igual manera.

—Quizá debería ponerse a buscar por otro lado…

—¿Por dónde?

—Siqueiros, por ejemplo. Se la pasa diciendo por allí que algún día conseguirá «darle mate al viejo traidor de Trotsky». Además, Siqueiros, a diferencia de Diego, sí es un matón de verdad. La Revolución mexicana, las brigadas estalinistas que asesinaban anarquistas en España… tiene experiencia en el uso de las armas.

—Extrañamente, lo mismísimo nos dijo Trotsky esta mañana. Bueno, para ser exactos, no es que haya defendido a Rivera cuando se le informó que era parte de los sospechosos, pero sí arremetió contra Siqueiros cuando lo nombramos… ¿Usted qué piensa de esto?

Frida, a modo de respuesta, se levantó y se dispuso a marcharse. Tres policías armados que entraban en la habitación le hicieron cambiar de parecer. Se volvió a sentar.

El resto de la conversación se llevó a cabo en una suerte de confusión. Frida era la protagonista de un sueño horrendo. No tenía control sobre nada, no entendía nada. Todo resultaba tan atroz, tan doloroso. ¡Y Diego huyendo como un cobarde, ayudado por esas dos «putas»! El coronel Leandro Sánchez Salazar, a pesar de todo, le dio los elementos necesarios para que pudiera reconstruir el curso del atentado. Por lo visto, los atacantes no eran matones aguerridos y no habían sido entrenados para registrar eficazmente una casa. En cuanto al ataque en sí, se habían beneficiado de la complicidad de Bob Sheldon Harte, quien les había abierto la puerta. Para los investigadores, no cabía la menor duda, éste era culpable, de hecho no lograban dar con él, algunos testigos pretendían haberlo visto subirse a uno de los camiones que, una vez cometido el atentado, desaparecieron por las laberínticas calles de Coyoacán. Por último, todos los colaboradores de Trotsky presentes durante el ataque, desde la cocinera hasta los criados pasando por los guardaespaldas y los esposos Rosmer, se encontraban sanos y salvos, y sus testimonios coincidían: el ataque había sido breve y desordenado; todos se preguntaban cómo era que Trotsky había podido escapar a las balas de las metralletas, algunos aseveraban que Bob había sido golpeado y por así decirlo «secuestrado» por los miembros de esa banda. Lo espeluznante aquí era que la tesis del coronel sobre una implicación de Diego no era del todo improbable. Del mismo modo, le reveló que el pintor había dejado sobre su caballete los retratos de una joven india que estaba pintando y el de Paulette Goddard. Los policías habían encontrado cuchillos y pinceles aún embadurnados de pintura fresca. Por lo visto, se había marchado sin planear su fuga.

—¿Y Sieva? —preguntó Frida—. ¿Se encuentra bien?

—No. Sufre de un rasguño en el pie, una bala lo rozó. ¿Sabe usted que se contaron no menos de setenta y tres impactos de bala en el muro de cabecera de Trotsky? —siguió diciendo el coronel meditabundo—. No cabe la menor duda; o se trata de un simulacro a modo de cortina de humo, o fueron unos payasos los responsables del ataque…

—¿Puedo irme a casa ahora, coronel?

—Daré la orden para que la lleven de vuelta.

—¿Estoy libre?

—Sí. Queda a disposición de la policía, pero libre y sin teléfono, por lo menos por algún tiempo, en lo que restablecen su línea… Sabemos cómo cortarla, pero restablecerla tarda más.

45

De vuelta en casa, Frida vivió durante unos días en la soledad más aterradora. La policía controlaba todas las entradas y salidas, y el teléfono seguía sin funcionar. Las únicas noticias del «exterior» llegaron por medio de una extensa carta de Diego, en la que le confesaba que, aterrado por la perspectiva de ser blanco de un atentado similar al que acababa de vivir Trotsky, se había refugiado primero en casa de su abogado, luego se había presentado ante la policía para ser interrogado y tras ser liberado había obtenido un visado por parte de la embajada de los Estados Unidos para poder salir del país. Pero la carta profundizaba en un asunto de la mayor importancia y para el cual, sin vergüenza alguna, le pedía ayuda a Frida. De verdad temía caer en manos de esos asesinos, pero también le daba pavor pensar que pudiera ser saqueada su casa. Por eso necesitaba encontrarle un lugar seguro a lo que llamaba su «tesoro de Moctezuma». Frida tendría que envolver una a una las estatuillas, contarlas, ordenarlas, traspasar todo en grandes cajas de madera y no dejar en San Ángel más que los muebles vacíos.

Le escribió en el acto una carta en la que le aseguraba que podía estar tranquilo. Ella haría lo que le pedía, cuidando en especial las piezas más valiosas y frágiles, llevándose a su casa los dibujos, las fotos, los cuadros, añadiendo que a su regreso encontraría una casa limpia, trapeada a fondo, y un jardín perfectamente cuidado. Lo que no le decía, por razones obvias, es que llevar a cabo aquella tarea le causaría un terrible dolor. Cada objeto que meticulosamente empacaría en una caja de madera le recordaría su vida con él. Cada estatuilla, cada dibujo, cada foto contaban una historia que era la historia de los dos: la de Frida y Diego. Terminaba la carta asegurándole que esos «desgraciados» bien podrían matarla a ella, su Fridita, pero que nunca los dejaría robar sus cosas. En realidad sentía un vacío terrorífico. Teniendo por fin la libertad de llevar la vida que le parecía, en el fondo sabía que no le importaba nada aquella libertad. No podía vivir sin el amor de Diego y era maravilloso ver que aún la necesitaba, que le pedía ayuda, sabiendo que sólo ella era capaz de hacerlo. Ella era la única, la imprescindible.

El 30 de mayo, la línea telefónica por fin fue restablecida. Sin embargo, la primera persona con quien Frida quería hablar no era Diego, sino León. Era imperativo volver a escuchar su voz. Ella era una de las pocas personas que conocían el número de su línea directa, con lo que evitaba tener que hablar con Natalia o alguno de sus colaboradores. Contestó él. Estaba increíblemente tranquilo y le contó su versión, lo que había visto, escuchado, y vivido, con tono casi jovial. Ese día se había quedado despierto hasta muy tarde trabajando, y se había tomado un somnífero para poder dormir. Todo sucedió muy rápido. El tableteo de varias metralletas que lo sacaron de la cama a las cuatro de la mañana, explosiones, un olor a pólvora y a quemado, Natalia cubriéndolo con su cuerpo, ambos tirados entre el muro y la cama, Sieva gritando desde su recámara y de repente un silencio como «de ultratumba», y la casa entera reunida en el patio, y Trotsky saliendo a la calle encontrándose con los centinelas sin armas y maniatados…

—Todo duró menos de veinte minutos. Ningún muerto, ningún herido, tan sólo Bob secuestrado por la banda.

—¿Y Sieva?

—Su voz en las tinieblas, entre el ruido de los balazos, gritando «¡Abuelo, abuelo!» permanece como el recuerdo más trágico de esa noche.

—¿Y se encuentra bien...?

—Lo tengo aquí enfrente, jugando plácidamente en un rincón del jardín. Esta mañana se encontró otra bala de plomo encajada en un muro, que sacó con la ayuda de un cuchillo de cocina. Me dijo: «Somos inmortales, abuelo». Es un señorito asombroso. Me transmite una fuerza increíble.

—¿Sabes algo acerca de la investigación?

—Lo último que supe es que podría tratarse de una provocación por parte de expolicías y militares, con el objetivo de desestabilizar el país. ¡Qué ridículo! Con lo que, para restablecer el orden, habría que expulsarme...

—¿Qué podemos hacer nosotros?

—Nada. Esperar a que estalle la verdad. Y llegará. El mundo entero acabará por saber que Siqueiros es quien se encuentra detrás de esto.

—¿Y Diego, qué pinta en todo esto?

—Diego es un miedoso. Es más, huyó a esconderse, según dicen. ¿Te lo imaginas tú fomentando un atentado? Sabe pintar pistolas, pero usarlas... Anda, hay que olvidarnos de esto que la vida sigue.

—No exactamente como antes.

—Claro que sí, te lo aseguro. Escucha, por fin conocí a tu amiguito Frank Jacson, quien se ofreció a llevar a los Rosmer a Veracruz.

—Tenía la idea de que había acompañado a Rosmer al hospital...

—Para nada, Rosmer fue al hospital hace un par de semanas, pero solo, sin Jacson.

—¿No conociste a Jacson hace un par de semanas?

—No, no, lo recuerdo muy bien, fue precisamente el 28, cuatro días después de aquel maldito atentado. Estaba yo en el gallinero. Nos dimos la mano. Incluso le regaló a Sieva un avioncito para aventar. Se tomó una taza de té y se fue para Veracruz.

—¿No te pareció algo raro?

—En absoluto. Más bien tímido y amable. Aunque... no entiendo por qué alguien que pretende conocer perfectamente la ciudad me preguntaría a mi cuál es la mejor ruta para salir de ella... Quizá se trate de un hablador más. Qué más da.

—Al contrario, León, todo tiene importancia.

—Claro que no, Frida. ¿Conoces el cuento del tipo aquel que le cura la migraña a su amigo vaciándole su cargador en la cabeza...?

—No me causa ninguna gracia.

—A mí sí. Afortunadamente, diría. Escucha, un último chiste antes de colgar. Debo enviar una respuesta a un periódico británico: «Condenado suertudo, de los tres balazos que recibió, sólo uno lo mató». Se presta, ¿no?

—Sin duda, sí —dijo Frida descorazonada, mientras se despedía precipitadamente.

Tras colgar, se esforzó por comprender la situación. ¿Por qué le habría mentido Frank? Esa duda le pesaba. Frida se sentía en una encrucijada: echaba de menos a Diego, el atentado contra Trotsky la había dejado cimbrada, Frank le atraía por el misterio que lo rodeaba, su pintura estaba entrando en un momento de receso y no sabía qué nuevos rumbos tomar en su trabajo artístico.

Las consecuencias del atentado fallido contra Trotsky hundieron a México en una situación complicada. Nada quedaba claro. Fue arrestado el chofer de Diego por haber sido avistado en los alrededores la noche del atentado. El Partido Comunista Mexicano pretendía ahora desentenderse de cualquier forma de enemistad con Trotsky, y cuando a principios de junio la policía habló sin ambigüedades de Siqueiros, el aparato político del partido lo repudió sin miramientos. En realidad, la investigación estaba estancada. Si bien la teoría del *autoasalto* —Trotsky llevando a cabo su propio ataque con el propósito de que los comunistas mexicanos fueran vistos como terroristas— seguía siendo la privilegiada, una implicación de Siqueiros empezaba a abrirse paso, sobre todo dado el hecho de que no se tenían noticias ni de él ni de sus secuaces desde el día 24 de mayo. Se habían esfumado como por arte de magia, lo que para algunos equivalía a una confesión. Mientras tanto, fieles y demás simpatizantes de Trotsky habían conseguido recaudar varios miles de dólares con la intención de transformar la casa de Coyoacán en un fuerte. Se erigieron muros de seis metros de altura. Se edificó una fortificación cuyo techo y loza eran a prueba de bombas. Puertas de acero, con doble espesor, controladas a distancia, sustituyeron el antiguo portón de madera. Se instalaron en todas las ventanas postigos metálicos de ocho centímetros de espesor. Tres nuevas torres a prueba de balas fueron levantadas para dominar no sólo el patio, sino todo el vecindario. También fue instalado un entramado de alambre de púas y mallas contra bombas. Por último, el gobierno mexicano triplicó el número de policías apostados frente a la casa, repartidos en cuatro casetas.

A pesar de aquel dispositivo enorme, Frida estaba preocupada. Para ella no cabía duda, era un capricho de la fortuna el que Trotsky estuviera aún vivo. A diario pensaba en él como en un hombre que espera el fatal desenlace encerrado en su celda, pero que nunca sucumbe a la nostalgia, atrincherándose en su humor e ironía: «Sabes, Frida mía, después del ataque diariamente le digo a Natalia al despertar: empieza un nuevo día feliz, estamos vivos». Por momentos Frida pensaba que ella también se encontraba en una celda, pero a diferencia de León, no conseguía decirse a sí misma al despuntar la mañana: «Empieza un nuevo día, un nuevo día feliz; estoy viva…». ¡Además, había días en los que a ese «desgraciado de Diego» verdaderamente lo extrañaba!

46

Sí, lo que anhelaba era hablar con Diego, pero no por teléfono; eso no sería suficiente. Tenía que verlo, aunque fuera para arrancarle la carta que le había mandado ella. No podía correr el riesgo de que alguna de sus «dos putas, sus dos falsas heroínas que según esto le habían salvado la vida, la señorita Bohus y la señora Goddard», la tuviera en sus manos. Entonces tomó el primer avión con destino a San Francisco, a pesar de que los dolores en la pierna y en la espalda volvían a torturarla. Así fue como una mañana de finales de junio llegó al número 49 de Calhoun Street en Telegraph Hill, frente a la puerta del taller de Diego. Era una hermosa mañana, fresca y azulada. Una luz azul intenso jugueteaba en la cima de los árboles y pájaros de colores esplendorosos revoloteaban como capullos recién germinados. Frida estaba feliz, porque había conseguido conciliar sus deseos más profundos y sus actos. Pero la puerta no se abrió. Desde la escalinata la criada era categórica: la señora Goddard se encontraba rodando una película, la señorita Bohus había renunciado a su trabajo después de que su madre le prohibiera vivir con un hombre sin antes haber oficializado su unión ante un juez o cura, y en cuanto al señor Diego, se encontraba en la isla del Tesoro, pintando *Panamericana*, su monumental fresco de diez tableros cuyo tema era la unión panamericana.

Frida al principio no entendía de qué le hablaba, por qué motivos la criada mencionaba la célebre isla de Stevenson y sobre todo, qué tenía eso que ver con Diego; ¿por qué se habría ido a una isla producto de la imaginación de un escritor...? El misterio rápidamente se disipó cuando la criada le explicó que Treasure Island en realidad era una isla artificial creada para la exposición internacional del Golden Gate, en la que participaba Diego. Sin embargo, le desaconsejaba intentar llegar hasta allá, a causa de los embotellamientos horrorosos que congestionaban el puente entre San Francisco y Yerba Buena Island, una isla natural esta sí, contigua a Treasure Island.

No contaba con la determinación de Frida, quien paró un taxi y se encontró horas más tarde, exhausta ciertamente, pero con Diego enfrente, quien curiosamente no parecía extrañado de verla, subido a un andamio y trabajando bajo la mirada de miles de visitantes desfilando frente a sus frescos montados en marcos de acero portátiles. Un guardaespaldas se mantenía a proximidad para protegerlo, no de algún comando estalinista sino de los mismos trotskistas quienes sospechaban alguna implicación en el atentado.

Silenciosa en un primer tiempo, o más bien silenciada por la emoción —era la primera vez que se reunía con Diego tras su separación—, Frida sintió cómo crecía en ella una ira contenida que tarde o temprano estallaría. En ese fresco que debía representar la condición común de todos los americanos, se veía a Diego y a esa puta de Paulette Goddard tomados de la mano mientras estrechaban el árbol de amor y vida. La mirada de cada uno se adentraba amorosamente en la del otro, y el vestido de la actriz, de un blanco virginal, ligeramente alzado, dejaba entrever unas piernas maravillosas, perfectamente torneadas.

—¿Qué cochinada es ésta? —No pudo contenerse Frida.

—La feminidad adolescente de Norteamérica en contacto amistoso con un mexicano —soltó Diego desde la cima del andamio.

—¡«La feminidad adolescente», ni madres! ¡Tiene treinta años tu actriz de mierda!

Frida también se hallaba representada en esa sección del fresco. Vestida de tehuana, llevaba en la mano un pincel y una paleta, y parecía mirar al vacío con aire ausente.

—¿Y esos ojos de vaca qué? ¿Y esa paleta? Yo nunca me he representado mientras pintaba con una paleta en la mano. ¿Será por algo, no?

—Es Frida Kahlo, una artista mexicana exquisita, que saca su inspiración de la cultura ancestral de su país, y personifica...

—¡Que no personifica nada! ¿Por qué le da la espalda Rivera? ¿Para cogerse mejor a su americana?

Ocupado en pintar, Diego no le respondía ya, dejando que la ira de Frida se expresara sola. La conocía perfectamente. Cuando se encontraba en ese estado ya nada podía detenerla, ni siquiera la presencia de los visitantes que asistían a la escena boquiabiertos. Por último, Frida acusó a Diego de intento de homicidio.

—¡Tú fuiste quien intentó matar a León! ¡Tú estás detrás de toda esa infamia!

Diego, imperturbable, seguía sin contestar, pudiendo casi dar a entender por su silencio, que no le molestaba que hubieran intentado matar al Viejo.

—¡Quieres que se largue, verdad! ¡Aún no digieres el hecho de que se haya cogido a tu mujer! ¿Es eso?

Y entre más vomitaba sus reproches, más iba desapareciendo la gente, y más obvias eran las incoherencias en sus propósitos, puesto que ahora ya gritaba:

—¡Pues sí, mi amor, pues sí, mi Diego! ¡Diego mi amante! ¡Diego mi universo! ¡Diego mi novio! ¡Diego mi hijo! ¡Diego igual a Yo!

Entonces fue que, mientras repetía incansablemente «¡Diego igual a Yo!», el rostro de Diego tomó progresivamente los rasgos de Frank Jacson, a quien distinguía cada vez mejor, y lo escuchaba hablarle suavemente; como a una niñita o al tonto del pueblo:

—¿Me tomas por una retrasada o qué? ¿De qué carajos se trata?

—¿Frida, me escuchas? ¿Frida, estás bien? Frida...

La voz era dulce, amigable. Rápidamente, su visión turbia se disipó. La voz se hizo cada vez más nítida. Frida reconoció el entorno en el que se encontraba, el de su taller, en la Casa Azul, y Frank Jacson inclinado sobre ella, acariciándole el rostro. Todo había sido un sueño.

—¿A qué día estamos?

—11 de junio de 1940.

—¡Carajo, estuve durmiendo todo este tiempo!

—¿Qué ocurrió?

—Mis dolores de espalda volvieron. Vino el doctor. Estoy asustada. Al parecer los corsés de yeso y de cuero ya no me sirven. Me habló de un corsé de acero. Y de nuevo el mismo circo... punciones, radiografías, infiltraciones... incluso me habló de alguna intervención quirúrgica... soldarme las vértebras lumbares... Mientras, me recetó tranquilizantes... Creo que me tomé de más. Morfina... Sí, tomé demasiado.

Frank la ayudó a incorporarse. Descubrió frente a ella una habitación desordenada. Había ropa tendida por el suelo, restos de comida, sobre todo botellas tiradas, vasos rotos, cuadros desparramados como después de una tormenta. Afortunadamente, ninguno parecía estar dañado. Los fue recogiendo uno por uno.

—Mira, Frank. Lo mismo una y otra vez: sangre, muerte, sufrimiento. *El sueño*: una calavera regalándome su mejor sonrisa... Y este *Autorretrato* se lo voy a vender a Nickolas, desgraciado... no debería, pero necesito dinero. Ves, me amarré un collar del que cuelga un colibrí muerto... Y este otro *Autorretrato*, mi carota por todas partes, ella siempre... con otro collar: la corona de espinas de Cristo, ¡tan sencillamente!

Frank estaba conmovido.

—Esos cuadros son maravillosos, lo sabes.

—Entre más sufro, mejor pinto. ¿Sabes qué dice ese imbécil de Diego? Dice que estoy en la cima de mi arte... ¡Ahora mismo! ¿Por qué lo dice? ¡Porque estamos divorciados, y eso me hace infeliz! ¡Y porque ya no tengo a nadie con quien coger!

—Pero, ¿no estarás pensando en volver con él?

—Lo único que tengo claro es que hay que acostumbrarse a tener en la vida una porción de miedo y una porción de horror. ¡Cuando uno entiende eso, lo entiende todo!

Frank no dijo nada, derribado por todo lo que veía, derrumbado, no tanto por lo que acababa de escuchar sino por lo certero que resultaba. Aprovechando el silencio de su interlocutor, Frida bruscamente cambió de tema:

—¿Por qué me mentiste, Frank?

—¿De qué hablas?

—Trotsky. Lo conociste hace muy poco, pero no el día que me dijiste.

—Tal vez me haya equivocado en las fechas.

—No lo creo.

—Quería darte gusto. Me pareció que te alegrarías al saber que por fin lo había conocido, por eso adelanté el encuentro.

—¿Con qué finalidad?

—Así nada más. No te enojes conmigo, a veces miento. Puede que sea un poco mitómano... De hecho, hablando de Trotsky, mientras «dormías» la policía hizo declaraciones a la prensa. Dos mujeres que vivían desde hacía poco en el barrio supuestamente habrían establecido relaciones amorosas con un par de policías encargados de la seguridad de Trotsky. Fueron arrestadas, así como algunos cuantos comunistas influyentes. Las mujeres confesaron. ¿Y quién les pidió que hicieran ese trabajo, quién les pagó, según tú?

—David Alfaro Siqueiros. ¡Siempre lo supe! ¡Y León también lo sabe!

—Siqueiros fue quien consiguió los uniformes de policía, las armas, los automóviles, quien personalmente estuvo a cargo de dirigir la operación, vestido de mayor de la policía. También se dice que estaba acompañado por su secretario.

—¿Antonio Pujol?

—Sí, él, me parece. Llevaba uniforme de teniente.

—¿Y detrás de todo esto quiénes están? ¡Los de la OGPU!

Frank Jacson asintió con la cabeza; como resignado:

—No se puede hacer nada contra la OGPU…

—La próxima vez se les ocurrirá otra cosa —dijo Frida pensativa.

Frank no contestó. Tras un nuevo silencio, le dijo a Frida que debía partir al día siguiente para Nueva York donde se encontraría con su jefe. Los negocios no iban bien.

—Me preocupa tener que dejarte sola —dijo mientras estrechaba a Frida en sus brazos, quien a su vez pensó por un instante que podría acurrucarse contra él y así conseguir que se quedara con ella.

—No, ve. Puesto que soñé con Diego, voy a hacerle una llamada, así las cosas serán más reales. Necesito hablar con él.

47

Para armarse de valor, valor que necesitaría para llamar a Diego, se preparó una bebida vigorizante combinando tequila, aguardiente de caña y una buena dosis de pulque. Pensó: «Europa tiene la cerveza, China el opio y la amapola blanca, el Mediterráneo la uva negra, Rusia el vodka, y nosotros los mexicanos el jugo de los bosques de magueyes, con sus lágrimas de barniz oscuro y en la punta un capullo gordo recogido, alzándose al cielo como una verga. ¡Aguamiel! ¡Pulque de pulques!».

—¿Diego? Soy yo.

—¿Quién «yo»?

—Tu Friducha, chingada madre... Soñé que paseábamos los dos, en Oaxaca... El norte arreciaba, golpeando fuerte contra las ventanas carcomidas. Le dábamos la vuelta a la iglesia y al recinto del antiguo monasterio... Seguimos andando y llegamos al cerro, azulado, azul lino... Parecía una lagartija enorme... También soñé que iba a verte a Treasure Island... Estabas subido sobre tu andamio...

—Frida, son las cuatro de la mañana.

—¿Te desperté?

—¿Me llamas para contarme tus sueños?

—Sí te desperté... Mierda... ¿Estabas con tu puta esa, la Goddard?

—Frida, ¿qué es exactamente lo que quieres?

—Que nos casemos de nuevo... pero bajo ciertas condiciones que yo... ¿Bueno, bueno?

¡Diego le había colgado el teléfono! Lo sabía, mejor hubiera sido preparar su llamada, pulir sus argumentos, y no beber esos malditos vasos repletos de pulque, o si no, hacer como hace la policía, limitarse a una cerveza con un chorrito de pulque. Sin embargo, ayudada por el alcohol decidió irse a dormir, entre las garras de la lagartija enorme que la estaba mirando, garras tiernas. En el dorso de la lagartija oscilaba un penacho color azul cielo, y su vientre pálido subía y bajaba al ritmo de su respiración. Se encontraba bien. Se estaba hundiendo, no quería oponer resistencia alguna. Un día, si llegara a recordarlo, podría pintar un *Autorretrato con lagartija soñando.*

La mañana siguiente, con la cabeza destrozada por el alcohol, se despertó lentamente. Este asunto de vivir sin Diego la tenía demasiado atormentada, tenía que contarle sus inquietudes a alguna persona de confianza. La primera persona en quien pensó, como una evidencia, fue León. Lo admitía, nunca rompía definitivamente con sus antiguos amantes, sus exnovias, sus amores pasados, hubieran durado meses o tan sólo una noche. Así era Frida. Gravitaban todos a su alrededor como planetas atraídos por un sol que —por más extraño que parezca— necesitaba de su calor. Frida, frío sol herido, maltrecho, buscaba calentarse a su lado.

Una vez abierta la pesada puerta metálica, Frida, acompañada de un guardaespaldas puesto que Natalia se había ido a hacer las compras, se acercó a León quien se encontraba cerrando las conejeras en las que brincaban sus animalitos. Se quitó los guantes, cepilló su blusa de trabajo y, lentamente, tomó a Frida en sus brazos, visiblemente feliz por su presencia.

—¡Mira de qué soy ahora el jefe supremo: de un ejército de pollos y conejos!

Ya estando en su estudio, inmediatamente lo invadieron los temas de actualidad, como si los lugares tuvieran en él una influencia directa sobre su relación con el mundo. En el patio, junto a conejos y gallinas, era liviano, alegre y podía hablar de diversas cosas. En su estudio, la cosa era otra:

—¡Te digo una cosa, Frida, la capitulación de Francia es una catástrofe! Hitler es el rostro más bárbaro, más avanzado del imperialismo que terminará por llevar a la civilización a la ruina. ¡Es una sucesión de calamidades sin fin: nadie ha ayudado tanto a Hitler como lo hizo Stalin; nadie ha supuesto un peligro tan grande para la URSS como lo es Stalin!

El teléfono estuvo sonando durante un tiempo. Respondió rápidamente a unas preguntas para un diario de Nueva York. Frida no pudo oír más que trozos de la conversación: «Un Estado judío en Palestina, es absurdo... Con el derrumbe del capitalismo norteamericano, el antisemitismo alcanzará en los Estados Unidos niveles jamás antes vistos; peores que en Alemania... O si no, algún gobierno revolucionario tendrá que otorgar a los judíos un territorio-Estado... De ningún modo, el movimiento obrero no puede apoyar al Reino Unido contra Alemania... En nombre de la IV Internacional, me opongo a la entrada en guerra de los británicos junto a los Estados Unidos...».

Tras haber colgado, León se puso a caminar en círculos como tigre enjaulado. Nunca antes lo había visto tan nervioso, poniéndose los lentes y quitándoselos; sentándose en una silla, parándose; pretendiendo acostarse en el diván, alzando sus revólveres, quitándoles las balas del tambor, volviéndolas a colocar; blandiendo *Hitler me dijo*, el libro que estaba leyendo. Intentó hablarle de Diego y sus intenciones de volver a casarse, pero fue en vano, apenas la escuchaba, llegando incluso a zanjar brutalmente sus cavilaciones:

—Es una insensatez absoluta. ¡Por fin estás sola, desvinculada de ese macaco vulgar, libre, y dices que quieres volver a esa jaula, como si fueras uno de mis conejos!

—Por supuesto que no, no es así la cosa.

—¿Entonces cómo es la cosa?

—Es un sentimiento difícil de explicar... Creo que cuando siento odio por él, es porque me obliga a ya no quererlo, sino...

—Te complicas las cosas para nada, Frida. En su fresco de San Francisco, Stalin aparece como asesino enmascarado. Está bien. Pero yo, quien según parece fui su mentor, no figuro en ningún lado. Borrado, tachado. Como en las fotos modificadas de la OGPU. ¡Si no eres capaz de darte cuenta que un tipo que borra de la Historia a León Trotsky es un don nadie, pues es tu problema!

León pasaba por un acceso de rabia del que no podía salir. Que se vaya al diablo ese gordo cochino de Diego, tenía otros problemas que solucionar. Aunque la acusación en contra de Siqueiros le aportaba cierto consuelo, ¡no se había equivocado! Siempre había defendido esa hipótesis. Lo que confirmaba la carta que Siqueiros acababa de mandar a los periódicos, redactada desde su escondite donde seguía ocultándose: «¡Con este atentado el Partido únicamente buscó provocar la expulsión de Trotsky de México; los enemigos del Partido pueden esperarse a recibir el mismo trato!».

En realidad, se trataba de algo más. Frida conocía tan bien a León que se daba cuenta que algún otro suceso había sido tan grave como para que Trotsky se esforzara por disimularlo tras un caudal de palabras y gesticulaciones.

—¿Qué sucede, León? —preguntó Frida, hallándose de nuevo en una situación que tantas veces había vivido.

Habiendo acudido en busca de atención y compasión, consuelo, ahora resultaba que ella era quien debía cargar con el dolor ajeno.

León de pronto pareció alterarse:

—Encontraron a Bob... bueno... su cadáver.

El relato era atroz. Salió un convoy de la policía a las cuatro de la tarde, en uno de los autos iba Trotsky. Llegaron al caer la noche a una granja abandonada de Santa Rosa, en la carretera al Desierto de los Leones. Tras haber derribado la puerta y registrado todas las habitaciones sin encontrar el menor indicio, de no ser por un cenicero lleno de colillas de cigarros Lucky, una marca americana que sólo un estadounidense o un mexicano acomodado podían fumar, el coronel y sus hombres se disponían a retirarse cuando un agente señaló en un rincón de la cocina un montón de tierra revuelta. Bajo la luz azulada y danzante de las linternas y ante la mirada de un Trotsky aterrado, fueron emergiendo progresivamente los contornos de un cadáver, el vientre, las rodillas, los brazos, todo cubierto con una espesa capa de cal blanca. Habiendo descubierto el rostro, Trotsky, a pesar de haber vivido tantos horrores en su vida, se sintió desfallecer: la carne había adquirido un sorprendente color bronce, el cabello un fascinante tono pelirrojo. «¿Robert Sheldon Harte?», preguntó el coronel, dirigiéndose a Trotsky. «Sí». Respondió éste. No cabía la menor duda: secuestrado por los hombres de Siqueiros, Sheldon Harte había sido asesinado.

Frida estaba afligida. Trotsky revivía cada momento de aquella tragedia. Le contaba cómo es que había permanecido allí, triste, abatido, contemplando mudo aquel cuerpo sin vida, los ojos llenos de lágrimas, incapaz de contener su llanto silencioso. Le describía con lujo de detalles la lluvia que se había soltado con furia, transformando los caminos en caudales fangosos y las carreteras en ríos infranqueables. Volviendo al auto, Trotsky tropezó con piedras, se resbaló con el lodo. El agua helada azotaba su rostro y se escurría por los impermeables. Empapado de sudor y lluvia, penetró en un auto de la policía y regresó a la Ciudad de México.

Si bien la idea de un muchacho secuestrado y asesinado mientras dormía —«se inmovilizó, dormido con una mano tranquilamente recargada sobre su cuerpo»— era intolerable, otra idea le provocaba aún más dolor: Bob había sido, según la policía, el hombre que había dejado entrar a los agresores. Bob había sido el traidor, y esto, Trotsky no estaba dispuesto a escucharlo. Así como no aceptaba ninguna de las pruebas que le presentaba la policía: miembro del Partido Comunista de los Estados Unidos, Robert Sheldon Harte era un agente soviético cuya misión consistía en fungir como enlace con el grupo de agentes mexicanos comandados por Siqueiros.

—Bob mantuvo su lealtad hasta el último instante, estoy seguro. Leal a sus convicciones y por ello leal a mi persona. Sí, así es, fue por lealtad que perdió la vida Bob, y la investigación dice lo contrario. Sinceramente pienso que el coronel Salazar está equivocado, humanamente equivocado, pero a fin de cuentas esto orienta la investigación por un rumbo también equivocado.

Mientras escuchaba a León, Frida rememoraba las palabras de Frank, pronunciadas la última vez que lo vio: «En su próximo atentado, la OGPU recurrirá a otros métodos…».

—Me siento tan cansado, Frida… Me gustaría tanto volver contigo a Cuernavaca, a Amecameca, allá donde los grandes volcanes perforan con sus cimas blancas las nubes algodonosas… ¡Y en vez de eso buscan convencerme de que mis amigos son traidores! Sabes, bastaría con que un solo agente de la OGPU se hiciera pasar por mi amigo para que consiga matarme aquí en mi propia casa… ¿Crees tú en la conspiración Siqueiros-Sheldon?

—Siqueiros es una escoria. Y la posibilidad de una colusión entre agentes de la Gestapo y la OGPU me parece una hipótesis bastante verosímil.

León, quien estuvo andando en círculos durante toda esta discusión, se detuvo, se acercó a Frida, y como para cerciorarse de que nadie los escuchaba, le susurró al oído, como si se tratara de una confesión, pero con convicción firme:

—Si hubiese sido Bob un agente de la OGPU, bien hubiera podido matarme de noche e irse, sin tener que movilizar a veinte personas poniéndolas a todas en peligro.

48

La vida sin Diego, debía reconocerlo, era menos imprevisible, menos estimulante que en aquellos días pasados a su lado; aunque el precio a pagar fuera muy alto. Incluso sus aventuras amorosas ya no lograban inyectar en su vida la misma excitación que cuando estaba Diego, merodeando en la oscuridad, atento al menor de sus actos. A decir verdad, Frida necesitaba de sus celos, feroces e imbéciles, de sus pistoletazos que afortunadamente no dejaban heridos, de sus alaridos furiosos contra enemigos —hombres y mujeres— por momentos imaginarios.

Así pues, en esa tarde de julio en la que acababa de encontrarse con su joven amante del momento, en un hotel cercano al Bosque de Chapultepec, pudo percatarse de que su excitación era más bien mediocre. Ningún riesgo, ningún miedo. Sucedió rápida y ordinariamente, casi inútilmente. Ni siquiera se tomó la molestia de romper con él. Ambos sabían perfectamente que aquella relación no tenía futuro, y que en el mejor de los casos ella plasmaría en uno de sus cuadros el cuerpo atlético de aquel efebo, por cuyas venas probablemente corría sangre indígena.

Al siguiente día de aquel encuentro nada glorioso, recibió la visita de Frank Jacson, quien le decía haber estado un tiempo en el estado de Puebla porque había enfermado repentinamente, y que ahora venía a informarle que se hospedaba en el hotel Montejo, «habitación 113», un lugar tranquilo y bien ubicado, sobre el Paseo de la Reforma, y donde se encontraría con Sylvia a partir del 19 de julio. Aún estaba pendiente la boda pero antes tenía que encontrar algún empleo estable, lo cual no resultaba nada fácil puesto que el socio con quien solía trabajar acababa de quebrar.

Frank Jacson mostraba las mismas atenciones de siempre, revistiendo su personaje de «loco enamorado» que escenificaba siempre que se encontraba con ella. Pero Frida una vez más lo notó cambiado. Se trataba de un auténtico camaleón y resultaba casi incómodo. Ya no era el mismo hombre: su rostro era cenizo, sus movimientos nerviosos y alborotados, y sobre todo, él, quien presumía de no cubrirse nunca la cabeza, llevaba un sombrero gris con banda negra. Mantenía convulsivamente un abrigo bajo el brazo y sujetaba el paraguas como lo haría con un arma. Pero lo que sin duda más le extrañaba era su insolencia recién adquirida, un descaro que no le había visto nunca y que ahora arrastraba con él, como una de esas taras de las que no se tiene conciencia. Interrumpiéndola, prestándole apenas atención, se había sentado naturalmente en la orilla de una gran mesa de trabajo en la que se amontonaban pinceles, paletas, tubos de pintura, trozos de telas manchadas de colores, cuchillos, etcétera…

Y fue estando allí, en aquel rincón de la mesa, manteniéndose falso y tieso, como si estuviera en representación oficial, cuando le reveló su gran secreto: Sylvia le había abierto los ojos, había descubierto la política…

El mes de julio en México es temporada de lluvias y vientos violentos que azotan los árboles, chiflando y produciendo sonidos extraños, tamborileando en las puertas disparejas, aislando a ciertos pueblitos del resto de la vida nacional e incluso algunos barrios de las grandes ciudades, al caer la noche, cuando sus residentes se pierden en las tinieblas que se ciernen sobre ellos. Este fenómeno recurrente origina ciertas rutinas de vida, fija ciertos automatismos y rituales extraños.

Así fue como se encontró en varias ocasiones con Sylvia y Frank —pareja extraña en la que una era una fea idiota y el otro un seductor esquivo— y a veces con Frank solamente, quien un día le habló larga y detenidamente de su madre, a quien admiraba con profunda devoción. «Una mujer activa y temeraria —decía él—, alta, delgada, musculosa, de grandes ojos verdes, abundante cabellera y piel de un tono mate profundo». Poseía todas las virtudes, todas las cualidades, incluso a la hora de poner castigos, los cuales eran siempre justos y mesurados. Un día que se quedó solo en casa, sabiendo que no estaba autorizado a comer aunque fuera una manzana sin su previo consentimiento, había esperado su regreso apostado contra una pared, las manos sobre la cabeza, listo para recibir los golpes con la regla que no tardarían en caer.

Pero la rutina más evidente, la más indispensable también, era su visita semanal a su querido León. A pesar de la presencia poco amable de Natalia, quien en más de una ocasión había aludido casi abiertamente a su historia de amor pasada. Dios sabrá por qué. Quizá porque aquella herida real, probablemente más profunda de lo que había pensado, se abría con cada visita, y entonces, muy a pesar de ella, soltaba frases hirientes y desagradables, no pudiendo evitarlo, y porque, a pesar de los altos muros, de los sistemas de protección, de las torres, de los guardias armados, sentía pánico al pensar que nuevamente intentarían asesinar a Trotsky. Los celos eran, de cierto modo, el hijo enfermo de su miedo.

Así es como pasaban los días. León le hablaba de política, de cactus, de conejos; Frida ahondaba en sus inquietudes artísticas, su pasión siempre viva por Diego —lo que invariablemente lo sacaba de quicio— y su amor tan íntegro por él, su Piochitas, que amaba como en el primer día, por todo lo que le había dado y le seguía dando. Esa complicidad perene, Natalia no había aprendido a tolerarla.

El mes de julio transcurrió sin grandes eventos, suave y llanamente. El 19 de agosto, mientras se encontraba tomando el té en el patio de «la cárcel de la avenida Viena», como le decía por momentos León, ella le suplicó que fuera algún día a verla a su taller. Hacía semanas que no iba ya y ella tenía cuadros nuevos que mostrarle, pequeños formatos, muy intensos, duros, y otros también más alegres, livianos, «naturalezas vivas» abundantes en frutas exóticas y colores. Natalia, que se encontraba con ellos, miró entonces su agenda para ver en qué momento sería posible. Esto irritó mucho a Frida. ¡Carajo, acaso era necesario concertar una visita a la Casa Azul! La realidad era que tenía diversos compromisos con periodistas, y un encuentro, más bien largo, programado con... Frank Jacson.

Natalia, sin querer, tomó la defensa de Frida:

—¿No te parece que lo ves demasiado, a ese tal Jacson? Es verdad que estaba dispuesto a llevarte a dar un paseo por los nevados, pretextando tu gusto por esas actividades. Es verdad que vino cinco veces en cuestión de semanas, y que me obsequió una caja de chocolates, pero aun así...

—Necesita que le corrija un artículo que escribió. Un texto sobre el estado de la economía en Francia...

—¿Tan importante es? —preguntó Natalia.

—Por supuesto —respondió él—. Durante la discusión que tuvimos los cuatro, tú, yo, Sylvia y él, acerca de la defensa de la Unión Soviética, él fue el único en apoyar mis argumentos.

—No es razón suficiente —dijo Frida—. Bastaría entonces con estar de acuerdo contigo...

—Joseph Hansen, mi secretario, se está haciendo muy amigo suyo. Podemos hacer de él un buen elemento capaz de integrar la IV Internacional.

—Ya lo ve, Frida —dijo Natalia—, nuestro León chorrea inocencia. ¡Si quieres que te diga, a mí me parece un tanto raro tu Frank Jacson!

—¿Quieres que lo investiguemos? —preguntó Trotsky.

—¡Y por qué no!

—Mira, si me rehúso a que lo esculquen cuando viene a la casa, no es para ordenar una investigación. ¡Ésos son los métodos de Stalin, no los nuestros! ¡Los amigos que entran a esta casa jamás serán registrados!

—Pues a mí no me agrada. No me agrada nada.

—¿Y a usted, Frida? —preguntó insidiosamente Natalia.

—Quizá sí sea demasiado misterioso, lo reconozco —dijo Frida, y dirigiéndose a León—: ¿Entonces, mañana vienes a verme al taller o prefieres rehacer el mundo con Frank Jacson?

—Iré a verte —respondió León con la mirada invadida por algo parecido a una tremenda soledad—. Pero antes, quiero darte un regalo.

Natalia desapareció. No sabía de qué regalo hablaba Trotsky y prefería no saberlo.

Se trataba de un cuaderno forrado con cuero color rojo, cuya tapa llevaba grabadas en oro fino las iniciales «J.K.», y en la primera página, la siguiente dedicatoria: «No olvides nunca que creo en ti».

—Cuando te sientas sola, podrás dejar en él tus pensamientos, dibujar algo.

—Algo así como un diario íntimo.

—Sí, pero en relación conmigo, con nosotros. Cada vez que lo abras, recuerdos nuestros brotarán de sus páginas, y otros más entrarán. No será la casa de las palabras, sino el hogar de nuestras palabras.

—¿Porqué «J.K.»?

—Lo compré un día, mientras estaba en Londres, en un mercado de antigüedades. Algunos sugieren que fue propiedad de John Keats, el poeta inglés.

—Aquel que tanto habla de la «belleza terrible».

—No tenía idea. Pero te queda de maravilla: ¡Frida o la belleza terrible!

Frida estaba muy conmovida.

—Es un regalo magnífico, *my love.* Pero tú, cuando yo te doy algo, me lo devuelves: mi cuadro, la pluma fuente…

—He escrito un sinnúmero de cosas con tu pluma…

—¿Mañana, cuando vengas a verme, te llevarás de vuelta el *Autorretrato* que te obsequié?

—Está bien, lo prometo —respondió León, cuyos pensamientos eran atravesados inexplicablemente por dos recuerdos de su infancia que volvían a menudo, sin que supiera a qué se debía.

El primero había ocurrido en una época en la que, con dieciséis años, había ingresado al colegio Nicolaieff, vestido con un traje color *beige* oscuro de corte impecable que le confería un aspecto muy burgués. El segundo, más antiguo, el día en que su padre, queriendo inculcarle una combinación de alta cultura y una dosis de piedad, había encontrado un profesor particular para que le enseñase a leer la Biblia en su versión hebrea.

Estando a punto de subirse al auto que la llevaría de vuelta a su casa, Frida volteó y fue a darle un último beso a León, quien desatendiendo los consejos de sus guardaespaldas la había acompañado hasta el portón de acero de la entrada. La tomó en sus brazos sin poder evitar decirle:

—El destino me concedió una prórroga. Será corta; Stalin nunca renunciará a matarme.

Cuando llegó a la Casa Azul, la lluvia había cesado, pero el cielo estaba nublado y cubría la ciudad como si se tratara de una gruesa campana de vidrio opaco. La humedad se mantenía encerrada bajo esa tapa generando un calor de invernadero. Entonces tuvo la sensación de que los sonidos se hacían tenues y distantes y su respiración pesada, como en el ambiente artificial de los jardines tropicales. Surgió frente a ella, como si se hubiera tratado de un cuadro, la visión de un hombre risueño, algo burlón, de ojos claros y vivos resguardados por unos lentes de carey. Más bien alto, el hombre ostentaba su buena salud y una boca sensual. Su cabellera casi blanca —así como su barba de chivo afilada— estaba echada hacia atrás y grandes mechones alborotados la iluminaban con singularidad. Era para ella un rostro inolvidable, aún joven y enérgico, carente de cualquier amargura. El rostro de un hombre que amaba profundamente.

49

Había ordenado minuciosamente sus últimos cuadros, organizando en su taller una especie de exposición en cuyo centro, adornado con un listón que culminaba en un nudo enorme, parecido al de los huevos de Pascua, había colocado el *Autorretrato* de 1937 que León se llevaría de regreso. También había decidido moderarse en el consumo de *whisky*: tan sólo dos vasos para empezar el día.

León no le había dado una hora en particular. Simplemente le había dicho: «Mañana está bien, el 20 de agosto, así es, durante el día». Con oscuras masas nubosas aferrándose a las rugosas faldas del Popocatépetl y el Iztaccíhuatl, el día lucía un sol maravilloso que iluminaba todo el valle de la capital azteca. En el jardín, rosas, geranios, cactus y bugambilias resplandecían.

Para conjurar su inquietud, Frida pensó que podría seguir trabajando en su nuevo cuadro: *El espectro de Zapata en marcha.* Con un lago en el último plano, rodeado de cerros oscuros sobre los que zigzagueaban rayos distantes, y que se hubieran podido imaginar sacudidos por trombas borrascosas, la calavera de

Zapata conducía a todo un pueblo de campesinos con ropa de manta ensangrentada. En el rincón derecho del cuadro, una india se mantenía en cuclillas detrás de diminutas pilas de lo que deberían ser chiles, naranjas o cebollas, pero que en realidad eran órganos recién arrancados a los campesinos que seguían a Zapata y que eran atados a ellos por algo que parecía cordones umbilicales. En el rincón izquierdo, un viejo cantaba mientras tocaba la guitarra: sus pies eran raíces que se hundían en el suelo y su instrumento tenía forma de feto.

Empezó a pintar sin preocuparse por la hora y el paso del tiempo, absorta en la preparación de un nuevo aglomerante a base de goma damar, que tuvo que repetir varias veces hasta encontrar la dosis adecuada de pigmento. Deseaba obtener una textura brillante, para un «rojo más rojo que el rojo». Tras algunos intentos, encontró la solución: aumentar la porción de damar. Lo aplicó a sus frutas-órganos. «¡Tengo mi rojo veneno —celebraba—, tengo mi rojo veneno!». El día tocaba a su fin, y fue pasando progresivamente de la impaciencia a la tristeza y a la ira. «Ese Piochitas me va a dejar plantada», pensó, mientras se servía su décimo vaso de *whisky*. Pero bajo ningún pretexto lo llamaría. Así se había comportado siempre con los hombres. Jamás había llamado ella y no lo haría hoy tampoco…

Decidió recostarse en la cama un momento para descansar. Había estado trabajando sin parar. Mientras fumaba, contemplaba su cuadro. El espectro de Zapata reía con malicia, como si no estuviera conduciendo un pueblo sino que estuviera huyendo de él: aquél que había sufrido un millón de muertes durante la Revolución. Estaba desconcertada. ¿Qué buscaba decir realmente con aquella pintura? Había pintado el dolor, el amor, la ternura, la locura sin lugar a dudas ¿Pero este cuadro, qué decía en realidad? Se sorprendió susurrándose a ella misma: «¿Y qué más da? Me vale. ¡Quiero pintar, eso es todo!». Le pareció que a su cuadro le hacían falta unas calles moteadas de azul, blanco, rosa, lila, árboles de mangos, gallinas, guajolotes, muchachitas de faldas circulares y grandes rebozos. El viejo con la guitarrafeto entonó un corrido. Escribiría parte de la letra en un recuadro, cuando encontrara las fuerzas para levantarse y después de fumarse otro cigarro: «Se oyen sonar sus espuelas / sus horribles maldiciones / y, rechinando las muelas / cree llevar grandes legiones».

Pronto el canto del viejo fue cubierto por un bullicio espantoso. Una agitación estridente se apoderó del vecindario, como si una tropa estuviera cabalgando por las calles aledañas. Luego sonaron las sirenas características de las ambulancias de la Cruz Verde, seguidas por el rugido de las patrullas de la policía. Frida pensó que la guerra en Europa debía de ser así, con todo este ruido, esta agitación. Era como si toda la Ciudad de México estuviera presenciando un evento extraordinario e inquietante.

De golpe, un grupo de hombres armados irrumpió en la Casa Azul, procedieron a arrestarla brutalmente, sin darle tiempo de llevarse alguna prenda o hacer una llamada, le pusieron prácticamente las esposas y la arrojaron en una camioneta camuflada que cruzó la ciudad en un alarido ensordecedor de sirenas, con dirección al cuartel de la policía secreta.

Era de noche. Todas las farolas estaban encendidas.

50

Primero se imaginó que estaba teniendo una pesadilla o que había muerto y había ido a parar al infierno. Sin embargo, muy pronto pudo darse cuenta de la realidad: ese frío, ese hedor, esos ruidos constantes, todo le indicaba que se hallaba entre los muros del reclusorio central. Le trajeron un café. Le dieron permiso de fumar, pero a pesar de haber preguntado en repetidas ocasiones por qué motivos había sido arrestada, no le informaron de nada. Pensó: «¡Puta, los policías son todos unas pinches chinches apestosas! ¡Que se los lleve la chingada!».

Tras dos horas de espera, un policía vestido de civil entró a buscarla para llevarla a una habitación muy amplia y oscura, que más bien parecía una mezcla de gimnasio y vestíbulo de una estación de trenes. En su centro, iluminadas por un horrendo foco amarillento, pudo observar una mesa y dos sillas. En una de ellas se encontraba sentado el coronel Sánchez Salazar, el mismo hombre que la había interrogado el día del atentado contra Trotsky unos meses atrás. El jefe de los servicios secretos de la policía le señaló la silla invitándola a sentarse, sin levantarse o manifestarle la menor cortesía.

—¿Puede explicarme qué hago yo aquí? —preguntó Frida.

Impertérrito, mirándola directamente a los ojos, el coronel Leandro Sánchez Salazar respondió con mucha calma y con la autoridad natural que le confería su posición y rango. Fumaba pausadamente un purito negro cuyas volutas de humo se perdían en la alta bóveda del lugar:

—Usted es quien me va a explicar algunas cosas.

—No entiendo a qué se refiere.

—Claro que sí, ya lo verá. Por ejemplo, ¿podría hablarme un poco de Frank Jacson, alias Jacques Mornard?

—Apenas lo conozco.

—¿No es amigo suyo... amante suyo?

—Si tiene pensado hacerme sólo preguntas de esta índole, prefiero irme —dijo Frida mientras se paraba dispuesta a salir de la habitación.

—Acaban de intentar matar a Trotsky —soltó el coronel, fijándose detenidamente en la reacción de Frida.

Tambaleándose casi, sujetándose del respaldo de la silla para no caer, se volvió a sentar. Su cuerpo temblaba, sus ojos se llenaron de lágrimas, su voz se cerró. Apenas pudo pronunciar:

—¿Trotsky? ¿Trotsky?

—Sí. ¿Entonces qué sabe?

—¿Quién podría hacer algo semejante?

—Frank Jacson.

El coronel observaba a Frida, sus reacciones, sus gestos. Ella acababa de recibir un segundo impacto, como una segunda bala que le hubiera disparado un tirador emboscado en la oscuridad. Un dolor terrorífico le recorrió el cuerpo entero:

—¡Él no!

—¿Y por qué no?

—¡No puede ser!

—Y si quiere que le diga, no actuó solo, no planeó el ataque por sí mismo...

—No estará pensando...

—¿Que está usted implicada en todo esto? Demuéstreme lo contrario...

Con la cabeza entre las manos, sufría mil martirios.

—¿Cómo fue?

—Hoy, avanzada la tarde. Jacson-Mornard penetró en el estudio de Trotsky con el pretexto de mostrarle un texto que acababa de escribir. Mientras Trotsky leía el artículo, le asestó un golpe en la cabeza con un piolet, de frente. Según testigos, Trotsky se defendió y pegaba unos gritos horrorosos. Su mujer y sus secretarios acudieron de inmediato. Los guardaespaldas sometieron al agresor, desfigurándolo a cachazos, mientras Trotsky, con la cabeza ensangrentada, procuraba describir lo acontecido.

—¡Dios mío qué horror, qué horror!

Se desplomó al llegar el médico.

—¿Logró hablar? ¿Pudo decir algo?

—Dijo: «Natacha, te amo». Y también: «¡Es necesario decirles a nuestros amigos que estoy convencido del éxito de la IV Internacional...!¡Adelante!».

—¿Dónde se encuentra?

—En el hospital. Lo están operando en este preciso momento. Trepanación, etcétera.

—¿Pero, no se está muriendo, verdad? No puede ser... ¡No tengo nada que ver con esto, nada! —dijo Frida, añadiendo casi gritando—: ¡Quiero verlo! ¡Quiero verlo ya!

—Tranquilícese señora, tranquilícese... ¿Es verdad que lo vio en París, no es así? ¿Y lo volvió a ver en repetidas ocasiones aquí en la Ciudad de México, a este Frank Jacson...?

—¿Y qué?

—Sylvia Ageloff es conocida suya...

—¡Interróguenla a ella! ¡Ella es quien se iba a casar con Frank Jacson, no yo!

—En este momento no está en capacidad de responder: hospital, camisa de fuerza, sedantes, repite incansablemente que fue engañada, que Jacson la utilizó, que ya no quiere vivir. Que quiere que se muera, son sus propias palabras, él, Jacson. Que si Trotsky muere, será por su culpa. Que ella fue quien lo metió en la boca del lobo...

—¿Cómo se atreve a pensar que pude estar implicada de una forma u otra en esta infamia?

—Sabe, yo no soy más que un policía que se atiene a los hechos. ¿Y qué nos dicen los hechos? Que conoció usted en París a Jacson y a Sylvia, y que volvió a ver en México en varias ocasiones a Jacson y a Sylvia... Su relación con León Trotsky es bien sabida...

En ese instante sonó el teléfono. El coronel le dijo a Frida que debía ausentarse momentáneamente, que lo esperara, no tardaría.

Frida se levantó y miró por la ventana. Una agitación inhabitual se escuchaba alrededor del edificio de la policía. Una multitud espesa se había agolpado. Circulaban periodistas mexicanos y extranjeros por doquier, fotógrafos. Los automóviles y las motocicletas empezaban a entorpecer el ruidoso tráfico. El cuerpo de seguridad parecía estar a punto de colapsar.

Al cabo de veinte minutos, el coronel volvió. Su rostro era lívido. Trotsky había entrado en un coma profundo. Eran las seis de la tarde.

Frida fue escoltada hasta su celda. Tras ingerir una cena ligera, se durmió. Despertó por la mañana al entrar su hermana Cristina, arrestada ella también. Estaba furiosa. ¡Había dejado a sus hijos solos, la policía no se había apiadado en lo más mínimo y encima acababa de vaciar íntegramente sus dos casas! Lo poco que sabía lo había escuchado en el radio. Una muchedumbre inmensa se amontonaba, ya no frente al edificio de la policía sino alrededor de la clínica de la Cruz Verde. Poco más sabía sino el rumor según el cual Jacson, en la ambulancia que lo encaminaba al hospital, había confesado a la policía los motivos de su acto y había declarado que nada tenía que ver con la Gestapo.

—¡No hace falta ser adivino para saber que la OGPU está detrás de todo! —dijo Cristina, a quien de igual manera le causaba pavor pensar que podía ser Frank Jacson el asesino.

—¿Algo más? —preguntó Frida.

—Cuando las enfermeras se propusieron quitarle la ropa antes de llevarlo al quirófano, le dijo a Natalia, triste y solemne: «No quiero que me desvistan. Hazlo tú».

Frida estaba profundamente conmovida. Se imaginaba a su León ensangrentado, semiconsciente, pero empeñado en mantener intacta su intimidad, pidiendo que fuera la mujer que amaba, la que lo había seguido a todas partes, quien le quitara su ropa interior

—¿Y eso es todo? ¿No sabes nada más? ¿Otros pormenores?

Frida era insaciable. Hubiera deseado saberlo todo, tener un conocimiento total de estos sucesos dramáticos. ¿Y qué pasaría si no volvía a ver a su querido amigo ruso? Esta posibilidad no tenía cabida en su mente.

—No, nada más —dijo Cristina, cambiando inmediatamente de opinión—. ¡Ah, sí! La policía descubrió que la dirección profesional que declaró Frank Jacson era en realidad la del taller de Siqueiros...

—¡Hijo de puta, desgraciado! ¡Y siguen sin encontrarlo!

Poco después Cristina fue llamada a su vez para ser interrogada. Al igual que Frida, no había nada que reprocharle. De regreso a su celda iba acompañada por el coronel Leandro Sánchez Salazar. Con un puro en la mano lanzó una mirada de desprecio hacia las dos mujeres en llanto, desesperadas por la perspectiva de quedarse una noche más encerradas y sobre todo por saber que los hijos de Cristina se encontraban solos y sin alimento.

—No saben siquiera a dónde me han llevado, y no tienen nada de comer —dijo Cristina, rogándole al policía que les devolviera su libertad—. No somos culpables de nada, ni del asesinato ni de los balazos.

El coronel sonrió, mordisqueó su puro que se sacaba de la boca y volvía a introducir entre cada bocanada, cual un niño entreteniéndose con el chupete. Por lo visto, estaba encantado con la situación.

—Está bien, pueden regresar a sus casas, pero quedan a disposición de la justicia. —Y volteando a ver a Frida—: Dígale al muy valiente de Diego Rivera que ya puede salir de su escondite en San Francisco, nadie lo va a buscar, ni los comunistas, ni los trotskistas, ni la policía…

51

La Casa Azul era siniestra. La habitación en la que pensaba exponer sus cuadros no había cambiado. Todo seguía como lo había dejado. El *Autorretrato* presidía en medio del taller en un silencio espeso. Hacía apenas unas horas Frida se encontraba en aquel lugar esperando a que entrara León. Quizá ésa había sido la última vez que lo esperaría. El teléfono sonó en numerosas ocasiones. No contestó. Eran algo más de las siete y media de la noche. Se sirvió un primer vaso de *whisky*, y después otro. A las siete cuarenta, el teléfono volvió a sonar. Esta vez levantó el auricular, ¡que pare esa escandalera!

—¿Frida Kahlo?

La voz parecía venir desde ultratumba, pero le sonaba familiar.

—Soy el coronel Leandro Sánchez Salazar.

—¿Y piensa seguir chingando mucho tiempo aún?

La voz era titubeante y solemne al mismo tiempo:

—Le llamo acerca de León Trotsky.

—¿Y ahora qué?

—León Trotsky no sobrevivió a la operación. Falleció a las siete veinticinco.

Frida dejó caer el vaso de *whisky* que tenía en la mano, derramando una parte sobre su falda. Enmudecida, escuchaba aturdida el parte médico que le recitaba el coronel:

—Un hematoma subdural... líquido filtrado en la lesión... amplio orificio de dos centímetros por siete de profundidad... pérdida de materia cefálica... seccionado con bisturí... el cerebelo y el bulbo raquídeo...

El coronel prosiguió con su letanía mórbida al vacío, Frida soltó el auricular que estuvo balanceándose unos instantes antes de volver a colocarlo en su lugar. Se quedó postrada parte de la noche hasta que tomó la decisión de llamar a «esa basura de Diego, ¡para que pague!». Sonó sólo dos veces antes de que el mismo Diego contestara. No lo dejó hablar:

—¡Mataron al Viejo! —le gritó ella—. ¡Desgraciado! ¡Imbécil! ¡Todo es culpa tuya! ¡Está muerto! ¿Por qué lo trajiste a México? ¡Idiota! ¡Basura! ¡Por tu culpa! ¡Tu culpa!

Enloquecida, Frida gritaba en el teléfono, tomando hondas respiraciones entre insulto e insulto. Luego, progresivamente, recobró la calma. Diego, del otro lado del teléfono, oía su respiración regularse, su llanto apagarse.

—¿Friducha?

—¿Friducha qué?

—Muchos llorarán su pérdida.

—¿Y tú no?

—Para serte perfectamente franco, su presencia en el país empezaba a alterar el buen entendimiento entre los mexicanos. Demasiados clanes, demasiadas divisiones, demasiadas luchas intestinas.

—¡Qué bueno que lo digas tú!

—¿Y por qué así?

—¡Estás bien a gustito escondido en San Francisco! ¡Con tus dos putas!

—¿Y entonces, qué? ¡Tengo derecho! Por lo menos esta vez no podrán sospechar de mí. El 20 de agosto me encontraba pintando un fresco en medio de la Exposición internacional del Golden Gate...

—¡Pero si nadie te está acusando de nada!

—Como sea, pero parece ser que la policía ha tomado posesión de San Ángel, que me robaron el reloj de péndulo que me regalaste, dibujos, acuarelas, cuadros, ropa incluso...

—Un hombre murió hoy y tú me hablas de un reloj de péndulo. ¡Un hombre al que alojamos en nuestra casa! ¡Un hombre que fue nuestro amigo, y tú vienes a jorobar con tu maldito reloj!

Diego no contestaba, dejando pesar un silencio enojoso al otro extremo. Frida prosiguió:

—En fin, ya nada te impide regresar. Ya no eres ningún fugitivo. Ya no te expones a ningún peligro. ¡Podrás dormir con la conciencia tranquila en México!

—No he terminado mi fresco, y además... temo que pueda haber represalias.

—¿Represalias? ¿Por parte de quién?

—¡De los trotskistas, por supuesto! Claramente me dieron a entender que sospechan mi participación en el atentado. ¡Para serte perfectamente sincero, te diré que contraté a un guardaespaldas armado que no se baja nunca del andamio en el que pinto!

Frida estaba exasperada. La tenían todos harta, que se fueran al diablo. Lo que deseaba era algo imposible de obtener: ¡que León regresara, y salir a dar paseos con él, hablar por horas los dos, que la tocara como sólo él sabía hacerlo, que le siguiera escribiendo mensajes y los deslizara en los libros!

El teléfono estuvo sonando buena parte de la tarde y entrada la noche, hasta que decidió desenchufarlo. Quería permanecer sola ante el fantasma de León y el *Autorretrato,* que tenía mucho de él, puesto que a él se lo había regalado. León había muerto y su tristeza era infinita. No pintaría nunca más, no amaría nunca más, se dejaría morir. Alcanzó el cuaderno rojo estampado con las iniciales J.K., el último regalo que le hubiera hecho León, lo abrió en la primera página y se puso a escribir unas palabras. Escribió sobre su vida afectiva complicada, de su divorcio con Diego, la muerte de su padre ocurrida unos cuantos años atrás, sus diferentes embarazos que nunca dieron frutos, y sus problemas en la columna vertebral, que ahora la torturaban más que nunca. Luego, en la página siguiente, escribió repetidamente, con tinta carmín y en mayúsculas: «TROTSKY TROTSKY TROTSKY TROTSKY», dibujó en una esquina un rostro amarillo con los contornos verdes, y en otra página se dispuso a escribir con tinta azul, entre comillas y en verso, su propio relato de la muerte de Trotsky:

Recibió en su cuarto de hombre solitario,
a un traidor con orden de asesinarlo,
Recibió por la espalda,
Mientras se inclinaba,
sobre un artículo de mierda,
la última estocada.
El traidor era de la OGPU,
de sus sueños Belcebú.
El piolet perforó en su cerebro,
siete centímetros para adentro.
En la ambulancia que recorría la ciudad,
vio farolas prendidas en la oscuridad.
Murió al otro día,
sus bolsillos llenos de ceniza.

En el espacio que quedaba libre, escribió:

mi León
YO —quisiera ser— LA
PRIMERA MUJER
de tu
V
I
D
A.

52

Las exequias de Trotsky fueron organizadas al siguiente día de su muerte. Más de doscientas mil personas acudieron a visitar el cuerpo expuesto en la sala grande de la empresa funeraria Alcázar, en el centro de la Ciudad de México. La estupefacción general hacía que pareciera que era todo un país el que se despedía del líder asesinado. Según la tradición mexicana, el cortejo fúnebre se puso en marcha, siguiendo a paso lento el féretro abierto, cruzando las principales avenidas de la ciudad y los barrios obreros en dirección al panteón. Un gran número de trotskistas y de católicos practicantes bordeaban el camino, pero más aún los trabajadores de las minas y campos petroleros, los miserables, los hombres y mujeres harapientos, los campesinos de Michoacán y Puebla, los pobres, los olvidados, venidos desde muy lejos, todo un pueblo en llanto deseando manifestar su presencia y lanzar un último adiós a quien consideraban como uno de los mayores líderes de la más grande revolución del siglo. En el panteón se pronunciaron discursos vengativos, se cantaron corridos, se vituperó a la prensa soviética y sus cómplices mexicanos que habían tildado a Trotsky de «asesino, traidor y espía internacional» y su muerte de «final indecoroso».

Habiendo manifestado los trotskistas americanos su intención de llevarse el cuerpo a los Estados Unidos, el ataúd fue traído de vuelta a los locales de la funeraria Alcázar, donde permaneció cinco días más esperando la respuesta del Departamento de Estado, la cual, como era de esperarse, fue una negativa: otorgar un visado a los restos de un revolucionario era exponerse a que la propaganda comunista, aun en su vertiente «infantil», se anclara un poco más en territorio norteamericano.

El 27 de agosto, el cuerpo fue incinerado en el crematorio del Panteón Moderno, y sus cenizas enterradas en el patio de la fortaleza de la avenida Viena. Sobre la tumba se colocó una pequeña piedra blanca de forma rectangular y encima de ella se izó una bandera roja. Frida, fulminada por el dolor, víctima de una terrible depresión, no tuvo fuerzas para poder asistir a ninguna de estas ceremonias.

Borracha de alcohol y sedantes, presa de pensamientos suicidas, preguntándose si su pintura aún tenía sentido, se pasaba días enteros vagando en su taller. Los dolores de espalda se habían reactivado. Para intentar calmarlos, los médicos le habían enjaezado un corsé de yeso, la habían atado a una espantosa máquina plomeada en un extremo y le habían impuesto un mecanismo horrible que le trababa la barbilla y el cuello. Sufría los mil demonios, física y moralmente; un infierno indescriptible. Había perdido casi siete kilos en apenas unos cuantos días y decía que sentía «pudrirse por dentro». Para rematar las cosas, los especialistas que se ocupaban de ella habían decretado que padecía de tuberculosis osteoarticular, consecutiva al accidente de tranvía, y recomendaban una intervención quirúrgica inmediata. Unos días antes de la operación recibió una llamada por parte de su amigo Leo Eloesser, jefe de servicio del St. Luke's Hospital de San Francisco. Había estado hablando seriamente con Diego:

—¿Y eso por qué debería importarme? —le respondió Frida.

—Creo que no pueden estar el uno sin el otro. A ambos les gusta la pintura, a ti los hombres y las mujeres en general, a él las mujeres...

—Sí, pero estoy sufriendo demasiado, Leo.

—Piénsalo. Diego jamás será monógamo, esa idea es una idiotez antibiológica.

—Es un chivo que me está matando de celos.

—Entonces, ahoga esos celos en el ardor de tu trabajo, en la pintura, la enseñanza, lo que sea. Dicta tus condiciones. Dile a Diego cuáles son los límites infranqueables, hasta dónde puede llegar, y vuelvan a empezar con bases nuevas.

—¿Estás sugiriendo que nos volvamos a casar?

—¿No es acaso lo que quieres?

—Francamente, ya no sé qué es lo que quiero. Siento demasiado dolor, todo el tiempo, en todas partes, la muerte de León me está matando y la perspectiva de esta operación de mierda está arrasando con lo que queda de mí.

—Es impensable que te dejes despedazar por esos salvajes. Ven a San Francisco. Diego sufre por verte sufrir. Es tan infeliz el pobre. En otras palabras, está dispuesto a recibirte en su casa.

—¡Junto con la húngara y la Goddard, no gracias!

—La «húngara» se marchó hace tiempo ya y su relación con Paulette está por los suelos.

A principios de septiembre aterrizó en el aeropuerto de San Francisco el avión que transportaba a Frida: Diego y Leo habían acudido a recibirla.

53

Hacía tiempo que no veía a Diego. No había cambiado en absoluto: igual de monstruoso, infumable, irresistible, pueril, tiránico, gracioso. Pero en esta ocasión le pareció más atento, más considerado. «¿Tan mal me veo?», acabó por preguntarle Frida. Él no le contestó y la tomó en sus brazos, como solía hacerlo en ocasiones. Estuvieron así algunas horas en su departamento situado en la zona alta de San Francisco. Los dos se esforzaron por no hablar de Trotsky y de una posible boda, pero ambos sabían que esas cuestiones estaban allí, latentes, y que sin duda en los días por venir tendrían que ser abordadas de frente. Lo esencial era otro asunto. Frida se encontraba allí, antes que nada, para cuidar de su salud. Leo Eloesser quería examinarla en cuanto antes.

A los pocos días fue admitida en su servicio, en el onceavo piso del gran edificio cuadrado del St. Luke's Hospital, situado en el número 54 de la calle Cesar Chavez.

Tras una serie de exámenes —punción lumbar, radiografías, inyección de Lipiodol—, Eloesser descartó el diagnóstico alarmista de sus colegas mexicanos: la tuberculosis ósea en realidad era una poderosa infección renal que provocaba irritación de los nervios de la pierna derecha, además de una anemia severa. Lo que necesitaba Frida ante todo era descanso absoluto y frenar por completo su consumo de alcohol, todo esto respaldado por una electroterapia y un tratamiento a base de calcio.

Aunque los hospitales rara vez son lugar de regocijo, Frida, conforme pasaban los días, se sentía nacer de nuevo, su salud mental y física mejoraba considerablemente e incluso sentía de nuevo deseos de pintar. Recibía atención, era consentida, amada, sentía que finalmente podía descansar tras todos esos años de dolores y crisis. Diego iba a visitarla con frecuencia, y poco a poco la perspectiva de una boda se filtraba en sus conversaciones por pinceladas delicadas, sobre todo en boca de Diego, dicho sea de paso.

¡Un día le declaró que estaba tan feliz de verla que estaba dispuesto a aceptar todas sus condiciones!

—Y cuando hayas aceptado todas mis condiciones, nos uniremos para siempre, ¿es así?

—Sí, es exactamente así —contestó mientras la besaba en la boca, cosa que no había hecho en tanto tiempo.

El 4 de octubre, Diego entró en la habitación del St. Luke's Hospital, levantando una botella de champán en una mano y el periódico en la otra. Él, quien, por no decir más, había obviado llorar la muerte de su antiguo camarada, gritaba por toda la habitación:

—¡Trotsky! ¡Trotsky!

Frida, quien se encontraba pintando una pequeña naturaleza viva, *Naturaleza viva del corazón arrancado*, soltó su paleta y dirigió su mirada hacia Diego, con expresión dubitativa. ¿Qué habría venido a decirle su rey-sapo? Llevaba unos días sin pensar en León, sin que las imágenes de su muerte le nublaran la vista. Era como un cañonazo que la hubiese sacudido brutalmente:

—¡Por fin lo agarraron, al desgraciado!

—¿Pero de quién hablas?

El hombre que sucesivamente habían presentado en la prensa como «héroe perseguido por la burguesía», como «medio loco», «aventurero irresponsable», incluso como «traidor vendido a Trotsky», acababa de ser arrestado.

—¡De David Alfaro Siqueiros, el desgraciado!

Frida soltó en llanto, pidiendo a Diego que le mostrara el periódico. Quería tocarlo con sus dedos, ver con sus propios ojos el artículo que relataba el increíble suceso. Un titular ocupaba la primera plana: «Siqueiros cae en Hostotipaquillo». La persecución había durado varios meses. Con su minucia característica, el coronel Leandro Sánchez Salazar había cuidadosamente rastrillado el territorio jalisciense en toda su extensión. Él y sus hombres, disfrazados de vendedores de baratijas, de campesinos, de obreros agrícolas, habían visitado cada una de las haciendas, entrado en cada una de las iglesias y confesado sus pecados, entrado a cada una de las peluquerías y solicitado un corte de cabello, incluso se hicieron pasar por agentes electorales dado que el estado de Jalisco estaba en vísperas de celebrar elecciones municipales. De este modo, el 4 de octubre, Siqueiros cayó en manos de la policía, al bajar al pueblo para encontrarse con militantes comunistas en casa del secretario del alcalde.

—¿Vieron lo que dijo aquella bazofia? ¿Vieron? —repitió Frida—: «Considero mi participación en el ataque del 4 de mayo y el asesinato de Robert Sheldon, uno de mis mayores logros». ¡Desgraciado! ¡Perro!

Viendo que Frida empezaba a agitarse en exceso, Diego destapó la botella de champán para crear distracción. ¡Había que celebrarlo! Un día como ése era demasiado excepcional como para seguir al pie de la letra las recomendaciones del médico, ¿o no? Frida sonrió, se apoderó de la botella, y bebió directamente de ella, luego se detuvo habiendo reparado en un hombre apostado en el umbral de la puerta, disimulado en la penumbra, y que por lo visto no sabía si entrar o no.

—Entra, entra —dijo Diego, quien habitado por la euforia del momento había olvidado por completo presentar al joven que lo acompañaba.

Frida, con la botella de champán en la mano, lo inspeccionó visiblemente turbada.

—Heinz Berggruen —prosiguió Diego—, un eminente coleccionista y marchante de arte que huyó de la Alemania nazi y es el actual encargado de relaciones públicas de la Exposición del Golden Gate. Se moría por conocerte.

—Lo confieso —dijo el hombre, casi ruborizado.

Algo estaba ocurriendo. Algo que Diego había anhelado, una especie de antídoto a la tristeza de Frida, como un contrapeso al tedio hospitalario. Heinz era bien parecido, de porte casi femenino, un ser poético, frágil, romántico, lo contrario del brío teatral y telúrico tan insistente de Diego. Frida, en el instante mismo en que aquel hombre delgado con ojos bellos de niña salió de la penumbra, había sido conquistada. Diego estaba feliz. Heinz podría volverse el amigo impecable y atento que necesitaba Frida mientras permaneciera internada, una suerte de confidente, de loco enamorado acomedido, que no supondría competencia alguna para él. Con excesiva solemnidad depositó en manos de Heinz el cuidado de Frida.

Lo que Diego en su perversidad demoniaca no había contemplado era que Heinz verdaderamente sucumbió a los encantos de Frida en cuanto la vio, aun estando en cama y debilitada por los tratamientos que la mantenían aturdida; y que Frida, encantada al percatarse que aún era capaz de despertar deseos tan intensos, loca de contenta por descubrir lo atractiva que aún resultaba ser, sintió por Heinz una pasión irresistible. Diego, ocupado con su pintura, le abría el camino. Heinz fue a visitar a Frida diariamente durante el mes que estuvo hospitalizada. Y aunque no se tratara del lugar soñado para un romance, los jóvenes amantes —ella tenía treinta y dos años, él veintiséis— compartieron en aquellas instalaciones momentos de intensa carga erótica, acrecentados por la presión del reglamento que prohibía a los pacientes encerrarse en sus cuartos. La vista desde el corredor representaba una amenaza que aguijoneaba aún más sus juegos amorosos puesto que en todo momento podían ser sorprendidos por un médico o una enfermera. Frida jamás había conocido semejante grado de excitación y Heinz se entregaba con pasión desbordante y la fogosidad animal de un lobezno enloquecido, que no se cree que sea posible hacer suya día con día a una de las figuras más aduladas del momento.

Tanto fue así que al término de su convalecencia, Frida, en vez de regresar con Diego, partió hacia Nueva York con el pretexto de coordinar la nueva exposición que Julien Levy le había propuesto organizar el año siguiente. En verdad, acudía a encontrarse con su amante, en el Barbizon Plaza, un hotel de lujo del que había salido inconsolable hacía menos de un año tras consumar su ruptura con Nick Muray.

El otoño neoyorquino, más llevadero por los tonos cálidos del veranillo de San Martin, fue para Frida, por lo menos durante las primeras semanas, un momento de auténtica felicidad. Heinz, perdidamente enamorado, la llevaba a todos los lugares que a ella le gustaban, y le hacía descubrir otros que eran importantes para él. Paseos por Central Park, charlas sin fin en las terrazas de los cafés de Little Italy, cenas en las pequeñas fondas del Lower East Side, presencia asidua en las fiestas que organizaban Julien Levy y el mundillo del arte. Su complicidad era doblemente sincera, puesto que ambos se consideraban extraños por tierras estadounidenses. Cualquier cosa les provocaba risa. Hallaban a los habitantes de «Gringolandia» un tanto curiosos, extravagantes, y los contemplaban con un mismo humor mordaz, la misma distancia, por momentos con cierta superioridad; por nada en el mundo hubieran querido vivir como lo hacían ellos.

Y sin embargo, poco a poco su relación se fue desgastando. Heinz se volvía celoso, posesivo, no entendía que Frida necesitaba un brazo firme en el cual apoyarse. Heinz era un hombre divertido, liviano, pero demasiado frágil y soñador. De cierto modo, ambos eran muy similares, iguales. Frida esperaba de Heinz que la protegiera, Heinz esperaba de Frida más amor, más compromiso. «No me amas como yo te amo. ¡No estás dispuesta a dejarlo todo por mí!», le dijo en una ocasión. Se limitó a mirarlo con ternura y levantar los ojos al cielo. Heinz sufría. Heinz era infeliz. Se daba cuenta de que esa historia se estaba apagando.

Infeliz, también lo era a su manera Diego hallándose a cinco mil kilómetros de distancia. Echaba de menos a Frida. Le llamaba a diario por teléfono, se hacía insistente, de nuevo lo dominaban los celos. Una llamada en medio de la noche le dio un vuelco a la situación. Ya habían hablado en más de una ocasión aquel día. Eran las tres de la mañana. Heinz y Frida acababan de regresar de una fiesta que había dado el pintor cubano Guido Llinás, quien en sus grandes cuadros negros reinterpretaba los trazos secretos de la santería. Heinz contestó al teléfono:

—Sí, Diego, aquí se encuentra. Sí, te la paso.

Primero, Frida se limitaba a responder con monosílabos, soltando un «sí», un «no». Pronto, Heinz tuvo la sensación de estar de más en aquel lugar, que su presencia entorpecía la conversación. Frida no pretendió negarlo. Dolido, abandonó aquella habitación. Exiliado en el cuarto de baño, sólo alcanzaba a oír la mitad de lo que se decía, pero percibía lo esencial. Frida reía, dejaba escapar suspiros, susurraba en el teléfono. Antes de colgar, escuchó que repetía varias veces: «Yo también te amo. Yo también te extraño». Cuando entró por él al baño, vio en su rostro que ya todo estaba acabado.

—¿Irás a buscar a Diego, verdad?

—No tiene sentido, lo sé.

—¿No has sufrido lo suficiente con él? ¿Qué buscas? ¿Qué es lo que quieres? ¿No pretenderás volver a casarte con él?

—Sí, tal vez...

Heinz estaba al borde del llanto. Su mundo se derrumbaba. Qué tonto había sido al pensar que podría medirse con aquellos monstruos. Frida y Diego, las dos cabezas de una misma bestia voraz, capaz de aniquilar a quienes se les acercaran.

Frida dio un paso hacia Heinz, se acurrucó contra él. Sentado en la orilla de la bañera, bajo la luz blancuzca de la lámpara, escuchó lo que le decía Frida:

—Seremos amigos, Heinz, te necesito. Necesito que sigamos siendo amigos.

—Como Alejandro, como Noguchi, como Nickolas, como madame Breton. No, si nos separamos, jamás volveré a verte.

—No digas eso —murmuró Frida, quien no se percataba del loco dolor que aquejaba a su joven amante.

—¿No puedes evitar cogértelos a todos, verdad? ¡A mujeres y hombres!

—No seas ordinario, ¿quieres?

—Como a Trotsky, como a su guardaespaldas, incluso a su asesino, según se dice por allí.

—Si no te callas, pobre diablo, si vuelves a pronunciar el nombre de Trotsky, tendré que clavarte este fierro en el estómago —dijo Frida, alcanzando uno de los cuchillos que se encontraban en la bandeja que habían pedido en recepción.

Esa noche fue corta. Frida, quien había dormido sola en la cama, mientras Heinz se había quedado en el sofá, dejó el hotel a primera hora. Heinz dormía aún. Tenía cita con Julien Levy, quien recientemente le había comprado varios cuadros. De regreso al hotel, a media tarde, Heinz se había marchado, dejándolo todo pagado. No había dejado ningún mensaje.

Llamó a Diego para informarle que pronto estaría en San Francisco y que «era necesario hablar». Después mandó un telegrama al doctor Eleosser, en el que le pedía que le reservara una habitación en un hotel «no muy lujoso», porque no tenía mucha «plata», para el día 28 de noviembre. Le rogaba la mayor discreción en cuanto a su fecha de llegada puesto que no quería bajo ningún pretexto tener que asistir a la inauguración del «mugroso fresco de Diego», y menos aún «encontrarse con la Paulette y demás rameras». Eloesser en su respuesta le aseguraba que la estaría esperando y que ponía su casa a disposición suya.

54

Cabe preguntarse quién de los dos estaba más sorprendido, Frida o Diego, al encontrarse así uno frente al otro en la casa de San Francisco. Frida estaba feliz. Había vivido en Nueva York semanas de absoluta libertad, se había reencontrado con viejos amigos, había conseguido vender algunos cuadros, incluso sus dolores físicos habían desaparecido por un tiempo, y en cuanto a la ruptura con su hermoso judío-alemán, quien afirmaba no ser «ni francés, ni alemán, ni europeo, aun cuando la nacionalidad europea sea para mí un sueño», no sería la primera, ni la última.

—Te extrañé tanto, Friducha mía.

—Y yo a ti —respondió Frida, dándose cuenta en ese momento que el más sincero de los dos era sin duda Diego.

—Realmente necesito que estés conmigo.

Frida miró a Diego como hacía mucho tiempo no lo hacía. En el fondo, él era un ser triste que necesitaba una fuente de calor donde buscar consuelo, un sol que le diera vida. Por momentos hijo, por momentos amante y por otros marido, no toleraba que lo amaran de vuelta, que lo cuidaran, que lo acompañasen, cuando era justamente todo lo que pedía. ¿Por qué había regresado? ¿No estaría cometiendo el error de encadenarse de nuevo a un ser que por poco la había destruido?

—Sí estamos pensando en casarnos de nuevo, ¿no es así?

—Sí.

—Entonces, quiero dictar mis condiciones.

—Mi amor, estoy tan feliz por tenerte de nuevo conmigo que aceptaré lo que tú digas.

Frida sonrió:

—Para empezar, quiero mantenerme sola con el dinero de mi propio trabajo.

—De acuerdo.

—Quiero pagar la mitad de los gastos de la casa.

—Está bien.

—No quiero volver a tener relaciones sexuales contigo.

Diego dudó un instante antes de responder. Por lo visto esa cláusula no lo convencía del todo. Habría preferido un poco de flexibilidad.

—No, Diego. Nada, no me vuelves a tocar.

Él insistió:

—Pero, veamos, ¿por qué así?

—¿Por qué? Porque cada vez que hago el amor contigo, la visión de todas las demás mujeres que te cogiste pasará por mi mente. Allí estarán todas, jorobándome, patas arriba. Empezando por mi hermana.

—Cristina es cosa del pasado.

—Jamás lo olvidaré, Diego. No me importa volver a ser tu mujer pero aquella historia con mi hermana jamás la olvidaré.

—Está bien. No habrá sexo entre nosotros.

—En cambio, ambos recobramos nuestra libertad absoluta. Me acuesto con quien yo quiera, mujeres, eso te vale, incluso me imagino que puede excitarte, y hombres, y no les sacarás nunca tu maldita fusca.

—Lo que tú digas, Friducha.

Se planeó la nueva boda con fecha del 8 de diciembre, en la Ciudad de México, puesto que Diego, disculpado de cualquier cargo en el intento de asesinato de Trotsky y en su asesinato efectivo unos meses más tarde, podía volver a casa con toda tranquilidad. No lo inquietaría ni la policía, ni los militantes trotskistas pidiendo venganza.

Cuando el DC-2 de la Pan American World Airways se posó en el aeropuerto de la Ciudad de México, Frida salió del letargo que la mantuvo apagada durante todo el viaje. Sus dolores en la pierna habían vuelto y se había tomado unos sedantes que la hundieron en un profundo sopor. Se figuraba que era una anciana solitaria, dedicándose a las actividades sencillas que no interesan a nadie: regar las plantas, alimentar a los pájaros, abastecerse en el mercado de la Merced, detenerse a rezar en el Zócalo, lo cual era absurdo, preparar comidas sencillas; frijoles refritos, jitomates, tortillas, rajas.

Cuando se detiene el DC-2 en la pista del aeropuerto de la Ciudad de México, Frida, semiconsciente, avista a un hombre que debe de ser su marido y que se acerca a ella. Se parece muchísimo a Diego Rivera quien le dice:

—¡Caray, pareces una vieja reina solitaria, olvidada por todos!

55

El 8 de diciembre de 1940, quincuagésimo cuarto aniversario del nacimiento de Diego, aquellos que sus amigos habían apodado los «monstruos sagrados» se casaron por segunda vez. Muray, quien viniera de Nueva York, pero sin su esposa, estuvo a cargo de fotografiar la ceremonia. En uno de los fotogramas se puede apreciar a Frida ataviada con su traje de tehuana, que llevaba dos años sin ponerse, y a Diego, obeso animal dionisiaco, sostener en una mano la mascarilla de protección que frecuentemente llevaba puesta en la cima de sus andamios.

La tregua fue de corta duración. Mientras avanzaban por el camino invadido por un polvo gris denso, en dirección al edificio de ladrillo rojo en el que habían citado a todos sus amigos para festejar el evento, una disputa estalló. Mientras Diego bromeaba mencionando a las mujeres que lo buscaban, asegurándole que para él no tenían la menor importancia y no eran más que una «distracción cualquiera» —gitanas pretendiendo ser modelos, asistentes con «buena disposición», discípulas «interesadas en el arte y la pintura», jóvenes alocadas buscando vivir sensaciones fuertes—, la conversación se desvió, sabe Dios cómo, hacia la política: Diego le reprochaba a Frida no militar lo suficiente, siendo miembro del Partido Comunista agregando que él, que había sido expulsado, estaba mil veces más implicado en la vida política del país. La cuestión central de la querella fue la firma de una petición en torno a la Paloma de la Paz, cuyo propósito era denunciar las injusticias que aún imperaban en México. Subió el tono y la disputa rápidamente alcanzó proporciones inquietantes. Para cualquier persona ajena a la intimidad de la pareja, aquella violencia verbal, por momentos gestual, hubiera podido pasar por un síntoma de un desacuerdo profundo. Pero era bien sabido por todos los presentes que los Rivera siempre estaban en crisis. Casados, divorciados, vueltos a casar, daba lo mismo, si no era en torno a su amor, era en torno a su salud, sus finanzas, su vida sexual, su pintura u otra cosa cualquiera...

La velada finalmente aconteció como era de esperarse. El barrio entero participó en la fiesta. Hubo fuegos artificiales, bailes, cantos, el tequila abundaba y Frida, como de costumbre, deformó las letras de una canción célebre para componer una muy propia, en la que decía que amaba a su hombre más que a su mismísima piel, y que a pesar de que no era amada de igual manera, sabía que sí la amaba un poquito y eso era suficiente, ¡pero que por ningún motivo lo invitaría a su cama y que para eso tendría que remojar su tamal en otro atole!

Mientras la mañana se levantaba, Frida, quien había estado bailando toda la noche, le dedicó a Diego un último zapateado endemoniado y fue a sentarse bajo la mirada atónita de un muchacho que no le había quitado la mirada en toda la noche, sin decir palabra. De él no se sabía nada más que era profesor de francés, que componía versos y acababa de llegar a México. Borracho, como debía de estarlo, Diego lo sacó a bailar. Ante el rechazo cortés del joven, sacó su pistola, se la colocó en las narices insistiendo en que el zapateado era un baile a fin de cuentas bastante sencillo y que él se lo enseñaría. Fueron necesarios unos cuantos balazos dirigidos a los pies del joven rebelde para que éste accediera a la proposición del novio. Al terminar el baile, Diego lo botó por allí, no sin antes preguntarle cuál era su nombre, como lo haría con una muchachita al terminar la pieza. «Benjamin Péret», respondió mientras se alejaba cabizbajo entre risotadas procaces y albures malos. Así terminó la fiesta. Frida estaba mortificada. En el fondo, nada había cambiado: sentía tantos celos como antes y Diego seguía siendo tan odioso con los jóvenes que se atrevían a manifestarle cualquier interés.

Prefiriendo no pasar la noche juntos, los recién casados regresaron cada uno a su casa. Diego hizo una parada en San Ángel antes de volar a San Francisco para seguir con su fresco, y a Frida alguien la acompañó hasta la puerta de su casa. Con la botella de *whisky* en la mano, se paró frente al cuadro que le había regalado a Trotsky, lanzando atronadoramente: «¡Salud, Piochitas, acabo de cagarla en grande!», y fue a tirarse en un sillón con su diario. En la página izquierda dibujó una recién casada con alas y un agujero rojo enorme en lugar del corazón, y escribió en la página de enfrente: «No creo en las ilusiones. La vida es una farsa».

En las semanas que siguieron fueron emprendidas importantes obras de renovación. El taller de Frida fue ampliado, amputando un poco las demás habitaciones, se acondicionó una recámara para Diego y los muros de la casa fueron pintados de nuevo de azul cobalto.

Regresando de California, Diego, quien se había ido a trabajar a Treasure Island al siguiente día de haberse casado, acabó por instalarse en la casa de la calle Londres, aunque mantuviera su casa de San Ángel. Una nueva vida empezaba. Frida descubría talentos propios que desconocía y se comportaba como toda una ama de casa, dedicándose a las tareas del hogar, haciendo limpieza, cocinando, yendo al mercado con su hermana o con una amiga para comprar frutas y verduras, guisándole a Diego sus platillos favoritos, llevando la dedicación hasta adornarle su recámara con flores y cojines bordados, y aceptando escuchar su «pinche música clásica». Por su lado, Diego aceptaba acompañarla a ir a ver las peleas de box que a ella le fascinaban, pero que él odiaba.

Se fue organizando una vida en común. Diego y Frida se sentaban juntos a comer a la mesa, acudían al taller del otro para admirar sus últimas creaciones, abrían el correo indiscriminadamente, leían y comentaban lo que se escribía en la prensa. En definitiva, dirían unos, en la Casa Azul se respiraba como un aire de felicidad permanente, de alegría de vida, debida en buena medida al temperamento de Frida quien la había engalanado con guirnaldas irisadas, se esmeraba en componer hermosas mesas para recibir a sus amigos, colocando aquí y allá tazones llenos de frutas o inmensos ramos de flores, pretextando cualquier motivo para sacar la vajilla más hermosa, abrir una buena botella de vino, cocinar un platillo tradicional vigorizante. Frida, en cuanto podía, soltaba a sus invitados el mismo discurso que venía puliendo: «Este segundo matrimonio está funcionando a la perfección. Casi no peleamos, y en lo que a mí atañe, por fin he aceptado que la vida es así, que hay que saber aceptar lo bueno como lo malo. Lo demás son chingaderas».

Pero aquella felicidad lo era sólo en apariencia. La situación económica de Frida no mejoraba, sus obras se vendían poco, y en cuanto a salud se refiere, seguía endeble, lo que le reservaba «amargos momentos». Exhausta, aquejada nuevamente por dolores de espalda y punzadas violentas en las extremidades del cuerpo, las manos marmoleadas con llagas rosadas, no paraba de adelgazar, padecía astenia y ciclos menstruales cada vez más irregulares. El doctor Carbajosa logró procurarle cierto alivio al recetarle un tratamiento hormonal capaz de regular su periodo y acabar con la infección cutánea que le carcomía los dedos de la mano derecha.

En su diario, al lado de un dibujo representando a una mujer con el cuerpo rasgado, sostenido por correas de cuero para evitar que se abriera como vil fruto demasiado maduro, escribió: «1000 operaciones —corsé de yeso— medicamentos con sabor a orines —caída de órganos, manos cubiertas de hongos— ¿Quizá me haya ganado el derecho de ser infeliz?».

Diego conservaba su casa de San Ángel, para poder pintar pero también para poder llevar allí a sus amantes cuando fuera necesario. Aquello no tardó. Frida se enteró por vía de chisme que Diego acudía con frecuencia a su taller, no tanto para conversar con su agente, Emma Hurtado, de la evolución del mercado del arte, sino para acostarse con quien había apodado la «hurtadora». En la semana que siguió, Frida volvió a entrar en contacto con Ricardo Arias Viñas, amante de toda la vida, y con quien jamás había perdido contacto, para reanudar aquel amorío. Lo pactado se estaba respetando: cada quien hacía el amor con quien le pareciera. Pero imaginar que eso la hacía feliz era otra cosa. A menudo los hechos nada tienen que ver con lo pactado.

En realidad, lo único que le provocaba auténtico júbilo era su Casa Azul. En ella podía aislarse voluntariamente del mundo, logrando así alcanzar cierta serenidad. Ese refugio era como una extensión de su propio cuerpo. Cada piedra, cada mueble, cada habitación, cada árbol, flor, animal, impregnados con la melancolía del recuerdo y marcados con el dolor, a veces también con la felicidad, le proporcionaban el equilibrio que tanto tiempo le hizo falta. El tallo de las magnolias, las hojas de los ahuehuetes, las lianas, los pájaros, los perros, las estatuillas precolombinas, las palomas que mancillaban a los visitantes con sus heces, las muñecas Judas, la pareja de monos araña, el ciervo enano, la gallina, el gato, el águila, fauna y flora, arquitectura, olores, era un mundo vivo, cotidiano, en cuyo centro se hallaba ella y giraba a su alrededor, consiguiendo, intermitentemente, colmarla de una dicha increíble.

El último sábado antes de Navidad, mientras la despertaba en la madrugada el ruido de un ventarrón sacudiendo las hojas de los árboles, brillando el sol naciente que se filtraba por una brecha entre las nubes amarillas, volvió a su mente el recuerdo de León. El año anterior, por las mismas fechas, juntos habían contemplado las enormes flores rojas, pétreas e inmaculadas, del cuetlaxóchitl plantado en la esquina de las calles Hamburgo y Nápoles. León no conocía ese árbol maravilloso de hojas color carmín que en México recibe el nombre más común de Nochebuena. «De algún modo es el equivalente mexicano del acebo...», dijo él. «Sí», respondió sencillamente ella. Ese día, León le había obsequiado un ramo de heliotropos que había comprado por quince centavos. Era ese mismo ramo, marchito, que sujetaba en la mano, mientras que con la otra llamaba a Ricardo Arias Viñas para pedirle que viniera inmediatamente: quería hacer el amor con él. Aunque Diego estuviera ausente y no volviera hasta dentro de unos días, prefería mantener la relación con sus amantes fuera de la Casa Azul. Se trataba de un lugar sagrado al que nadie podía acceder. Le pidió a Ricardo que la llevara a un modesto hotel en San Agustín Acolman, un pueblo situado a menos de cuarenta kilómetros al noreste de la ciudad. En el camino empedrado, que ya comenzaba a hundirse con las lluvias, el auto iba dando tumbos entre bache y bache. Charcos de agua se formaban aquí y allá, en los que brotaban como por arte de magia flores rosa y amarillo. A lo lejos, los cerros eran una masa verde turbia.

Tras una buena hora de trayecto por carretera, durante la cual el auto atravesó cantidad de pueblitos asentados entre huertos de limoneros y largas extensiones de desiertos rocosos, por fin llegaron a San Agustín Acolman. A partir del exconvento se entretejía, en un subir y bajar constante, un laberinto de callejuelas, escaleras, plazuelas, bordeadas de casas de una planta. En una de éstas, construida en tiempos de la colonia, se hallaban las habitaciones del hotel Remo, escondidas detrás de una linda fachada azul y rosa.

El encargado, desde su lugar en la recepción, miró detenidamente a Frida sin decir nada. Ricardo se percató de ello pero decidió no intervenir, pensando simplemente que había reconocido a la grandísima Frida Kahlo, esposa de Diego Rivera. Pero la realidad era otra. Tanto Frida como el encargado guardaron para sí mismos el secreto que asomaba en sus miradas: Frida había estado ya varias veces en aquel hotel, acompañada de León.

—La recámara 501 será perfecta para ustedes. Es amplia y tiene vista a unos mangos grandes con hojas que parecen sombrillas.

—Estupendo —dijo Ricardo, buscando la aprobación de Frida.

Ella asintió con la cabeza. Esa habitación era la que habitualmente pedían cuando llegaba con León.

Ricardo fue como de costumbre atento y eficaz. Procuraba no lastimar a Frida con algún movimiento brusco que transformara su corsé en instrumento de tortura. Frida le entregó las riendas del placer, dejándose llevar con absoluta confianza. Y cuando por fin alcanzó el orgasmo, cerró los ojos y le sonrió al hombre que la miraba. Pero el hombre ignoraba que no era él a quien veía, ni a otro, dicho sea de paso. Lo que Frida veía era una escena, como las que vemos en sueños. Se veía a ella misma tendiendo un mantel de un blanco impecable en un pequeño bosque de viejos pimenteros nudosos en los que se oían los pájaros cantar. Con gestos dulces sacaba de las canastas platos con tamales de cerdo envueltos en hojas de plátano, chayotes rellenos, tunas capeadas y varias botellas de vino, mientras se iban acomodando entre risas León, Natalia, su nieto Sieva en traje de baño, y ella, Frida. Era una escena feliz que la hizo llorar en los brazos de Ricardo, quien, imaginándose que había sido un amante extraordinario, se hinchó por un instante de orgullo viril. Pronto Frida se echó a reír, y estalló finalmente en una sonora carcajada incontrolable. Mientras la veía escabullirse de entre sus brazos, Ricardo sintió cierta aflicción y tuvo que preguntarle a Frida qué era lo que le provocaba tanta risa. No supo qué contestar. ¿Cómo hubiera podido entender lo que estaba sucediendo? León acababa de regresar del pasado, del pasado de aquel pícnic, con su ridículo sombrerito de paja que siempre llevaba puesto en ocasiones como ésas, y Sheldon, con la cámara en la mano, insistiendo en querer inmortalizar aquel instante: Diego le daba un beso a Natalia en la frente con una mueca espantosa, Sieva, firme, sacaba la lengua, los guardaespaldas, alineados detrás de los comensales como si se tratara de un equipo de fútbol, hacían bizcos los ojos y sostenían cuchillos entre sus dientes, Frida y León, por su parte, se abrazaban con inmensa ternura, cada uno pintándole al otro cuernos detrás de la cabeza.

—¿En qué piensas? —preguntó Ricardo—. ¿Podrías decírmelo?

—Si te lo digo, no lo entenderías.

—Dímelo de todas formas.

—Pienso en Trotsky y en su horrendo sombrerito de paja, y en la felicidad absoluta que fue la suya aquel día.

—Tienes razón, no entiendo lo que dices —le dijo Ricardo sin animosidad alguna, mientras seguía vistiéndose.

56

En enero de 1941, le quedaban a Frida menos de trece años por vivir. Mientras Diego emprendía la edificación de una especie de casa-mausoleo, un museo para su gloria propia y la de los miles de objetos precolombinos que había acumulado a lo largo de su vida, Frida participaba en varias exposiciones colectivas dentro y fuera de México. Aquellos años fueron fértiles. Pintó cantidad de cuadros importantes: *Retrato de Lucha María, Una niña de Tehuacán, Autorretrato con trenza, La columna rota*; algunos muy sombríos como *La máscara, Sin esperanza, El pollito.* Pero, una vez más, estaba consciente de que aquella felicidad en cualquier momento se podría quebrar.

Terminó por convencerse: su vida se había vuelto un calvario. A pesar de las incontables intervenciones quirúrgicas, ninguna mejora notable parecía vislumbrarse. Nada menos en el año de 1944 tuvo que resignarse a llevar un corsé de acero, someterse a una punción lumbar, una laminectomía y un injerto de hueso de columna vertebral, afrontar transfusiones sanguíneas que la dejaban agotada, inyecciones de Lipidol que la volvían inerte y un tratamiento de lo más pesado a base de arsénico. El año siguiente, su corsé de yeso fue sustituido por uno de fierro. La condición de Frida iba de mal en peor. Al deterioro físico lo coreaba el derrumbe anímico. El ir y venir entre amor y odio que debilitaba su matrimonio, lentamente la iba aniquilando. El idilio entre Diego y la sensual María Félix la mortificó aún más, y la aventura que inició ella con Dolores del Río no supo curar las llagas de su corazón. En 1950, tras recibir una larga serie de inyecciones subcutáneas a base de gases ligeros, terminó por ser ingresada de nueva cuenta al hospital para someterse a su séptima operación del año. En esa ocasión permaneció internada un año, en un cuarto que fue adquiriendo las propiedades de una verdadera leonera en la que quien quisiera podía acudir, sentarse a charlar, rehacer el mundo, beber, cantar, asistir a una proyección de cine. Cuando no estaba en compañía de sus amigos o entre las manos de médicos, Frida pintaba, a veces hasta cinco horas consecutivas, acostada boca arriba, sirviéndose de un caballete especialmente ajustado, recibiendo cada tres horas inyecciones de antibióticos. Cuando por fin salió, tuvo que aceptar la realidad: llevaría por siempre ese corsé que le sostenía la columna vertebral y nunca más se desplazaría sin su silla de ruedas. De hecho, así es como la pintó Diego en su cuadro expuesto en Bellas Artes, *Pesadilla de guerra y sueño de paz.*

Pero para Frida, quien en su recuerdo había vuelto a andar al poco tiempo de su accidente en el tranvía, era impensable verse disminuida y vomitaba cualquier mirada compasiva que le dirigían. En abril de 1953, la primera gran retrospectiva de sus obras fue organizada en la Galería de Arte Contemporáneo. Mientras se asumía en todos los círculos que no atendería la inauguración, hizo una aparición espectacular, acostada en una cama con dosel, maquillada, exhibiendo grandes aretes de oro, ataviada con ropa de colores vivos, una capa de terciopelo cubriéndole los hombros, majestuosa. Sus amigos desfilaron frente a ella sin parar. Hasta muy entrada la noche bebieron con frenesí, se divirtieron, cantaron viejas canciones mexicanas, al ritmo de las percusiones, de las matracas, del zapateado, mientras los concheros, con sus prendas sonoras y sus tocados irradiando plumas largas se meneaban al son de las flautas y los tambores. Frida se bebió una botella de *brandy* y alcanzó a divisar entre los asistentes a un muchacho rubio con quien volvería a encontrarse, dos días más tarde, en su cama. Esa relación duró tres semanas durante las cuales se imaginó que era de nuevo feliz.

¿Pero qué sentido tenía todo esto? Podía organizar todas las fiestas que quisiera, su vida cada día era más sombría, gris como la piedra volcánica que componía la «pirámide» de Diego. La realidad, sin artificios, estaba allí, dura como el granito. La realidad de las operaciones y las recaídas que la agarrotaban y mantenían en su estudio-recámara. La realidad del feto que un médico le había conseguido y que destacaba en una de las estanterías, flotando en su frasquito de formol, ocupando el lugar del hijo que nunca tuvo. La realidad de las drogas que absorbía en grandes cantidades y le hacían proferir las más ingentes obscenidades dirigidas a los seres que más amaba, como aquel día que le contó a un periodista del *Excélsior* que Trotsky había sido un perfecto cobarde, un ladrón, un «loquito», y que de haber sido por ella, nunca hubiera recibido en su casa a ese «revolucionario», y que en cuanto pisó suelo mexicano ella se había percatado de que estaba equivocado.

Fue unos días más tarde, mientras leía en el periódico el fruto de esa maldita entrevista y se lamentaba del hecho de que sí, «cuando estaba borracha, sí decía puras pendejadas», cuando se topó unas páginas más lejos con las declaraciones de Diego, quien se encontraba viajando por Estados Unidos, y que la hundieron en una terrible congoja. Era perfectamente consciente de que su lazo con Diego resultaba incomprensible para la mayoría, pero por momentos, cuando descubría declaraciones de esta índole, o más terribles aún, se llenaba de vergüenza: «¡Cómo podía compartir su vida con semejante tipo!». Diego, quien había iniciado su proceso de reintegración en el Partido Comunista, y queriendo tal vez parecer grato ante los ojos de sus miembros más influyentes, explicaba lo más naturalmente del mundo que había invitado a Trotsky a venir a México como parte de una gran trampa, ¡que él había sido el autor intelectual de la eliminación de aquel peligroso disidente! Frida pensó que había tenido razón en negarle a aquel tipo infame, justo antes de que partiera a los Estados Unidos, servirse de la pluma de Trotsky, como se lo pidió, para firmar su solicitud de reintegración al Partido Comunista.

Furiosa, lo llamó por teléfono:

—No se puede mancillar a tal grado la memoria de un difunto.

La respuesta del insigne hombre estalló, envuelta de su inconfundible elegancia:

—¡Sobre todo cuando la mujer de uno se acostó con él!

—En 1937, te lo repito, no era yo tu mujer, Diego —dijo Frida colgando el teléfono para acabar con esa conversación estéril.

El resto del día lo pasó en duermevela, instalada en su silla de ruedas, recordando un paseo por el lago de Guadalajara junto a León. Ella estaba en una barca. Las aguas claras de aquel lago tenían un efecto relajante. El barco avanzaba, su vela dibujaba un hueco cual concha al aire, su casco negro y alargado se deslizaba sobre el agua. Tenía una buena y una mala noticia que darle a León. León escogió el orden, primero la buena, luego la mala. La buena era que ya habían conseguido descubrir la verdadera identidad de su asesino. Su nombre no era ni Jacques Mornard, ni Frank Jacson, sino Ramón Mercader del Río. La foto que publicaban los periódicos no era la de un hombre un tanto hastiado, avejentado, con dos arrugas que le surcaban la frente, desenfadado en apariencia pero en realidad lleno de amargura, que había conocido; sino un muchacho joven de pelo negro abundante, frente lisa, ojos almendrados, boca grande y sensual, poseído por una gran energía que había empleado en España, luchando en las filas de las milicias comunistas.

—¿Y la mala noticia? —preguntó León.

57

Tras la operación, el regreso a la Casa Azul fue duro. En febrero de 1954, varios meses después de la intervención, Frida volvió a hablar de suicidio. Jamás había sufrido tanto. Lo habló con sus amigos. Lo habló con Diego. Lo habló con León, con quien conversaba todas las noches. Afortunadamente, aún le quedaba la pintura. En especial lo que llamaba «naturalezas vivas», chillonas, ardientes. Otras obras más «políticas»: *Autorretrato con Stalin, El marxismo dará salud a los enfermos.* Con estos dos cuadros su intención era crear un vínculo profundo entre la política y su vida propia. Le mencionó este anhelo a León, cuando se encontró a solas con él en su estudio-recámara: «Por primera vez, mi pintura se propone respaldar la línea marcada por el Partido. Viva el realismo revolucionario...». Trotsky esbozó una sonrisa. Si bien había amado a Frida con loca pasión, no había sido por la congruencia de su pensamiento político. Tenía mucha consideración por su pintura, por su militancia política, sincera, auténtica, pero si la pintura hubiese podido cambiar algo en la línea de un partido, ya se sabría. ¿Realidad o sueño?

¿Dónde se situaba aquella conversación? Frida era incapaz de determinarlo. Sus días y sus noches fluían en una especie de magma extraño, en espesas tinieblas. El umbral entre los dos tendía a desaparecer. Lo que sabía con certeza era que su pintura era ahora más frenética, más caótica; sus colores golpeados, cegadores, primarios; su técnica menos segura pero más auténtica, fiel a los estados del alma, a los balbuceos del pensamiento, a la tiritona de su cuerpo molido. Ante el silencio y la sonrisa de León, formuló de modo diferente su aserción, y poco importaba que se pudiese contradecir: «Mi pintura no es revolucionaria. ¿Por qué intentaría convencerme de que mi pintura es una pintura en lucha? ¿Qué tengo yo que ver con la vocación educativa que el Partido le otorga al arte?».

Frida se movía cada día menos, encerrándose en una pintura que se había salido de su órbita. Las frutas de sus «naturalezas vivas» eran atravesadas por el asta afilada de una bandera, estaban cubiertas de inscripciones militares, de palomas muy simbólicas. Sus escapadas a los jardines flotantes de Xochimilco, al mercado de Toluca donde compraba listones a las indias que los tendían sobre unos tapetitos, ya no las vivía más que en sueños que confundía con la realidad. La Casa Azul poco a poco se cerraba sobre ella como una trampa de la que ni siquiera la pintura conseguía liberarla.

58

Conforme se adentraba el verano, Frida sentía cada vez más inquietud y desconcierto. Había días en los que pasaba largas horas en el jardín de su casa, rodeada de sus plantas y sus animales favoritos, la mirada asustada y estirando los dedos, ansiosa por tocar una vida que se alejaba lentamente.

Tras su salida del hospital, los médicos le habían prescrito reposo absoluto y mucha tranquilidad. Nada más alejado de lo que ella era. En efecto, salía de casa con menor frecuencia, a menudo estaba como ausente, pero el fuego que llevaba dentro era tan indomable como siempre. El 2 de julio, se unió a una marcha para denunciar la intervención de la CIA en Guatemala, cáustica, con el puño en alto y Diego detrás de ella, empujando su silla de ruedas. Esa misma noche tuvo que guardar cama: la bronconeumonía desarrollada unas semanas antes se había disparado.

Cuatro días más tarde, hacía unos dibujos en su diario y escribía a modo de broma: «Espero alegre la salida y espero no volver jamás», y comenzó un nuevo cuadro, extraño, que pintó desde su cama con el lienzo estirado sobre su pecho y que llevaba por subtítulo: «Servir al Partido y beneficiar a la Revolución». En un fondo desértico se observaba a Trotsky, más bien joven y apuesto, rodeado por una tropa de calaveras a su derecha y un ejército de hombres y mujeres a su izquierda, ellos cargando con armas, ellas con frascos de formol en los que flotaba un feto. Esperó unos días a que secara la pintura para cubrir el rostro de Trotsky y sustituirlo por el de Stalin. Al contemplarlo, sólo ella sabía que por debajo de Stalin, se hallaba en realidad el hombre al que tanto había amado. Se trataría en definitiva de su última bufonada, un modo de mofarse de todos aquellos dogmáticos que, como lo decía ella, le «¡rompían las pelotas que no tenía!». Pero se había dejado sorprender por la banalidad del día a día. Mientras entraba en la habitación Dafne, la enfermera que se ocupaba de ella desde que salió del hospital, soltó una potente risotada denotando que el secreto no lo era más. Como buena vivaracha que era, dotada de un sentido común que le devolvía el sentido a las cosas, le preguntó a Frida por qué el «señor Trotsky» había sido cambiado por aquel «salvaje de Stalin».

—Para que puedas entrometerte, Dafne —respondió Frida.

—Mejor confiese que es para que no lo vea el señor Diego y no se ponga celoso...

—Sí, tienes razón —dijo Frida—, pero también porque todos los que ven el cuadro tan sólo ven a Stalin, y a eso vengo. ¡Si alguien llegara a comprarlo porque está Stalin, en realidad estará comprando a Trotsky!

Ciertamente, jamás Diego había estado tan presente como ahora, quedándose incluso a dormir en la recámara de Frida para no dejarla sola. El día 11, Frida le devolvió el anillo que le había regalado con motivo de sus veinticinco años de matrimonio: «Ya no lo voy a necesitar ahora...». El 12, habiéndose bebido una botella entera de *brandy*, con la esperanza de calmar sus dolores crónicos, y habiéndose tomado grandes cantidades de demerol y seconal, se fue a acostar en su cama, asegurándoles a

Diego y a Dafne que todo estaba en orden. No por nada se tildaba ella misma de gran «disimuladora».

Ya tendida en la cama, recordó la metáfora de León: «La vida es una especie de circuito automovilístico en el que cada uno completa las vueltas que le fueron impartidas y cuyo número, evidentemente, desconoce». Para Frida, no cabía duda: su carrera tocaba a su fin; no había más vueltas que dar, más gasolina en el tanque.

Entonces esperó a que saliera Diego y le pidió a Dafne que le trajera la caja de hierro blanco, pintada con los colores de la bandera, que se encontraba en su taller junto a los tazones llenos de pinceles. Frida era de aquellas personas que lo guardan todo, rehusándose a tirar cosas en vida, habitadas por su pasado, inundadas por los recuerdos, como sumergidas en una mar de sensaciones, emociones, preguntas, respuestas, deshechos, escombros, ropa raída, cuadernos con direcciones donde la gente ya no vive. Y cuando se abre uno de aquellos baúles de los que puede surgir el recuerdo más inesperado, el fragmento de memoria más doloroso, la tristeza máxima, la muerte repentina, una vieja pasión que creíamos enterrada para siempre pero que regresa, entonces no hay resistencia que valga. Y naufraga la existencia propia. Y la cabeza estalla, atiborrada de recuerdos que la memoria no supo descartar. Frida no aguantó la apertura de la caja. Bebiéndose una última copa de *brandy*, tragándose un puñado de pastillas, miró por última vez el retrato de Stalin en el que sólo veía el rostro de Trotsky. Luego cayó en un sueño profundo mientras canturreaba el corrido ingenuo y lleno de fervor popular que la multitud entonaba mientras acompañaba el cortejo fúnebre del líder ruso en su recorrido por las calles de la Ciudad de México: «Murió León Trotsky asesinado / de la noche a la mañana, / porque habían premeditado / venganza tarde o temprano. / Fue un martes por la tarde, / esta tragedia fatal/ que ha conmovido al país/ y a toda la capital». Aprovechando de paso para insultar a la muerte, esa puta «Pelona», «Catrina», «Tostada», «Tía de las muchachas», «Mera dientona», «Chingada»...

Luego entró por la ventana un aire ligero, como aquel que soplaba en los canales de Xochimilco el día en que ella y León habían hecho el amor por primera vez entre los barcos llenos de flores y cantos. Y todo se detuvo, pero muy delicadamente, como una tarde de verano que oscurece lentamente. El frescor del lago poco a poco se fue desvaneciendo. Frida andaba sola por un camino. A su derecha, las montañas se alzaban vertiginosamente, quemadas y amarillas; irradiaban el calor del sol y de ellas se desprendía un ligero olor a sequía, propio de México. Era como si se evaporara la tierra, cada día un poco más calcinada. A su izquierda, filas de burros con su cargamento trotaban en una nube de polvo. La gruesa piel de tierra rojiza le quemaba los pies. Avanzaba en dirección a un puentecito luminoso, muy blanco, deslumbrante. Pensando para sus adentros: «Pies, ¿para qué los quiero si tengo alas para volar?».

El 13, Dafne penetró en la recámara descubriendo a una Frida de ojos abiertos y manos heladas. Acababa de morir, de salir con majestuosidad y en silencio inmenso.

Dafne escondió la botella de *brandy* y las medicinas, movió el cuadro a otra habitación y dejó que una tenue corriente de aire llenara la recámara. Se habló de embolia pulmonar. Diego le seccionó las venas con un bisturí para comprobar su muerte. El féretro abierto fue llevado bajo un aguacero hasta el Palacio de Bellas Artes. Se cerró, se le cubrió con una bandera roja estampada con la hoz y el martillo, y dio lugar a un altercado de tinte político, en el cual se alzaron puños y se elevaron los versos de la *Internacional* en voz de la multitud presente.

Llevaron a Frida al crematorio civil de Dolores, donde, como lo escribió un poeta, la pintora «erguida, sentada en el horno, con el pelo encendido como un aura, le sonreía a sus amigos antes de desaparecer». Luego Diego colocó las cenizas en una urna, cerró los ojos y se metió un puñado a la boca.

Cuando abrió los ojos, la lluvia había cesado. Pensó: «Pronto las aves migratorias llegarán del norte».

Agradecimientos

Jorge Luis Borges declara, con toda razón, que un escritor antes que nada es un lector. Un libro como *Los amantes de Coyoacán* no hubiera existido sin las diferentes contribuciones intelectuales, hipótesis, demostraciones, ensayos, novelas y pistas señaladas por varios autores, que le dieron consistencia a mi trabajo. A ellos quisiera expresarles mi más sincera gratitud:

Henriette Begun, Erika Billeter, James Bridger Harris, Alain Brossat, Pierre Broué, Olga Campos, Emilio Cecchi, Marie-Pierre Colle, Bernadette Costa-Prades, Isaac Deutscher, Chantal Duchêne-Gonzalez, Max Eastman, Victor Fosado, Gisèle Freund, Carlos Fuentes, Julian Gorkin, Salomon Grimberg, Serge Gruzinski, Jorge Hernández Campos, Natalia Ivanovna Sedova, Jean van Heijenoort, Haydeb Herrera, Jauda Jamis, José Juárez, Frida Kahlo, Barbara Kingsolver, J.M.G. Le Clézio, Isaac Don Levine, Patrick Marnham, Leo Matiz, Tina Modotti, Carlos Monsiváis, Dolores Olmedo, Camilo Racana, John Reed, Lionel Richard, Guadalupe Rivera, Leandro Sánchez Salazar, Arturo Schwarz, Victor Serge, John Sillevis, Tim Street-Porter, Léon Trotsky, Sergio Uribe, Rafael Vasquez Bayod, Mariana Yampolsky.